고래여인의
속삭임

illusionist 세계의 작가 006

고래여인의 속삭임

ⓒ 들녘 2008

초판 1쇄 발행일 2008년 3월 13일
초판 2쇄 발행일 2008년 5월 31일

지은이 알론소 꾸에또
옮긴이 정창
펴낸이 이정원

책임편집 김상진

펴낸 곳 도서출판 들녘
등록일자 1987년 12월 12일
등록번호 10-156
주소 경기도 파주시 교하읍 문발리 파주출판단지 513-9
전화 마케팅 031-955-7374 편집 031-955-7381
팩시밀리 031-955-7393
홈페이지 www.ddd21.co.kr

값은 뒤표지에 있습니다. 잘못된 책은 구입하신 곳에서 바꿔드립니다.

ISBN 978-89-7527-604-0(04870)
978-89-7527-600-2(세트)

고래여인의 속삭임

El susurro de la mujer ballena

알론소 꾸에또 지음 / 정창 옮김

들녘

까를로스 꾸에또 페르난디에게,
릴리 까바예로 데 꾸에또에게
이 책을 바친다.

미스 아밀리아는 머리가 제멋대로 자라도록 내버려 두었고 머리털은 희끗희끗해져 갔다. 그녀의 얼굴은 수척해졌으며 단단했던 온몸의 근육들은 쪼그라들어 노처녀들이 히스테리를 부릴 때처럼 날이 갈수록 여위어 갔다. 그리고 회색 눈은 나날이 조금씩 더 심하게 가운데로 모여 마치 슬픔과 고독의 눈빛을 나누기 위해 서로를 찾고 있는 것처럼 보였다.

_카슨 매컬러스,『슬픈 카페의 노래』에서

※이 소설의 인물, 배경, 상황, 사건은 픽션의 속성에 충실하다.
이 작품은 작가의 상상력에 따르고 있을 뿐,
현실의 어떤 모델과도 관련이 없다.

1

늦었다. 6시 예약.

문 앞에 서서 시계를 보았다.

간호사가 자리에 앉아 기다리라고 말했다. 곧 진료할 예정이란다.

자리에 앉았다. 커다란 가구들, 해가 지는 무렵의 광경을 담은 그림들, 모형 배들이 장식된 대기실. 나 같은 환자들을 차분하게 만들어주는 공간이다.

잡지를 읽었다. 잠시 후에 종이를 꺼내 스케치를 했다. 고등학교 학창 시절, 티나 선생님의 수업시간에 그렸던 어떤 그림과 얼추 비슷하다. 나는 그림으로 가득 채운 종이를 접어 지갑에 넣었다.

진찰실 문이 열렸다. 담당의사 페페 바르코가 문 옆에 서서 미소를 짓는다. 여느 때보다 정감이 깃든 표정이다.

진료실은 널찍했다. 서가에는 책과 학위증과 딸아이들

사진이 놓여 있다. 키가 크고 잎이 무성한, 공간에 비해 지나칠 정도로 커 보이는 나무 한 그루가 한쪽 모서리를 차지하고 서 있다. 그림과 책, 장식품들이 보기 좋게 배치되어 있다.

분위기 역시 의사만큼이나 밝았다. 그게 알레르기가 생기거나 마음이 무거워지면 내가 그곳을 찾는 이유인지도 모른다.

자리에 앉았다. 창밖으로 석양의 마지막 빛이 타들어가고 있었다. 꿈이 현실로 바뀌는 것 같은 순간이다. 눈앞에는 강인하면서도 인자한 사내가 앉아 있다.

"전체적으로 다 좋습니다." 의사가 진료기록을 들여다보며 말했다.

"그래요?"

"아주 좋아요. 혈당, 콜레스테롤, 백혈구, 적혈구 수치 모두 정상입니다. 이걸 보세요."

"다른 것도요?"

"예. 걱정할 필요 없어요."

나는 안도의 숨을 내쉬었다. 다시 창가를 바라보았다.

"괜찮다니…… 다행이네요."

"그날 밤 앰뷸런스에 실려 왔을 때는 아주 끔찍했어요. 온몸이 피투성이에다…… 아, 그때를 못 잊을 겁니다. 그런데 이렇게…… 자, 여길 보시지요. 눈이 부시도록 아름답잖아요."

"이게 다 선생님 덕분이에요."

핸드폰이 울렸다. 나는 잠시 후에 전화하겠다고 응답한다.

"다른 데는 어때요?"

"좋아요, 다 좋아요."

"가족과도 잘 지내죠?"

"그럼요, 우리 아이는 학교 성적도 좋아요."

"직장도 이상 없고요?"

"그럼요. 사실 저는 일이 좋아요. 날마다 새로운 걸 안겨주고, 여행도 자주 떠날 수 있거든요. 이번에는 우리 섹션이 확장될 거예요."

"기쁜 소식이군요. 베로니카, 이제 그 일은 다 지나간 일이고, 앞으로는 좋은 일만 일어날 겁니다."

우리는 조금 더 이야기를 나누었다.

진료실을 나설 때 나는 의사의 말이 옳다고 생각했다. 그랬다. 어떻게 보면 다 지나간 일이었다. 나는 한결 차분해졌다. 그러나 담당의사는 왜 그런 일이 일어날 수밖에 없었는지 자초지종은 모르고 있었다.

*

곧장 엘리베이터로 가는 대신 눈에 익숙한 복도를 걸었

다. 한동안 입원했던 병실은 비어 있었다.

텅 빈 병실에서 한참을 머물렀다. 가능한 한 오랫동안…….

그날 오후, 병원 주차장에 세워둔 차에 오르면서 나는 책을 내기로 마음먹었다. 원고 쓰는 일도 거의 끝나가는 중이었다. 이른 아침에, 밤에, 그리고 주말마다 틈틈이 써오던 원고였다. 2005년이 저물어가던 무렵이었다.

몇 개월 전부터 사적인 일기, 메모, 글 조각들을 모아둔 상태였지만 막상 책을 내기로 결심했을 때엔 우려가 앞섰다. 자칫 신분이 노출될 수도 있는 일이었다. 나는 위험을 무릅쓰고 그녀에게 책 출간을 알릴 방도를 찾아보았다. 이 글은 그녀를 위한 것이다.

나는 원고에 등장하는 인물들의 이름과 몇몇 상황을 바꾸었다. 내 이름도 실명은 아니다. 그 이유 역시 이해하리라 믿는다.

나는 그 원고를 어느 작가에게 넘겼다. 이 글은 그 작가의 손에 부분적으로 수정되긴 했지만, 아예 생략된 이야기는 없다.

그녀와 나, 다시 말해 레베카와 베로니카의 이야기는 국제부 기자인 내가 해외 취재여행을 마치고 돌아오는 길에 시작되었다. 첫 시작이 아니라, 다시 시작되었다는 표현이 더 적합하리라.

*

오전에 신문사 사무실로 들어서자마자 루초 국장의 부름을 받았다.

항상 그렇듯 그는 컴퓨터 앞에서 나를 맞이했다.

"여행 한번 다녀와. 요전에 올렸던 기획안대로. 이번에는 콜롬비아로 갔으면 하는데……."

"뭘 쓸까요?"

"아무거나. 늘 그랬잖아."

보고타 여행에 주어진 일은, 루초의 말에 따르면 현지의 전반적인 상황을 엮어 글을 쓰는 것이었다. 뉴스 냄새가 나는 현지 상황. 무슨 뜻인지 알겠나? 경제 데이터와 콜롬비아 국민들의 의견 등 전반적인 내용을 담아보라고. 어때?

그럴게요.

굉장히 즐겁고 알찬 여행이었다. 모든 일정이 사전에 기획한 대로 진행되었다. 화요일 오전 보고타에 도착하여 테켄다마 호텔에 여장을 풀자마자 나는 우리베 대통령과의 면담을 재확인했다.

택시가 라 칸델라리아 구역에 내려주었다. 나는 거리의 사람들을 바라보며 커피를 마셨고, 정오에는 대통령궁 집무실에 앉아 있었다. 알바로 우리베 대통령이 미소로 맞아주었다.

인터뷰는 순조로웠다. 대통령은 이따금 게릴라 전투에서 숨진 부친을 회고한다면서 취미로 시를 쓴다고 말했다. 아내 역시 시를 열렬히 사랑하는 사람이라고 소개했다. 시 낭송회를 열거나 신간을 알리기 위해 나리뇨 궁으로 시인들을 초대한다는 말도 덧붙였다.

나는 대통령 외에도 외교부 장관, 야당의 리더들과 대면했다. 이어 작가 호르헤 프랑코 라모스, 후안 구스타보, 코보 보르다를 만났고 거리에서 사람들도 취재했다. 친구 기자가 주선해준 덕에 두세 번이나 고해성사를 요구하던 전직 FARC(콜롬비아무장혁명군)와의 만남도 이루어졌다. 페르난도 보테로 컬렉션 방문기도 썼다. 예술, 통치, 폭력, 문학 등등 나는 루초 국장에게 다양한 테마로 빚은 칵테일이 될 거라는 내용의 메일을 보냈다.

나는 사흘 연속 리마의 신문사로 취재기를 송고했고, 나흘째 되는 날은 거리를 돌아다녔다. 라 칸델라리아를 한참 걸었다. 한 행상인이 라 알칼디아 옆에서 내 모습을 사진에 담아주었다(그 사진은 지금 아주 가까운 곳에 있다). 오후에는 여러 해 동안 만나지 못했던 친구 집에서 기막힌 아히아코(고추를 넣은 고기요리—옮긴이)를 맛보는 행운도 누렸다.

그날 밤 공항으로 나갔다. 나는 리마에서 기다리고 있을 모든 것을 생각했다. 내일은 이사회에서 우리 국제부의 동향과 섹션을 확장하기 위한 프레젠테이션을 할 예정이었다.

비행기 좌석은 거의 만원이었다. 승객들이 길게 꼬리를 물고 서 있었다. 나는 호텔에서 읽기 시작한 소설책을 들고서 흙냄새 풍기는 금발 배낭족들의 꽁무니를 따라 기내로 들어갔다. 통로에 들어서자마자 특유의 냉기가 확 안겼다.

앞자리에 수녀 두 명이 앉아 있었는데, 묵상에 잠긴 채 로사리오 기도를 드리는 모양이었다. 여기저기 승객들이 핸드폰 통화에 열을 올리고 있었다.

비행기를 타면 나 역시 긴장 상태로 접어든다. 하지만 고도는 짜릿한 흥분도 안겨준다. 내가 굳이 창가 쪽 자리를 원하는 것도 그런 이유다. 동체가 이륙하는 순간은 곧 서스펜스 상태로, 그 순간에 나는(이런 우스꽝스런 비교를 용서하라) 마치 천사가 몸을 빠져나가는 것 같은 느낌에 사로잡힌다.

나는 수첩을 꺼내 잠시 동안 끼적였다.

> 비행기에서 우리는 덧없는 존재가 된다. 세상 위를 날고 있는 몸은 본래의 상태에서 자유롭다. 우리의 몸은 날고, 뜨고, 정지되어 있다. 허공에서 우리는 어떤 나라에도, 어떤 지방에도 속하지 않고 어떤 이름이나 직업도 갖지 않는다. 우리는 거대한 우주의 일부이며 일정한 공간도, 시간

도 없는 조직체이자 티끌만 한 흑점일 뿐이다. 허공에서 현재는 과거를 인지하고, 미래를 배제하는 몇 시간 동안 고립된 상태로 떠날 곳과 도착할 곳 사이에 위치한다. 다시 말해 승객은 한 곳을 떠난 상태이자 여전히 다른 곳에 도착하지 않은 상태에 있다. 그 상태는 덧없고, 양쪽 사이에 존재하는 것은 휴식이다. 기후로부터, 하늘로부터, 벽들로부터, 모든 의무들의 총체로부터 벗어난 상태. 순간적으로 기억하고 순간적으로 기다리는 상태. 이제 몇 시간이 지나면 세상은 제자리로 돌아오고 혼돈은 소생된다. 비행기가 목적지에 착륙하면 우리는 가능한 한 가장 나은 것을 취한다. 착륙하는 것, 돌아오는 것, 도착하는 것. 또 하나의 과거……. 우리는 밖으로부터, 먼 곳으로부터 온다. 우리는 늘 떠나고 늘 돌아온다. 나에게 있어 여행이란 언어는 항상 무모함과 동의어다.

그때만 해도 나는 늘 그런 식의 글을 썼다.

이륙 직전이었다. 나는 이 순간엔 항상 습관적인 의식을 반복한다. 안전벨트를 단단히 조이고 집에 있는 아이를 떠올리며 기도한다. 허리를 만져본다. 취재 기간 동안 허리가 늘어날 만큼 많이 먹지는 않은 것 같다. 마음이 차분해진다.

*

그런 생각을 한 것은 순전히 오른쪽에 앉은 여자의 몸 때문이었던 것 같다.

엄청난 체구였다. 그야말로 엄청나게 비대한 몸뚱이였다.

팔뚝이 송유관만 한, 검은 옷으로 감싸인 몸뚱이가 바로 내 옆에 있었다. 오죽했으면 승무원이 특별 제작된 안전벨트를 가져다주겠다고 했을까.

나는 슬쩍 그녀를 훔쳐보았다.

순간 온몸이 얼어붙은 느낌에 사로잡혔다.

혹시……? 맞아, 그 아이야. 분명히 그 아이였다.

그 여자는 검은 옷 사이로 살점이 삐져나온 한쪽 팔을 움직였다. 그리고 핸드백을 뒤적거리며 무엇인가를 열심히 찾았다. 팔뚝의 살갗이 벌겋게 그슬린 게 해변에서 휴가를 보내다 온 것 같았다. 나는 재빨리 읽던 책에 집중했다. 활자가 흔들리고 있었다.

잠시 후에 나는 깨달았다. 그녀는 뭔가를 찾는 게 아니었다.

손가락으로 핸드백을 뒤지고는 있었지만, 그저 물건들을 만지작거릴 뿐이었다. 그때마다 머리빗, 화장품 용기, 향수병, 동전주머니 덜그럭거리는 소리가 들렸다. 마치 그것들을 부수고 싶어하는 사람 같았다.

핸드백은 그녀가 고문을 즐기는 조그만 동물 같았다. 게다가 그녀는 안면 가리개 같은 짙은 색 안경을 끼고 있었다.

나는 그때까지 그녀의 비대한 몸뚱이와 닿아 있던 내 몸을 뗐다. 그리고 어둡고 차분한 공간으로 빠져들었다. 책에 집중하려고 기를 썼다. 소설의 저자는 산도르 마라이, 헨릭, 콘래드에 대한 이야기를 하고 있었다. 친구가 권한 책이었다. 호텔에서 밤마다 읽었던 터라 거의 끝부분에 도달해 있었다.

그녀는 꿈짝도 하지 않았다. 잠을 자는 눈치도 아니었다. 눈을 허옇게 뜬 채 사지가 경직된 사람 같았다. 나는 잠을 청했다. 그녀가 나를 못 알아보기를 기대했다. 하느님, 제발 절 알아보지 못하게 해주시길…….

비행 도중 그녀는 아무것도 하지 않았다. 책도, 잡지도, 신문도 읽지 않았다. 영화도 보지 않고, 음악도 듣지 않았다. 꿈쩍도 하지 않았다. 스핑크스 같은 그녀의 시선은 앞 의자 등받이에 고정되어 있었다. 그녀는 핸드백에서 무엇을 찾을 때만 움직였다. 잊었던 게 갑자기 생각나면 그것이 제자리에 있는지 확인해야만 마음이 가라앉는 모양이었다. 나는 아예 그녀에게 눈길조차 던지지 않았다.

얼마나 지났을까. 나는 슬그머니 자리를 빠져나왔다. 말이 빠져나온 것이지 그녀의 살에 닿지 않으려고 무던히도 기를 써야 했다. 복도를 걸어 화장실로 들어갔다. 나는 그곳에 가능한 한 오랫동안 머물렀다. 비좁은 화장실 안에 비치된 안내문을 처음부터 끝까지 다 읽었다. 붉은 활자로 표기된 지시사항, 유의사항, 경고사항까지. 누군가가 노크를 할 때까지 거기 있었다. 여승무원이었다. 나는 가벼운 미소로 실례를 구하며 화장실을 빠져나왔다.

일이 터졌다. 하필이면 이럴 때.

내 자리로 들어가다가 그녀의 커피 잔을 건드린 것이다. 그 바람에 그녀의 다리 위로 커피가 흘러내렸다. 연갈색 액체가 옷에 번졌다.

"미안해요." 나는 다급하게 실례를 구했다. "정말 미안해요."

대답이 없었다. 그녀는 날개를 펼치려는 거대한 새처럼 양손을 들어올렸다.

나는 거듭 사과하면서 커피에 젖은 옷 위에 티슈를 놓아주었다. 그녀는 여전히 말이 없었다. 나는 책으로 눈길을 가져갔다. 몰라봤을까? 못 알아본 것 같았다. 세탁해달라고 따질 일 아닌가? 미안해. 오랜만이야. 요즘 어떻게 지내니? 난 못 알아봤어. 그 옷 세탁 맡길까? 아냐, 모르는 게 나아. 내가 왜 그래야 하지? 그래봤자 과도한 예의 아님 멍청한 짓으로 보일 텐데. 단지 실수였잖아.

역시 말이 없었다.

기체가 한쪽으로 기울며 선회하기 시작했다. 도착할 시

간이 가까워진 모양이었다. 나는 시계를 보았다. 기분이 묘했다. 금방이라도 무시무시한 일이 벌어질 것 같았다.

다음 순간, 이 이야기의 실제적인 첫 장면이 시작되었다.

나는 의자에 몸을 기대며 그녀 쪽으로 고개를 돌렸다. 그녀가 나를 보고 있었다.

어쩌면 방금 전에 나를 쳐다보았는지도 몰랐다. 검고 메마른, 마치 돌멩이 같은 눈이.

"모르겠어?" 그녀가 물었다. "날 못 알아보겠어?"

그녀가 미소를 지었다. 가지런한 치열이 그녀의 존재를 확인시켜주는 것 같았다. 딱딱하지 않은 어조였지만 왠지 까칠한 느낌이 들었다.

나는 안경을 벗었다.

"네?" 내가 물었다.

"날 모르겠어? 모르겠냐고? 나, 레베카야. 기억 안 나? 내가 기억 안 나?"

그제야 나는 그녀를 똑바로 쳐다보았다.

두꺼운 살갗 위로 갑자기 마술이 일어난 것처럼 그녀의 얼굴이 선명하게 그려졌다. 잊어버린 과거의 저주가 되살아나는 것 같았다. 나는 그녀의 손을 잡았다. 부드러우면서 차가웠다.

"레베카. 그래, 레베카잖아. 어떻게 된 거야?"

"뭐, 보다시피 그다지 좋진 않아. 이 꼴이 안 보여?"

커피 자국이 가랑이 사이로 번져 있었다.

"미안해, 레베카. 정말이야."

"걱정 마, 걱정 말라고. 옷이야 새로 사지 뭐. 옷 하나 사는 것쯤은 문제도 아니니까."

"그래?"

그녀의 얼굴에서 미소가 사라졌다. 그녀는 앞을 쳐다보았다. 한 손을 턱에 괴었다.

"기분이 엉망이야. 안 보여?"

그녀는 두 손으로 몸의 윤곽을 그리더니 옆으로 활짝 손을 펼쳐 보였다.

"아니, 왜?"

그녀가 내 쪽으로 몸을 기울였다. 그 바람에 커피 자국이 묻은 그녀의 바지가 포개졌다.

"네가 상상하는 것 때문에."

"내가 뭘? 왜 그런 말을 해?"

그녀가 나를 응시했다.

"넌 그렇게 생각하지 않는 거니?" 그녀의 음성이 부드러워졌다.

"응, 난 모르겠어."

바로 그 순간이었다. 그날 밤의 소리들이 들린 것은.

"하지만 너무 선명해."

"뭐가?" 나는 그렇게 묻고 말았다.

"학교에서 너희가 했던 짓. 베로니카, 너희가 했던 이야기들, 야유, 조롱까지……. 너희가 내 도시락을 휴지통에 던져 버렸던 일, 기억 안 나?"

나는 양손을 비비며 창가로 눈을 돌렸다가 넌지시 그녀를 바라보았다. 그녀는 물끄러미 나를 쳐다보고 있었다.

"정말 기억 안 나?" 그녀가 또 한 번 캐물었다.

긴 침묵이 흘렀다.

나는 눈을 내리깔았다.

기억이 안 나느냐고? 왜 기억이 안 나겠어. 어느 날 오락시간이었다. 티타는 레베카가 도시락으로 싸온 빵과 과자를 휴지통에 던져버렸다. 아이들의 의식은 5분 혹은 10분간 계속되었다. 티타와 친구들이 의식을 치르는 동안 나는 주위에서 그들을 지켜보고 있었다. 합세하지는 않았지만 짓궂은 짓을 바라볼 뿐이었다. 그녀의 과자와 물통과 빵이 교정을 돌다가 휴지통으로 들어갔고, 아이들은 배꼽을 잡고 웃어댔다. 뚱보, 더 이상 뚱뚱해지지 말라고 이러는 거야. 레베카, 넌 다이어트를 해야 해. 그때마다 그녀는 휙 돌아서서 뒤도 돌아보지 않고 뛰어갔다. 나 역시 항의의 표시로 그 자리를 떠났다.

다음 날 나는 우고에게 따졌다. 애들이 너무 못됐어. 우린 그냥 웃자고 그런 거야. 그가 대답했다. 웃자고? 웃자고 그런 거라고? 우고, 그게 말이 되니? 그건 너희가 덜 성숙해서 그런 거야.

"그래, 기억 나." 나는 그녀를 쳐다보며 대답했다. "하지만 애들이 나쁜 의도로 그랬던 건 아니야. 성숙하지 못했던 거지. 우고, 오스왈도, 도리스, 티타……, 그땐 다들 어렸거든. 하지만 나쁜 애들은 아니었어. 애들은 때때로 그러잖아."

"나쁜 애들이 아니었다고? 베로니카, 넌 그 애들이 나쁘다고 생각하지 않는 거야?"

그녀의 음성이 날카로운 비수처럼 내 귀에 꽂혔다.

"아냐, 난 잘 모르겠어. 하지만 우린 그 이야기를 한 적이 있잖아. 기억 안 나? 넌 아무래도 괜찮다고 했잖아. 기억 안 나?"

"그럼 넌 그 말을 믿었다는 거니? 그래, 내 말을 정말 믿었나 보구나."

당시의 기억이 다시 떠올랐다. 도시락 돌리기, 아이들의 목소리, 웃음소리. 아이들에게 에워싸인 레베카…….

다시 침묵이 흘렀다. 그녀의 모습이 더욱더 크게 보였다.

갑자기 기체의 굉음이 우리의 침묵 사이를 비집고 들어왔다. 비행기가 바다 위를 날고 있었다. 나는 잡지를 꺼냈다.

"미안해. 내가 할 말이 뭐가 더 있겠니? 다, 전부 다 미안하게 생각해."

머리 위로 조명이 들어왔다. 이어폰을 수거하겠다는 안

내방송이 흘러나왔다.

멀리 안콘의 야경이 빛나고 있었다.

나는 그녀 쪽으로 고개를 돌려야 했다. 그녀의 망막에 작은 빛이 들어 있었다.

나는 다리를 꼬면서 잡지를 한쪽으로 내려놓았다.

"요즘은 뭘 해?" 내가 물었다. "무슨 일을 하지?"

그녀는 정면을 바라보았다.

"모든 게 바뀌었어."

"바뀌다니, 뭐가?"

그녀는 살갗 속에서 무엇인가를 끄집어낼 것처럼 손가락을 비볐다.

"유산을 받았어."

"유산이라니?"

"유산이 백만 불인데…… 이모가 내 앞으로 남겼어."

나는 고개를 끄덕이며 싱긋 웃었다.

"굉장하구나. 레베카, 축하해. 백만 불은 날마다 받을 수 있는 게 아니잖아."

비행기 날개 쪽에서 삐걱거리는 소리가 들렸다. 창밖을 보니 구름 사이를 날고 있었다.

나는 안전벨트를 조였다. 동체가 상승하며 다시 선회했다.

"그건 그래. 나를 아껴주던 이모였는데……. 카롤리나 이모라고, 나한테 물려주려고 한 푼 두 푼 모아두셨나 봐.

그 돈을 어떤 회사에 투자했는데, 지금은 천만 불로 늘어났어. 난 아무 일도 안 해." 그녀가 양팔을 들어올렸다. "수출업체를 하나 갖고 있어. 그래서 난 사람들이 갖고 싶어하는 시간과 돈을 갖게 된 거야. 많은 시간과 많은 돈. 사실 지금도 카리브 해에서 휴가를 보내고 오는 길인데, 그렇게 안 보여?"

그녀는 한쪽 팔을 앞으로 쭉 내밀었다.

"야, 기쁜 소식이구나."

"기쁘다고? 정말 기뻐?"

"그럼."

나는 씩 웃어 보였다.

"그래? 그럼 얘기해 봐. 베로니카, 왜 기쁜지."

"네가 잘나간다니까 그런 거지 뭐."

"내가 잘나가서 기쁘다고? 넌 본래 내 일에는 관심이 없잖아."

"모르겠어. 글쎄. 하지만 친구가 잘나가면 기쁜 거 아니니."

"진짜 기쁜 거니?"

"레베카, 네가 잘되었다니 기뻐. 정말이야."

잠시 침묵이 흘렀다.

"베로니카, 넌? 무슨 일을 해?"

동체가 상승하고 있었다. 창밖을 내다보았다. 비행기가 구름 속에 갇혀 제자리에 머물러 있는 것 같았다.

"신문사에서 일해. 가끔은 일 때문에 여행도 하고."

"어느 신문사?"

"엘 우니베르살."

"그거 재미있겠구나. 부서는?"

"국제부."

그녀는 깊은 생각에 잠긴 사람처럼 눈을 내리깔았다.

"약속 하나 해줘." 그녀가 말했다.

"뭘?"

"우리 다시 만날 수 있을까?" 그녀는 목소리를 낮추며 속삭였다. "옛날처럼."

"다시 만나자고?"

"내가 널 만나고 싶어했었는지, 잘 모르겠어. 아무튼 우린 할 말이 많잖아. 학교 다닐 때처럼."

"네가 좋다면 그렇게 하지 뭐."

창밖으로 리마의 뿌연 빛이 시야에 들어오는가 싶더니 동체를 뒤흔드는 굉음이 들렸다. 비행기가 활주로 위를 미끄러지고 있었다.

"우린 할 말이 많잖아." 그녀는 다시 목소리를 낮추며 속삭이듯 말하고 나서 두 손을 다리 사이로 내려놓았다.

"그러고 싶으면, 전화 해." 나는 마지못해 대답했다.

그대로 자리를 지켜달라는 승무원의 음성이 흘러나왔다. 다음 여행에도 함께하기를 기대한다는 멘트가 이어졌다.

"명함 있니?" 그녀가 물었다.

나는 창밖을 내다보았다.

그녀가 안전벨트를 풀었다.

"아니, 난 명함이 없어."

"이해가 안 되는구나. 너 같은 언론 종사자가 명함도 없다니."

승무원이 가까이 다가왔다.

"부인, 안전벨트를 착용해야 합니다."

레베카가 안전벨트를 다시 맸다. 힘겨워하는 모습이 안쓰러울 정도였다.

나는 고개를 숙이며 눈을 감았다.

나는 지오반니를 생각했다. 지금쯤 TV를 보고 있을 것이다. 그리고 세바스티안을 떠올렸다. 이미 잠자리에 들었을 것이다.

갑자기 레베카의 음성이 들렸다. 그녀의 입에서 한꺼번에 많은 이야기가 쏟아지고 있었다. 미국에서의 대학생활, 로스 올리보스에 있는 공장, 산 이시도로에 있는 맨션…….

"혼자 살지만, 즐거워." 그녀가 결론을 지었다. "고독이란 것도 어떻게 보면 일종의 안식처잖아. 안 그래?"

다시 그녀의 이야기가 이어졌다. 동체는 여기저기 웅크린 비행기들 사이로 천천히 움직이고 있었다. 안개 탓인지 창밖의 풍경이 흐릿하고 멀게만 느껴졌다. 그동안에도 그녀의 말은 끊임없이 계속되었다. 저만치 공항 청사와 격납고들이 쭉 늘어서 있었다. 그녀의 음성이 공포영화의 배경음악처럼 들렸다.

동체는 앞으로 나가고 있었다.

나는 시계를 보았다. 대체 왜 이렇게 오래 걸리지? 바하마 군도에서 있었던 일을 얘기해줄게. 그녀의 혼잣말 같은 이야기가 이어졌다. 에메랄드 빛 바다에 모래사장은 어찌나 하얀지. 하얀 게 마치 설탕가루를 뿌려놓은 것 같아. 그런 곳에 있다는 게 얼마나 풍요로운 느낌을 주는지 넌 모를 걸. 날이 새면 아침을 먹고 해변으로 나가는 거야. 모든 걸 잊기 위해. 책이니 잡지니 그딴 것들은 아예 가져가지 않아. 오로지 나 자신을 잊기 위해 혼자 있는 거야. 백사장 위에 혼자만 있고 싶었어. 어떻게 생각해?

나는 혼자 있는 그녀를 상상했다. 고무로 만든 검은 수영복을 입고 있는 모습을.

마침내 동체가 움직임을 멈췄다.

나는 몸을 일으켰다. 다음에 봐. 나는 씽긋 웃으며 가방을 챙겨 통로로 빠져나왔다. 수녀들이 출구 쪽으로 걸어가고 있었다. 나는 비난을 감수하며 그들 사이를 비집고 앞으로 갔다. 저런 못된 여자를 봤나. 뒤에서 수녀가 혀를 끌끌 찼다. 승객들이 일어나 짐을 챙기는 동안 마추픽추와 피스코 관광 안내방송이 흘러나왔다. 나는 힐끗 뒤를 돌아보았다. 좌석에서 일어나 짐을 내리는 승객들 틈으로 그녀의 머리가 보이더니 곧 사라졌다.

입국 심사대에서 내 뒤로 꼬리를 물고 있는 사람들 틈에서 있는 그녀를 발견했다.

내 차례가 되었다. 우울한 눈빛을 지닌 입국 심사대 직원이 여권에 검인 도장을 찍으면서 "잘 오셨습니다"라는 형식적인 인사를 건넸다.

나는 수하물이 나오는 컨베이어 벨트 앞에서 짐을 기다렸다. 수녀들 역시 내 옆에 서서 깔깔거렸다. 남 듣기에 거북한 저속한 농담을 주고받는 모양이었다.

눈앞에 그녀가 다시 나타났다. 어느새 내 곁에 서 있었다. 대모(大母) 요정이 맨 끝에 있던 그녀를 순식간에 앞줄로 데려다놓은 것처럼.

짐이 많니? 그녀가 물었다. 아니, 딱 하나야. 짧게 갔다 오는 거라서. 근데 좀 피곤하네. 차나 한 잔 할까 했는데 오늘은 안 되겠어. 너무 피곤해. 다음에 어때? 레베카, 그러자, 응? 아무래도 그게 낫겠어.

나는 가방을 챙겼다. 훨훨 날아갈 것 같았다. 나는 다시 작별인사를 건네고 출구 쪽으로 걸어 나갔다.

길이 뻥 뚫린 시간이었다. 택시기사는 목적지인 집 앞까지 거침없이 페달을 밟았다.

일찍 잠자리에 든 지오반니에게는 지갑을 건넸다. 그는

키스를 하고 다시 잠이 들었다. 세바스, 엄마 왔어. 나는 세바스티안의 침실로 들어가 잠을 깨운 뒤에 록밴드 '슬립낫'의 디스크를 선물했다. 세바스, 엄마는 네가 너무 보고 싶었단다.

TV를 켰다. 새로운 소식은 없었다. 침실로 향했다.

어둠 속에서 영상들이 되살아났다. 우리베 대통령의 얼굴, 게릴라들의 개인 화기, 보테로의 컬렉션, 라 칸델라리아 거리의 사진사들, 커피 자국이 번진 레베카의 바지……. 다시 만나게 될까? 그래, 널 다시 만날 필요가 있어. 우리 사이에 얼마나 할 말이 많은가.

그랬다. 우리는 진실을 언급하지 않았다. 우리의 짧은 대화 뒤에 숨겨진 진실을, 부르르 떠는 입술에 감추어진 진실을, 승객들 틈으로 피해버려야 했던 진실을…….

그녀의 모습이 떠올랐다. 나는 진실의 가장자리에서, 그녀는 진실의 안쪽에서 입을 다물었다. 그날 밤에 그녀는 나를 쳐다보고 있었다. 잠자리에 들면서 나는 그녀가 꽤 오랜 세월 동안 나를 엿보고 있었음을 깨달았다.

2

레베카. 벽을 쳐다보는 아이. 교정, 연단의 계단에 앉아 있는 뚱뚱한 아이.

여학생들이 다가간다. 그들 중 한 아이가 빙빙 돌며 무슨 말을 건네고는 웃음을 터뜨린다. 레베카는 꿈쩍도 하지 않는다.

여기저기서 남학생과 여학생들이 소리를 지른다. 하지만 그 애는 그 자리에 있다.

나는 그 애 곁으로 가만히 다가가 걸음을 멈춘다. 그러다 자리를 떠난다.

거의 잊고 있었다. 하지만 지금 이 순간, 그 애의 모습이 분명하게 떠오른다.

부푼 턱, 긴 코, 돌멩이처럼 딱딱한, 꽉 움켜쥐듯 묶은 머리카락, 금방이라도 터질 것 같은 팽팽한 블라우스, 하얀 스타킹, 살갗 위로 두드러진 알록달록한 빨간 반점들…….

우리는 교실에 앉아 있다. 티나 선생님이 책장을 펼친 채 서 있다. 정적이 감도는 가운데 그녀가 입을 연다. "죄송해요, 선생님……." 가늘면서 툭툭 끊어지는 소리, 고래 같은 몸집에서 흘러나오는 어린 새의 울음소리, 이어지는 날카로운 파열음. "죄송한데요, 지금 몇 페이지죠?"

그럴 때마다, 그 애가 손을 들기도 전에, 그 애의 목소리를 듣기도 전에 아이들은 킥킥거린다. 그런 일이 있고 나면 그 애는 며칠 동안 입을 다문다.

아이들의 웃음소리는 학교에서 흔히 들을 수 있는 것이다. 교실 벽에 걸려 있는 급훈을 보는 것처럼. "하느님의 말씀이 너희를 구원하리라." 영어수업을 받으러 교실에 들어설 때마다 맨 처음 보는 구절이다. 나는 티나 선생님의 토끼 같은 얼굴을 기억한다. "Always behave well with your parents." 그녀는 이렇게 덧붙인다. "God help us.", "The dove is the Holy Spirit." 그 모든 것이 정원과 벽돌 담장 옆, 붉은 제라늄이 피어난 창가에서 벌어진 일이다.

또 다른 장면들이 떠오른다. 페루 국기, 성모 마리아의 고통에 찬 창백한 모습, 교정 밖 이웃집 발코니를 타고 오르는 재스민, 그리고 교실. 다섯 줄로 무늬를 수놓은 카펫, 벽에 걸린 종이로 만든 꽃들, 핏물이 뚝뚝 떨어지는 모습의 그리스도 수난상. 하느님의 말씀이 너희를 구원하리라. '사랑하다' 의 동사변화를 암송시키는 선생님. 사랑한다, 사랑했다, 사랑했었다, 사랑했더라면……. 큰 목소리로 반복하는 남학생과 여학생들. 모든 게 선명하다.

물론 크리스티안도.

*

레베카 델 포소Rebeca del Pozo. 그 애의 이름은 울림이 길다. 티나 선생님은 폭이 두터운 철자, 다시 말해 철자 'e' 와 'o' 가 그 애의 몸처럼 통통한 모양이라고 웃으며 말했다. 워낙 뚱뚱해서 몸 전체가 웅덩이(pozo)에 꽉 찰 거라는 말도 덧붙였다. 레베카 델 포소.

레베카가 어머니의 이름이자, 할머니의 이름이자, 할머니의 어머니의 이름이라는 이야기도 나돌았다. 아이들은 그 애의 가족사까지 알고 있었다. 티타의 엄마가 낸 소문이 교실에서 급속히 퍼져나갔다.

레베카가 자라난 생명의 왕국에서 그 애를 지옥으로 보내고자 한 사람은 아무도 없었다. 조롱과 멸시와 비웃음을 고스란히 감수해야 하는 지옥, 바로 학교 말이다. 그러나 레베카는 말을 건넬 때면 안쓰러울 만큼 예의를 지켰다. 나 지나가도 돼? 얘, 노트 정리 좀 보면 안 되겠니? 옷차림은 우스꽝스러웠다. 손질을 한 머리는 커다란 풍선 같았고, 두꺼운 옷감으로 만든 옷은 조숙한 미혼녀를 연상시켰다.

레베카와 나 사이에는 비밀이 있었다. 우리가 아이들의 눈을 피해 만나는 곳은 그 애의 집이었다. 그것은 우리 둘만의 밀약이었다.

그 애는 책을 읽고 음악 듣는 것을 좋아했다. 중학교 2학년인가 3학년일 때였다. 그 애는 교정에서 책을 읽고 있었다.

"뭘 읽어?"

그 애가 책을 보여주었다. 세계문학 시집이었다.

"보고 싶으면 빌려줄게."

나는 그 책을 하루만 빌리겠다고 말했다. 그날 오후 나는 집에서 그 애에게 빌려줄 책을 찾았다. 헤르만 헤세의 『데미안』. 다음 날 나는 약속대로 시집과 그 책을 가져다주었다. 참 아름다운 이야기였어. 일주일 후에 그 애가 말했다. 그날 이후 우리는 서로 책을 빌려주었고, 책 이야기를 나누었다. 우리는 『마음』, 『어린 여자들』, 『열다섯 살 대장』을 읽었다. 에니드 블라이튼의 탐정소설을 읽었고, 고등학교 2학년 때는 『오만과 편견』도 함께 읽었다. 여자들이란 바로 그런 거야. 그 애가 말했다.

그 무렵, 나는 토요일이 되면 다른 아이들의 눈을 피해 그 애에게 갔다. 오후 3시나 4시쯤이었다. 그 시간이면 레베카의 사촌들과 마주칠 일이 없었다. 그 애의 엄마가 차려주는 푸짐한 점심을 먹고 나서 우리는 함께 방에 들어가 음악을 들었다. 그 애는 캣 스티븐스, 엘튼 존, 비틀즈, 베니 모레, 베토벤의 디스크를 갖고 있었다. 그것들은 아침마다 어른들이 강요하는 로사리오 기도에 대항하는 무기인 셈이었다.

베토벤은 자신의 영혼을 음악에 바쳤어. 하루는 그 애가 그렇게 말했다. 얼마나 많은 작곡가들이 그렇게 한 줄 알아?

때때로 그 애가 침묵에 잠겨 있을 때면 나는 마음속으로 그 애가 무슨 생각을 하고 있을까 하고 자문했다. 저녁에는 동네를 산책했다. 그 애는 건물 정면의 파차다(건물의 정중앙 벽면—옮긴이) 앞에서 그것들이 지닌 경이로움을 관찰할 줄 아는 아이이자 해질 무렵의 재스민 향기를 맡을 줄 아는 아이였다. 하루는 나무에 앉아 있는 비둘기의 목에 물든 파란색, 보라색, 회색의 아름다움을 나름대로 묘사했다. 어디서 읽었는지 기억은 안 나지만, 무슨 사물이든 오랫동안 보고 있으면 그게 놀라운 기적이라는 걸 알게 된대. 우리는 돌멩이를 차며 몇 블록을 걷다가 집에 돌아오기도 했는데, 그 애는 돌멩이를 호주머니에 넣으며 이렇게 말하기도 했다. 이건 오늘을 기억하는 기념품이야.

하루는 노트에 쓴 글을 보여주었다.

세상은 소리 나는 북이다. 나뭇잎들이 그 위로 떨어진다. 나뭇잎들이 만들어내는 가벼운 소리는 평범한 사람들에게 감지되지 않은 채 지나간다. 하지만 예민한 사람들은, 그 소리를 들을 수 있는 사람들은 영혼의 깊은 곳에서 그 음악의 슬픈 무게를 느낀다. 단지 몇 사람만이 허공에 흩날리다 낙엽이 되어 영원히 대기를 채우는 나뭇잎의 떨림을 감지할 뿐이다.

마음에 들어? 응. 그렇다면 네가 가져. 네 거야. 내가 너한테 주는 거야.

고등학교 3년 동안 우리는 규칙적으로 만났다. 어떤 때는 교정에서 아주 은밀한 밀약처럼 토요일 약속을 정하기도 했다.

우리는 수업 중에 생긴 일에 대해서도 이야기를 나누었다. 그 애는 여학생들의 농담에 처음엔 마음의 상처를 입었지만, 나중에는 습관처럼 받아들였다고 말했다. 그치만 너무 하잖아. 내가 말했다. 학교를 옮기는 게 낫지 않을까? 아냐, 아냐. 걱정하지 마.

우리는 영화를 보기 위해 알카사르로 갔다. 어느 겨울이었다. 그런데 어둠 속에서 티타, 오스왈도, 단테가 극장 안으로 들어오고 있었다. 우리는 숨을 죽였다. 나는 그들에게 레베카와 함께 있는 모습을 들키고 싶지 않았다. 걱정

말고 가만히 앉아 있어. 그 애가 말했다. 우릴 못 볼 테니까. 영화가 끝나면 곧바로 떠날 거야.

그랬다. 티타 일행은 우리를 못 본 채 먼저 자리를 떴다.

그때부터 우리는 아이들의 눈을 피해 다른 영화관을 찾았다. 그중에서 자주 가던 곳은 '엘 리소 데 린세 극장' 이나 '엘 레푸블리카 델 센트로 데 리마' 였다.

나도 알아. 애들이 우리가 함께 있다는 걸 보면 안 된다는 거. 그 애 집에서 음악을 듣고 있을 때였다. 우릴 보면 다들 깜짝 놀라겠지. 그러니 너와 나만 함께 있는 게 나아.

나는 대답하지 않았다. 나는 그 애와 함께 있고 싶었다. 나는 그 애에게서 디스크나 책을 받았다.

얘, 이거 가져. 고등학교 1학년 2학기 마지막 주간이었다. 선물이야.

『20세기 세계사』.

그해 여름 나는 그 책을 완독했다. 덕분에 베르사유조약과 2차 세계대전, 얄타협정과 쿠바혁명, 그리고 동시대에 발생한 역사적 사건들에 대해 흥미를 갖기 시작했다. 내가 신문기자가 되고 싶어한 계기가 있다면 아마 그것 때문이었을 것이다.

레베카만 생각하면 마음이 아파. 나는 엄마에게 말했다. 나도 모르겠어. 지적이고 아는 것도 많은 아인데, 다른 애들과 함께 있을 땐 바보가 되는 거 같아. 다들 그 애를 괴롭힌단 말이야. 어쩌겠니. 엄마가 나긋하게 말했다. 베로니카, 그러니 너라도 도와주렴. 좋아, 다른 애들은 몰라도 나는 만날 거야. 주말마다 만나진 못해도 한 달에 한두 번쯤이면 되겠지. 우린 많은 얘기를 나누고, 어떤 때는 영화관에도 가. 하지만 다른 애들이 안 봤으면 좋겠어. 그래? 엄마가 물었다. 걔네 집은 어떠니?

레베카의 집은 지붕이 높았다. 담장은 경호시설을 구축한 것처럼 두꺼웠다. 집 안은 오랫동안 아무도 열지 않은 거대한 옷장처럼 밀폐된, 공기가 정체된 듯한 고풍스런 분위기였다. 육중한 가구나 장식은 없었다. 그 애의 할아버지는 항상 긴 벽 쪽에 앉아서 우리를 지켜보았다. 뿌연 먼지가 내려앉은 거실은 모든 사물이 덩어리로 몰려 있는 것처럼 오롯했다. 빛바랜 전등이 실내를 밝히고, 널따란 테이블 위에는 빵과 잼이 든 병들이 놓여 있었다. 그곳으로 그 애의 이모들과 우울한 눈빛을 띤 여자들이 들락거렸다. 식구들은 오후 6시 30분마다 살롱에 모여 월요일부터 금요일까지는 한 번, 일요일에는 미사 전후로 두 번씩 로사리오 기도를 드렸다. 그 자리에는 가엾은 레베카도 끼여 있었다.

나는 로사리오 기도에 열중하던 그들을 기억한다. 레베카와 레베카의 어머니 그리고 이모들이 무릎을 꿇은 채 묵주를 셌다. 그들의 입에서 새어나오는 신비한 기쁨과 고통이 교차되었던 그곳은 교리의 풀을 뜯는 암소들의 왕국이었다. 한번은 그들이 내게도 함께 할 것을 권했지만 나는 거절했다.

레베카는 무남독녀였다. 그 애의 아버지는 일찍 가족을 버렸다. 그에 대해 아는 사람은 없었다. 티타의 엄마는 그를 뼈가 앙상하고 눈이 작고 눈빛이 활활 타오르는 사내로만 기억했다. 그는 아내의 돈을 보고 결혼했다. 결혼한 지 몇 개월 만에 아내의 통장 하나를 바닥내고, 얼마 후 아내의 재산 일부를 챙겨서 도망친 철면피였다. 레베카 말에 따르면 그는 어떤 교범을 보고 터득한 몇 가지 마술을 가르쳐주면서 아내를 꼬드겼고, 그 마술에 걸려든 아내의 돈을 갈취하여 영원히 사라졌다고 한다.

레베카와 나는 그 애의 어머니와 이모들 곁에서 멀리 떨어지길 원했다. 그래서 우리는 늘 방에 처박혀 있었다. 그 애는 자기 방을 장미색으로 칠했다. 마리아 칼라스와 켓 스티븐스의 초상, 차곡차곡 쌓인 음반과 책이 가득한 책꽂이, 정원의 나뭇가지가 창문 옆으로 드리워진 곳. 그곳이 우리의 방이었다.

우리만의 세계였다. 고등학교 3학년 때 이런 일이 있었다. 토요일 오후, 그 애의 집에 가고 있을 때 하얀 폴로 차림의 젊은 사내가 시각을 물었다. 내가 손목시계를 들여다보는 틈을 타 그 청년은 "야, 갖고 있는 거 몽땅 다 내놔!"

라고 하며 내 목에 비수를 바짝 갖다 댔다. 나는 벌벌 떨면서 손목시계와 얼마 안 되는 돈을 다 내주었다.

그 청년이 부리나케 도망간 뒤 나는 집으로 돌아가는 대신 레베카네 집으로, 아니 우리의 방으로 뛰어갔다. 나는 레베카를 보자마자 울음을 터뜨리며 침대로 쓰러졌다. 그 애가 가까이 다가왔다. 나는 그 애의 팔에 머리를 기댔다. 그 애가 흐느꼈다. 누가 그 모습을 보았다면 딸자식을 달래고 있는 성모 마리아로 착각했을지도 모른다. 잠시 후 나는 다시 차분해졌다. 나는 엄마를 제외하고 어느 누구에게도 그 일을 이야기한 적이 없었다.

*

레베카는 등교할 때마다 항상 맨 마지막으로 교문을 통과하는 아이였다. 그녀는 검은 가방을 매고 교정에 들어섰다. 특히 금요일에는 대포알처럼 날아드는 갖은 조롱과 모욕을 온몸으로 받아들였다.

레베카, 암소처럼 거대하고 뚱뚱한 레바카revaca('vaca'는 '암소'라는 뜻—옮긴이). 평소에 그녀는 아이들의 조롱이 홍수처럼 쏟아지면 물살에 떠내려가는 장롱처럼 이리저리 뒤뚱거렸다. 금요일이면 아이들이 그 애를 향해 떼를 지어 몰려들었다. 어서 오세요, 고래 아가씨! 안녕, 마르모트!

야, 지구본! 오, 뚱보 퍼피, 안녕!

학교에서 레베카는 아이들의 야유와 질시를 자연스럽게 받아들였다. 별다른 반응조차 없었다. 거대한 몸뚱이, 위로 바짝 세워 묶은 머리, 딱딱한 치마는 영락없이 코를 꿰고야마는 자연산 낚시 바늘이었다. 그 애의 엄마가 아침마다 딸자식이 놀림을 당하도록 옷을 입히고 머리를 빗어주는 것 같았다. 나 역시 웃었다. 아무도 몰래, 멀찍이 떨어져서 웃어야 했다. 나의 비밀 친구였으니까. 복도에서도 나는 먼발치에서 그 애를 지켜보았다. 뚱뚱한 다리로 뒤뚱거리며 걷는, 그물망으로 머리를 혹처럼 묶어 올린, 마치 암소가 걷는 것처럼 돌아다니는 뒷모습을. 레베카의 변신은 극과 극이었다. 학교에서의 모습은 내가 토요일에 보는 그 애와는 전혀 달랐다.

레베카, 레바카, 너무 크고 너무 뚱뚱한 레베카는 암소라네.

아이들의 합창은 초등학교 5학년 때부터 시작되었고, 그 이후에도 내내 지속되었다. 그 애는 수업이 끝나면 공원을 가로질러 거리로 피신했다. 그게 그 애가 선택한 하굣길의 루트였다.

한번은 나에게 그 이유를 설명했다. 아이들에게 당하는 모욕도 일과일 수밖에 없다고. 방과 후면 모욕도 끝난다고……. 하굣길에는 다른 길로 가는 게 낫다고.

교문을 나서면 그 애는 여러 블록을 걸어 호젓한 정류소로 갔고, 그곳에서 버스를 타고 집으로 돌아갔다. 나도 가끔 똑같은 길을 따라 걸었다. 산타 크루스 가, 블라스 발레라 거리, 페세트 가까지……. 그러다 보면 어떤 때는 모라 공원의 숲 근처에서 그 애를 만나기도 했다.

가비 같은 아이는 그 애에게 말을 걸기도 했다. 그러나 늘 묵묵부답이었다. 우리랑 배구할래? 아니. 같이 점심 먹을래? 그냥 여기 있을 거야. 얘, 우리 같이 수학 숙제나 하자. 아냐.

그래도 가비는 늘 레베카를 거들었고, 교정에서 그 애와 대화를 나누었다. 나는 학교에 가비 같은 아이가 더 있었으면 하고 바랐다. 가비는 아이들 앞에 나서지 않는 나와 다른 아이였다.

나의 비겁함은 아직도 내 어깨를 짓누르는 무게로 남아 있다. 나의 죄책감은 비행기에서 레베카를 다시 만났을 때 그녀의 존재를 거부하고 그녀를 멀리하게 만들었다. 아니 내가 그런 생각을 했는지조차 모르겠다. 그 일을 잊고자 했는데, 이제 와서…….

*

그 시절의 기억들이 조각조각 떠오르다 이내 겹쳐진다.

중·고등학교 과정은 우리를 스쳐 지나갔다. 어느 날 정오였다. 학교의 벨이 울렸고, 우리는 교정에 서서 연설을 듣고 국가를 불렀다. 우리가 부모들에게 감사의 인사를 드리는 동안 정다운 교정은 점점 과거로 향했다.

그로부터 몇 주 뒤에 나는 대학생이 되었다. 캠퍼스로 가기 위해 아침 일찍 일어나고, 역사와 사회과학 학점을 받고, 카페에서 새로운 친구들과 대화를 나누고, 바에서 늦게까지 시간을 보냈다.

학창 시절의 기억들은 빠르게 희미해졌다. '하느님의 말씀이 너희를 구원하리라'. 창가의 제라늄. 티나 선생님의 토끼 같은 얼굴. 레베카와 함께 했던 토요일도…….

학창 시절 이후, 나는 다시 레베카를 보지 못했다. 그 애는 미국으로 떠났대. 대학 신입생 시절의 어느 모임에서 잡다한 대화들이 오가던 중에 나온 이야기였다. 그 뒤로도 오랫동안 그 애에 대해 알지 못했다. 나는 학과 공부에 열중하면서도, 여러 남학생들을 만났다. 니코도 그중 하나였다. 중·고등학교 시절의 친구 중에 지금까지 만나는 애는 2년 후배인 마리아 에우헤니아가 유일하다. 레베카는 그렇게 내 기억 속에서 지워져갔다. 그 애를 떠올릴 때가 가끔 있었지만, 기억 속에서도 나는 그 애에게서 늘 일정한 거리를 유지하고 있었다.

과거의 기억은 비행기에서 내 옆에 앉은 거대한 유령으

로 되살아날 때까지 그렇게 유지되고 있었다. 우리의 대화, 엎질러진 커피, 그리고 다시 만나자는 그 애의 제안은 그 순간까지만 해도 짧고 우연한 만남의 시작에 지나지 않았다.

3

콜롬비아에서 돌아온 다음 날, 나는 일찍 일어났다. 세바스티안을 깨워 안아주고 주방으로 내려갔다. 나는 그 애가 좋아하는 사과를 여러 조각으로 나누어 접시에 담고, 시리얼과 요구르트를 함께 내놓았다. 아이는 남김없이 해치웠다.

창가에서 문을 나서는 아이를 지켜보았다. 손을 흔들어 인사를 건네고는 옷을 갈아입기 위해 위층으로 올라갔다.

지오반니는 아직 침실에 있었다. 나는 그에게 우리베 대통령과의 면담, 라 칸델라리아 거리 취재, 친구 집에서 먹은 맛있는 아히아코 요리 이야기를 들려주었다.

피트니스클럽에 들렀다 신문사로 갔다. 오전 11시였다. 사무실 문을 열고 들어섰다. 밀라그로스가 일을 하고 있었다.

밀라그로스는 나를 닮은 축약형이다. 길게 늘어뜨린 머

리칼에 윤곽이 뚜렷한 얼굴이지만, 나보다 더 젊다는 뜻이다. 어떤 이들은 내 머리 스타일을 흉내 냈다고 말한다.

내가 여행을 떠난 동안 밀라는 내 업무를 대신했다. 회의에 참석하고, 기사를 조정하고, 칼럼니스트들을 챙겼다. 효과적인 보조 업무수행자이자 흔치 않은 능력의 소유자였다. 늘 바쁘게 움직이는 타입이었다.

"여행은 어땠어요?"

"좋았지. 레히오가 나왔더라고. 별일 없었어?"

"그럼요. 여길 보세요. 이번에 취재한 리포트가 떴어요. 회의에서 다들 언급했죠. 사람들의 관심을 끄는 데 성공했어요."

"밀라, 오늘 스케줄은 뭐지?"

그녀는 초대장과 소개장들을 건네주었다. 대부분 칵테일파티와 출판기념회에 초대하는 내용이었다. 오라시오 아르만도가 자기가 쓴 무역에 관한 책을 소개해줬으면 하더군요.

사내에서 우편 업무를 담당하는 마리아노가 우편물을 들고 나타났다. 나는 그것들을 하나하나 살펴보았다. 봉투를 뜯고 나면 그것을 휴지통에 버릴지 말 것인지가 결정된다. 사실 대부분이 휴지통으로 들어간다. 대개 잘못 쓴 이름들, 내가 모르는 발신자들, 선전용 책자들이다. 작은 휴지통에 들어갈 것을 고르는 눈썰미는 입사 초년병 시절과는 확연히 다르다.

"아, 깜빡 잊은 게 있어요." 밀라가 말했다. "방금 전에 어떤 여자 분이 전화를 했어요. 레베카 델 포소. 벌써 세 번이나 찾은 걸요."

"레베카 델 포소?"

"네, 아시는 분이에요?"

"응. 비행기에서 만났거든."

"무척이나 신경질적이더군요. 부장님께 부탁할 일이 있다는 거예요."

"거기까지만."

"누구죠?"

"동기생. 워낙 고지식해서……. 그럴 시간 없으니까 밀라가 알아서 해."

"걱정 마세요."

밀라가 핸드백을 열었다. 길고 검은 핸드백이었다. 비행기에서 레베카가 한참을 뒤적이던 것과 똑같아 보였다.

"커피 뽑으러 나갈 건데, 필요한 거 있어요?"

"나도 한 잔 부탁해."

나는 그녀의 뒷모습을 지켜보았다. 저 애에게 무슨 말을 했을까.

밀라가 커피를 들고 돌아왔다.

전화벨이 울렸다. 나는 커피를 건네받았다. 유리창의 흐느적거리는 빛이 검은 액체에 반사되고 있었다.

"아뇨, 부인, 지금 안 계세요." 밀라가 전화를 받았다. "아…… 죄송해요, 아가씨인 줄 몰랐어요. 델 포소 씨……. 네, 말씀드리겠어요. 아…… 지금은 안 돼요. 여기선 기다릴 수 없어요. 하루 종일 모임이……. 아, 안 돼요. 그럴 순 없다니까요."

밀라가 다가오더니 어이가 없다는 듯이 양팔을 들어올렸다.

"레베카 델 포소라는 분이 다시 전화했어요."

"알았어."

"이제 막 기억이 나네요. 요전에도 전화를 했거든요. 부장님이 콜롬비아 출장 가기 전에요."

"내가 출장 가기 전에?"

"네, 맞아요. 근데 무슨 일이 있나요?"

"아냐, 아무것도."

나는 커피를 한 모금 마셨다. 검은 액체가 테이블 위에서 바르르 떨었다. 나는 자리에서 일어나 복도로 걸어 나갔다.

"내가 출장 갈 거라는 얘기도 했었어?"

"네, 그렇게 말했어요."

내가 그 비행기를 타고 리마로 돌아온다는 것을 사전에 조사했을까.

그 비행기를 탄다는 사실을 알고 있었을까. 그래서 일등석을 이용하지 않았던 것일까.

그렇게 생각할 것까진 없어. 그럴 리가 없으니까.

"방금은 무슨 얘기를 했어?"

"어휴, 끝끝내 우겨대더군요. 글쎄 여길 찾아온다는 거예요. 부장님과 아주 절친한 사이라면서."

"여길 찾아온다고?"

"네. 그런데 부장님을 왜 그렇게 찾는 거죠?"

"모르겠어. 하지만 들여놓아선 안 돼. 수위한테 연락해서 내가 지금 자리에 없다고 해."

"여기 들어와서 부장님이 돌아오실 때까지 기다린대요."

"하느님 맙소사. 전화가 또 오거든, 오늘은 바깥에서 모임이 있어서 사무실로 돌아오지 않는다고 해."

"걱정 마시라고 했잖아요."

"이런…… 미쳤나 봐."

"어디서 그런 여자를 만났어요? 같은 학교에서 공부했었나요?"

"그만 해."

나는 전화기를 쳐다봤다.

레베카의 목소리를 듣고 있는 기분이었다. 자리에 없나요? 하지만 전화를 해도 괜찮다고 했는데.

밀라가 인터폰을 내려놓았다.

"됐어요. 수위더러 제 허락 없이는 아무도 들여보내지 말라고 얘기했어요. 그런데 수위가 어떻게 생긴 여자인지 묻잖아요."

"그래?" 나는 저녁 모임에 필요한 내용을 쓰다가 그 말을 받았다. "엄청 뚱뚱한 여자라고 해. 암소만 하다고. 척 보면 알아볼 거야."

밀라가 다시 수위와 이야기를 나누는 사이 나는 흥분한 마음을 가라앉혔다.

"됐어요." 밀라가 말했다. "자, 이제 얘기하세요. 오늘 지면에는 뭘 싣죠?"

사소한 뉴스거리가 산더미 같았다.

"런던의 테러리즘 위협."

"그럼, 저는 기삿거리를 취합해서 보내드릴게요."

나는 글을 작성하기 시작했다. 문제는 여러 기사들을 한 편의 글로 만들어내는 것이다. 보기는 쉬워도, 사람들이 상상하는 것보다 훨씬 까다롭다. 자료와 이름과 여러 취재원의 이데아를 취합하는 일이자, 자기만의 색깔이 들어간 문장으로 만드는 일. 각기 다른 사람들의 조각들로 완성한 몸체에 피를 흐르게 만드는 일이다. 시체로 만든 모자이크에 심장을 주는 경우와 같다고 할까. 프랑켄슈타인 박사와 국제부 기자는 혈연관계인 셈이다.

나는 모니터 앞으로 다가가 내 소개란을 살펴보았다.

시계를 보았다.

오후 3시에 신문사의 임원진 특별회의가 있었다. 각 부서 편집자들이 각자의 업무 성과와 기획을 발표할 예정이었다. 이전에도 여러 번 회의가 소집되었다. 취재 여행을 떠나기 전에도 기획에 필요한 칼라 프레임 도표와 도해를 준비했는데, 거기에는 연령과 직업 등 사회 부문별 독자지수가 나와 있었다. 파워포인트로 작성한 파일을 준비하는 것은 옷차림을 잘 꾸미는 일이나 다름없다.

"부장님한테 전화한 레베카 델 포소라는 여자는 어떻게 생겼어요? 정말 그렇게 뚱뚱해요?"

"여성 페드로 피카피에드라(한나 바베라가 창조한 TV 만화영화 시리즈 인물—옮긴이)……, 그렇게 생각하면 될 거야."

밀라그로스가 씩 웃었다.

"늘 그렇지만 너무 짓궂으세요."

그날 나는 사무실로 점심을 시켰다. 셀러리가 들어간 닭고기 샌드위치, 샐러드, 카스텔라, 파파야 즙 두 잔. 카스텔라는 피트니스클럽 한증막에서 옆모습이 지나치게 굴곡이 생겨서는 안 된다고 강조했던, 조각상처럼 날렵한 여자애가 나에게 유일하게 허용한 단 음식이다. 내 눈으로 내 허리와 엉덩이를 보는 것이 나의 취미다. 가까이에 거울이 있으면 그 앞으로 달려가 내 모습을 살핀다. 비단결 같은 긴 머리카락, 여전히 반짝이는 눈. 아, 하지만 얼굴에 생긴 잡티에 주름살……. 그래도 나이에 비하면 아직은 싱싱하다. 암, 싱싱하고말고. 게다가 아름답잖아.

점심을 마치고 나는 다시 컴퓨터를 켰다. 올해 우리 부서의 첫 분기 지수는 성공적이다.

설문조사에 따르면 우리 국제부는 독자가 27% 늘어났다고 한다. 스포츠 분야보다도 더 높은 신장률이다.

국제 면을 그렇게 많이 본다는 것은 흔한 일이 아니야. 나는 나 자신을 다독였다. 이건 우리 국제부의 성공에 그치는 게 아니라, 독자에게 선을 베푼 거야. 세계의 영역은 이전보다 더 확장되고, 더 많은 나라들(아르메니아처럼 재등장한 나라들까지 포함해서)이 생겨났지만 우리는 그들에 대해 아직 잘 모른다. 수십 개의 나라들은 어쩌면 나머지 백여 개 나라들에 대해선 생각조차 하지 않을 것이다. 에리트레아나 토고 같은 작은 나라에 대한 소식은 말 그대로 어쩌다 지면을 장식할 뿐이다. 나는 내 칼럼에 오늘날에는 더 이상 나라라는 개념에 아무 의미가 없다고 쓴 적이 있다. 세계는 이제 핵과 더불어 서너 개의 경제 블록 간의 대립이다. 우리 모두는 거기에 종속되어 있다. 그것은 때때로 공동구역으로 설명된다. '뉴욕의 주식시장이 재채기를 하면 리마의 주식시장은 폐렴으로 죽게 된다.' 글쎄, 모든 게 이 모양이다.

한번은 일기에 이렇게 쓴 적도 있다.

빈말은 접어두자. 나는 기사를 쓸 때 무척 신중해진다. 신문에 글을 쓰는 것은 현실에서 제외된 것들을, 때때로 드러나는 심오한 진실을 코멘트하고 정보를 전하는 일이다. 세상에는 불법행위가 난무하는 나라, 지진이나 폭우 같은 열악한 조건에 처해진 나라에서 사는 사람들이 많다. 그들을 이끄는 리더나 대통령은 누구인가. 그들의 삶과 죽음과 고통과 희망과 꿈을. 어느 독일인에게 삶이란 무엇일까. 어느 세네갈인에게, 어느 버마인에게 삶이란 무엇일까. 아, 그 많은 사람들, 사람은 많은 이야기를 토로하고 싶어 한다. 무수한 사람들. 그리고 날마다 일어나는 무수한 일들. 신문 기사를 작성하는 것은 결코 상투적이 아닌 유일한 일이다.

한 여성은 이런 생각을 떨쳐버릴 수 없다. 이 세상이, 이 세계의 역사가 전쟁과 정복과 제국과 왕들의 힘에, 남성들의 손에 설계되고 구축되어 왔다는 것을. 그들이 지닌 가치, 항상 명령만을 유일한 욕망으로 내세우는 그들의 가치에 따라 흘러왔다. 만일 여자들이 세계를 지배했으면 어떻게 되었을까? 더 나은 세상이 되었을 거라고 확신할 수는 없지만 분명 지금과는 다를 것이다. 그렇게 생각해봤자 소용없지만.

물론 간부 회의에서 이루어진 프레젠테이션은 나의 생

각과는 다른 테마일 수밖에 없었다. 우리 국제부의 성공은 새로운 섹션 '잡다한 데이터', '주인공들의 생애' 덕분이었다. 우리 지면에서 가장 영향력 있는 독자는 25세부터 40세 사이의 남성들이었다. 그들이 A층과 B층을 차지했고, 40세에서 55세의 여성들이 C층에 속했다. 성공적이었다. 어쩌면 오늘 모임에서 다들 나를 축하할지도 모른다.

오후 3시에 나는 파워포인트로 작성해서 폴더와 파일에 저장했던 자료를 CD에 담았다.

그날의 모임을 위해 하얀 블라우스에 파란 조끼, 굽이 낮은 신발, 귀걸이로 치장했다.

사무실을 나서기 전에 거울 앞에 섰다.

살짝 빗질을 했다. 조금 들떠 있었지만 모든 것이 잘되리라고 확신했다.

살롱으로 들어갔다. 다들 나를 바라보았다. 양복 차림, 진지한 표정, 친밀한 미소. 나는 인사를 건네며 앞으로 나갔다.

나는 나를 바라보는 간부들의 얼굴을 하나하나 쳐다보았다. 본격적인 프레젠테이션에 들어가기 전, 나 자신과 내가 할 말에 대해 믿음을 가지는 것이 중요하다. 프레젠테이션과 회의는 문제없이 진행되었다. 회의가 끝날 즈음 나는 몇몇의 표정을 통해 그들의 마음을 읽었다. 흡족한 눈치였다. 나는 아무도 모르게 안도의 한숨을 내쉬었다.

*

복도로 나오다가 타토 드라고와 마주쳤다.

그는 직원이 아닌데도 신문사에 자주 나타났다. 광고를 맡기고 신문사에 머무르는 일이 많았다. 나는 입구에서 서성거리던 그를 보았다. 나를 발견하면 수작을 거는 것도 그의 일과 중 하나였다. 나는 그것이 무척이나 성가셨다. 납작한 코와 두터운 입술, 고양이 눈썹에 가려진 파란 눈이 서로 달라붙은 얼굴. 인상마저 답답해 보였다.

어휴, 어쩜 저리도 애절하고 능청스러울까. 밀라그로스와 내가 여러 번의 이야기 끝에 내린 결론이었다. 글쎄 타고 났다니까.

타토의 몸은 두 가지 경우에만 반응했다. 예쁜 여자가 나타나거나 위스키 병의 크기를 가늠할 때였다. 젊어서는 알코올보다 여자들에게 더 열중했지만, 세월의 흐름에 순서가 뒤바뀔 수밖에 없었다. 알코올에 전 무게가 얼마나 굉장한지 때때로 몸이 앞으로 꼬꾸라질 정도였다. 그는 자주 입을 움직였는데, 그 모습이 마치 영광스런 젊은 날의 추억이었을 무엇인가를 씹어대거나 음미하는 것 같았다. 하루는 내게 이런 말도 했다. 스물네 살에 이미 놀기 좋아하고 여자 좋아하는 이상적인 백만장자가 되었다고. 그의 부친과 조부 역시 똑같은 부류였다. 가문의 문장으로 브래

지어가 걸린 위스키 병을 쓴다면 안성맞춤일 것이다.

운명의 보상을 받기라도 한 것일까. 그의 얼굴은 이미 윤기 흐르는 백만장자와는 거리가 멀었다. 볼은 축 처지고, 눈도 무겁게 내려앉은 것이 영락없이 졸고 있는 반추동물 같았다. 게다가 항상 무엇인가를 애원하는 표정이었다. 이마 위로 힘없이 늘어진 머리카락은 그가 자기 몸 하나 제대로 건사하지 못한다는 것을 보여주었다.

내가 그를 알게 된 것은 10년 전, 그가 막 쇠락의 길을 걷기 시작할 때였다. 그날도 그는 새 옷을 입고 잔뜩 멋을 부렸다. 평소처럼 적색이나 청색 셔츠를 입고, 셔츠 깃에는 브로치를 달고, 형형색색의 넥타이를 맸다. 넥타이 파는 상인을 만난다면 "손님은 가슴 위에 무지개를 달고 다니시는군요"라는 말을 들었을 것이다.

하지만 넥타이로 충분하지 않았던지 셔츠에 금속 버튼까지 달고 다녔다. 온몸을 자신의 구취가 섞인 향수로 적신 사람 같았다. 그런 차림에 머리에 젤까지 바르고 그는 돈 많은 걸인처럼 세상을 돌아다녔다.

히스테리를 잘 부리고 독실한 가톨릭 신자인 금발의 아내를 둔 그는 자신의 회사 광고를 맡길 신문사를 골랐고, 단지 집에 있기 싫다는 이유 하나로 신문사 주위를 어슬렁거렸다. 그가 가까이 다가올 때마다 나는 웃음을 감추려고 내심 애를 썼다.

얼굴이 번지르르한 타토가 나를 지켜보고 있었다. 나는 목례를 하고 복도 쪽으로 걸음을 재촉했다. 그가 나를 따라오기 시작했다.

나는 모른 척하고 걸었다. 그가 나를 따라붙었을 때에야 미소를 지었다.

"베로니카, 잠시만. 내 당신한테 할 말이 있어요."

"안녕하세요, 돈 타토?"

"에이, '돈' 이라는 칭호는 빼줘. 나를 늙은이 취급하는 기분이 들거든."

"그럼 그렇게 할게요."

"지난밤에 내가 당신하고 에로틱한 꿈을 꿨다는 거 알아요?"

"톱뉴스군요."

"어때요, 듣고 싶지 않소?"

나는 씩 웃었다.

"타토 씨, 똑바로 처신하세요. 아말리아 사모님한테 전화를 할 수도 있으니까요. 내 말 알아들어요?"

"좋아, 좋아요. 당신도 그런 표정은 짓지 말아야지. 요즘 당신 부서가 아주 잘나가는 것 같더군. 축하해요."

그러나 역시 타토다웠다. 그는 씩 미소를 지으며 내 어깨를 토닥였는데, 그 제스처에는 격려와 동시에 음험한 진의가 담겨 있었다. 이어진 말은 여느 때와 마찬가지였다.

먼저 내 가족 안부. 좋아요. 주말에 클럽에서 테니스를 치시나? 그럼요. 시간은? 나야 모르죠. 남편이 일어나는 시간에 따라 달라지니까요. 에이, 이럴 때 꼭 당신 남편 이야기를 끄집어내야 하나? 당연하죠. 우린 가족이니까요. 타토 씨, 가족은 함께하는 거예요. 그것도 몰랐어요? 이봐요, 내 사무실에서 한번 만났으면 하는데…… 어때요? 올 수 있겠소? 그거 좋죠. 하지만 먼저 내 친구 아말리아한테 가도 괜찮겠느냐고 물어볼게요. 허허, 그 이야긴 또 왜 꺼내시나? 타토 씨, 그야 당신 아내가 내 친구니까요. 그래도 그렇지, 누구한테 물어볼 생각 말고 그냥 와요. 잠시 얘기 좀 나누려는 것뿐이니까. 요즘 신문사가 온통 당신 얘기더군. 무슨 얘기를 하던가요? 그야, 당신도 잘 알잖소.

마침내 대화—그래봤자 여느 때의 대화를 반복하는 것에 불과했지만—가 끝났다. 그는 다시 씩 웃더니 해면질이 느껴지는 볼 키스를 한 다음, 나를 기다리겠다는 말을 남기고 걸어갔다.

사무실로 가는 도중 간부진을 다시 만났다. 그들은 내 섹션의 성과에 대해 또 한 번 축하인사를 건넸다. 나는 고맙다고 화답했다.

4

사무실에 들어서자마자 수화기를 들었다.

패트릭, 드디어 때가 된 거야. 패트릭, 난 이번 여행 이야기를 하기 위해 당신한테 전화를 하는 거야.

그는 항상 특유의 인사법으로 전화를 받는다. 알로(영어의 '헬로우'라는 뜻. 중남미에서 전화통화에 흔히 사용한다—옮긴이)……. 두 사람 사이의 실제 거리를 확인하게 만드는 음성, 장난기 섞인 인사, 스스로 빛나기 위해 기지개를 펴는 차분한 속삭임. 알로……. 가끔은 나도 혼자서 가만히 따라해 본다. 알로……. 아가, 안녕. 우리 아가 목소리를 들으니 이렇게 아름다울 수가! 그래, 잘 있었어? 응. 그럼 축배를 들어야지. 어서 오지 않고…….

그때마다 나는 이렇게 대답한다. 갈게.

패트릭 칼더. 내가 사랑하는 바보 패트릭. 아, 내 사랑 패트릭. 나의 옛 남자친구. 그를 다시 만난 것은 어느 저녁 만찬 때였다. 그날 밤, 그는, 늘 단단하고 예리한 그의 입술은 나를 다시 흔들어놓았다. 아, 여자를 키스하게 만드는 입술.

재회. 그날 밤, 재회로 인한 흥분이 가시기도 전에 부끄럽게도 그와 잠자리를 시작했다. 그 뒤의 여정은 단순했다. 나는 그를 그 자리에 놔두었고, 그가 부르면 그의 집으로 향했다.

나는 그를 다시 만났던 날에 그가 내뱉은 첫마디를 기억하고 있다. 베로, 테니스 선수 허리인 걸 보니 왼손으로 공을 치는군. 패트릭, 왜 내가 왼손으로 공을 친다고 생각해? 여왕벌의 허리를 지닌 여자는 왼손으로 공을 치거든. 여왕벌 허리라니, 그런 바보 같은 말이 어디 있어? 당신 허리는 춤을 추는 데 이상적이야. 베로, 우리가 엘 파랄에서 밤새 춤추며 지냈던 날 밤, 기억해?

생뚱한 밀어로 나를 웃게 만든, 그것은 그의 조그만 첫 승리였다. 테니스를 치는 당신을 보고 싶어. 그가 덧붙였다. 나풀거리는 치마를 입고 있는 당신의 모습을. 베로, 난 오늘 당신이 치는 공이 코트를 넘어가는 숫자를 세며 잠을 청할 거야. 그만 해, 패트릭. 바보 같은 소리 그만 해.

그는 여행 중에 구입한 라켓을 나에게 선물했다.

나는 그의 맨션에서 라켓 '윌슨 550'의 그물망 사이로 입을 갖다 댄 채 재회의 키스를 받아들였다. 플라스틱 그물망 사이로 닿는 그의 입술을 느끼면서.

우리는 재회했다. 그때부터 나는 그를 향한 마음에 빠져들었다. 그를 다시 알고 싶었다.

물론 때때로 미워하기도 했고, 그런 나 자신을 증오하기도 했지만, 그때마다 다시 그의 품 안에 파묻히고 싶었다. 나 자신이 무너진다는 것을 알면서도……. 아니, 이미 무너졌는지도.

우리가 재회를 한 지 10개월이 흘렀다. 그사이 지오반니는 별 변화가 없었다. 의심하지 않았다.

어쩌면 나만 그렇게 생각하는지도 모르잖아.

그래, 아무것도 의심하지 않았어. 확실해.

그는 의심하지 않았다. 지오반니는 사람들(삼촌과 형제들도 그들 중 일부였다)이 자신을 받아들이지 않는다고, 회사가 재정담당 부장으로서의 자기 능력을 제대로 평가해주지 않는다고 불평하느라 다른 생각을 할 겨를이 없었다.

지오반니의 집안은 그의 통장에 달마다 돈을 넣어주었다. 그는 불만을 터뜨렸지만 안정된 상태에서 자유스러웠다. 영화를 보거나 골프를 치면서 자신의 불만을 날려 보낼 수 있었다. 그는 반년을 일 없이 지냈지만, 나와 패트릭과의 관계를 의심하는 것은 고사하고 초조한 자신의 처지에서조차 벗어나지 못했다.

나는 지오반니를 속이는 죄책감에 짓눌렸지만, 그것은

동시에 패트릭을 찾는 구실이 되어주었다.

신문사에 있을 때도 마찬가지였다. 가까이 전화기가 눈에 띄면 패트릭과 통화를 하고 싶은 충동에 사로잡혔다.

패트릭, 패트릭, 매력적인 거짓말쟁이. 그는 남의 눈을 의식하지 않았다. 즐거움을 아는 남자였다. 금발, 호리호리한 몸매, 다양한 트위드 재킷 차림. 그는 자신의 영혼에 깃든 악당의 속성을 완벽하게 위장한 신사였다. 예의 바르고 상대의 마음을 헤아릴 줄 아는, 책을 읽고, 유럽 여행을 즐기고, 여성의 내부에 잠재된 애정을 일깨울 줄 아는 남자였다.

영국계 혈통에, 태어난 곳은 친차에 있는 부친의 농장이었다. 페루에서 영국인이 된다는 것은 즐거운 일이었다. 취미로 파이프를 수집했지만 담배를 피운 적은 없었다. 한때는 크리켓을 즐기다가 나중에는 자신의 몸을 단단하게 만들고, 동시에 여자들의 호감을 충족시키기 위한 스포츠로 바꾸었다. 일주일에 나흘씩 거르지 않는 스쿼시와 수영으로 멋진 체격을 유지했다. 그는 자기 확신이 분명한 사내로 거울 앞에서 나누는 자신과의 대화를 즐기기 위해 아침 일찍 일어났다. 안녕, 패트릭. 좋은 아침이야. 패트릭, 오늘은 아주 멋져 보이는군.

늘 그런 식이었다. 그는 자신과의 대화에 빠져 있었다. 대학 시절 나는 그의 철저한 나르시시즘에 대처하지 못했다. 우리는 실패한 연인이었다. 그를 향한 나의 환상은 불과 몇 개월 만에 깨졌다. 그는 나를 버리고 다른 여자에게 갔지만, 그는 그 여자도 버렸다. 여자를 바꾸는 것은 그의 강박이었다. 그가 상상하는 삶은 모든 말을 탈 수 있는 회전목마에 있었다.

그는 본의 아니게 나를 강하게 만든 교사였다. 나는 깨진 환상이 허약한 나의 방어벽을 단련시켜 주었다는 것을 확인하며 기뻐했다. 영국 대사관 만찬 때였다. 대학 시절이 한참 지난 뒤에 만난 그는 역시 바이러스이자 면역 같은 존재였다. 베로, 이 재킷 기억 나? 그가 자신의 트위드 재킷을 가리키며 속삭였다. 우리가 헤어졌던 날에 입었잖아. 페트릭, 과거로 날 되돌리려 하지 마. 아냐, 베로, 우리 사이엔 시간이 흐른 것 같다는 생각이 안 들어. 그날 그는 자신을 속이고 있었다. 용서를 구할 테니 다시 날 받아줘, 응? 아가, 아무 일도 없었던 것처럼 하면 되잖아. 어때. 나 역시 그를 속이고 있었다. 마음 한구석에 자리한 응어리에도 불구하고 그와의 거리를 일정하게 유지하며 느긋하게 즐겼다. 나의 내부에는 항상 무엇인가를 다시 느끼고 싶어 하는, 멋지고 고상한 남자의 이미지를 저장해 두려는 위험이 도사리고 있었다. 동시에 나 자신의 충동을 억제할 준비도 되어 있었다.

하지만 그게 아니었다. 그것은 나의 생각에 불과했다.

우리가 재회를 했던 날, 나는 이내 그의 존재에 압도당했다. 다시는 그를 사랑하지 않으리라고 다짐했지만 그의 육체가 나를 끌어당기고 있었다. 예리하면서 둔탁한 충격이었다. 섬세한 손길과 정교하고 은근한 눈빛. 그의 육체에서 미묘한 우아함이 발산되고 있었다. 어쩌면 모든 것이 특유의 교활함 탓인지도 몰랐다. 그의 교활함은 상대와의 대화를, 모든 테마를 농담으로 해체시켰다. "우린 다시 정상으로 돌아온 거야." 안타우로 우말라가 이끄는 게릴라 단체가 안다우아일라스 경찰서를 접수했던 새해 벽두에 그가 했던 말이다. 그의 시니컬한 어투는 항상, 아니 거의 항상 나를 웃게 만들었다. 빅토리아 여왕의 공식 경호원의 몸속에 칸틴플라스(멕시코가 낳은 20세기 최고의 희극배우—옮긴이)의 영혼이 들어 있다고나 할까. 입만 열지 않으면, 그는 완벽한 남자였을 것이다. 패트릭, 그는 나에게 기이한 힘을 부여했다. 내가 그의 연인이라는 것을 잊는 유일한 방도가 있다면, 그것은 그와 잠자리를 함께하는 일이었다. 아, 패트릭, 당신이 다른 남자만 되었어도…… 포기하거나 때리거나 치욕을 안겨줬을 텐데.

내가, 만일 내가……, 만일 내가 그럴 수만 있다면……. 그 말은 내가 마음속에 영원히, 두고두고 반복하는 회한이 되어버렸다.

패트릭. 철면피. 품위 있는 무뢰한. 그는 진실을 말하는 허풍쟁이였다. 아가, 우리 아가는 나 같은 사람과의 환상을 꿈꾸면 안 돼. 그는 항상 나에게 그렇게 말했다. 난 악당이거든. 그는 넘치는 자만을 억제하지 않는 무뢰한이었다. 그는 자신을 철면피라고 공언하고는 하루 종일 신문사로 전화하기도 했다. 베로, 오늘 우리 집에서 점심 어때. 다양한 카나페를 준비했는데, 입맛에 딱 맞을 걸. 오늘 우리가 할 일을 얘기해주지. 먼저 식사를 하고, 다음에는 모차르트를 들으며 침대로 드는 거야. 아가, 어때?

패트릭은 이동하는 오락공원이었다. 그는 내가 자유입장권을 갖고 있어도 자주 찾든지 말든지 큰 의미를 두지 않았다. 혹은 그렇게 믿고 있었다. 그의 존재는 축제의 장이었고, 내가 지나가는 빛으로 만든 문이었고, 교활한 미소가 담긴 초콜릿 상자였다. 반면에 남편 지오반니는 나태와 초조감과 불평의 연속이었다. 오늘 당신 고등학교 후배 마리아 에우헤니아를 봤는데 인사도 안 하더군. 오만불손하기 짝이 없어. 내일은 '소니'에 지원서를 넣을 생각인데, 내 서류는 거들떠보지도 않을 거야.

패트릭과 남편. 남편과 패트릭. 지오반니는 자기 자신을 강아지로 여겼고, 동시에 자기 자신을 강아지나 때리고 사는 주인으로 보는 반면, 패트릭은 꼬리를 흔들며 몰려드는 모든 강아지들의 주인이었다. 그는 옥좌에 앉아 커피와 크루아상을 먹으면서 멋진 미소를 흘려주기 위해 아침마다 눈을 뜨는 제왕이었다. 지오반니가 흩어지는 모래사장이라면, 패트릭 경의 오만과 몰염치와 유머는 간혹 내가 쉴 수 있는 견고한 작은 섬이었다.

패트릭, 지오반니. 그래봤자 그들은 나처럼 조연이고, 나처럼 주인공이 아닌 삶을 살고 있을 뿐이다.

그러나 주인공은 있었다. 분명히 있었다.

세바스티안. 그 아이는 나를 움직이는 심장이었다. "안녕히 주무셨어요, 엄마?" 라고 아이가 아침 인사를 건넬 때면 나는 심장의 박동을 느낄 수 있었다. 그 아이는 언제나, 거의 언제나 기분이 좋았다. 내가 그 아이에게 푹 빠져 있는 것은 그 아이의 눈길과 그 눈길에 들어 있는 눈빛 때문일 것이다. 엄마에게 인생을 함께해달라고 조르는 어린애 같은 눈빛, 적어도 내가 그럴 거라고 해석할 수 있는 그 눈빛 말이다. 그 아이가 패트릭과의 관계를 알게 되면 나는 감당하기 힘들 만큼 부끄러워질 것이다. 그 아이는 견디지 못할 것이다. 레베카와의 일을 털어놓고 싶지 않은 것도 그런 이유였다. 세바스티안, 세바스티안. 내 아들아, 나는 네가, 이 엄마에 대해 속속들이 알지 못하길 바란다.

열다섯 살, 훤히 트인 이마, 긴 머리, 이제 생기기 시작한 여드름까지 그 아이의 모습은 하루 종일 나와 함께 있었다. 그 아이 친구는 셋이었다. 파코, 레온시오, 아드리안. 아이들은 함께 어울려 영화를 보거나 '위닝 일레븐'

게임을 즐겼다. 나는 아이들에게 샌드위치와 과일즙을 차려주고 그들에게 고맙다는 인사를 들으며 행복해했다.

감사의 표현("고마워요, 엄마.", "감사해요, 엄마.")은 나에게는 승리의 메달이었다. 때때로 나는 아이를 데리고 영화를 보거나 카페를 찾았다. 아이와 대화를 나누는 것 자체가 기쁨이었다. 나는 아이의 말을 들으며 삶을 영위할 수 있을 것이다. 그 아이는 아버지도, 그렇다고 나도 닮지 않았다. 그저 예쁜 녀석이었다.

*

그런데 이상했다. 전화를 받는 패트릭의 목소리가 칙칙하게 들렸다. 당장 전화를 끊고 싶었다.

"다시 전화할 테니까 언제 만날지 그때 가서 얘기해." 나는 그렇게 말하고 말았다.

침묵이 흘렀다.

"피곤해서 사우나나 갈 생각이야. 어젯밤 늦게까지 친구들하고 어울렸거든."

나는 수화기를 내려놓았다.

어젯밤 늦게까지 친구들하고 어울렸거든.

구차한 변명. 늦게까지 친구들과 함께 있었다고 소리치는 피곤한 미남. 당신은 내가, 당신이 여자와 함께 있었다고 생각하길 바라는 거야. 패트릭, 당신이 여러 여자들과 함께 다니긴 하지만, 당신에게 아무도 관심을 갖지 않는다는 거, 다들 잘 알고 있어. 그래서 당신도 관심을 끄는 작업을 포기했잖아. 이제 당신의 술수는 한 편의 코미디야. 하지만 다른 일도 생각해야겠지.

나는 전화기를 쳐다보고 있었다. 전화벨이 울릴 거라고 생각했다. 이유는 몰랐지만, 누군가가 나에게 전화를 할 거라는 생각이 들었다. 기대에 찬 공허한 감동이 온몸에 일고 있었다.

무엇인가 결정적인 일이 곧 터지고 말리라. 어떤 남자를 만나게 되리라. 나는 확신하고 있었다. 보는 즉시 알아보리라. 훤칠한 키에 머리칼이 검은 남자를, 가슴이 살짝 열린 적색 와이셔츠 차림의 남자를, 품 안에 나를 안게 될 남자를, 내가 그 품에 뛰어들면 아버지처럼 든든하게 버텨줄 그 남자를.

그런데 이상했다. 그런 일이 일어나지 않았다.

나는 자리에서 일어났다. 나는 영화와 연극 담당 기자들이 가져다놓은 포스터를 바라보았다. 리타 헤이워즈가 담배를 피우고 있었다. 내가 싫어하는 타입의 여자였다. 자신을 우월하다고 믿는 공격적인 여자.

집으로 전화했다. 파출부인 토마사가 받았다.

"사모님, 별일 없어요. 세바스티안은 방금 전에 돌아와서 공부한다고 방에 들어갔고요."

세바스티안이 전화기를 넘겨받았다. 골을 넣었다고, 그래서 자기 팀이 승리했다고 흥분했다. 나는 축하한다고, 집에 돌아오면 전화부터 하라고 당부했다.

수화기를 내려놓았다.

"회의는 어땠어요?" 밀라그로스가 물었다.

"잘됐어. 하지만 막판에 드라고 영감을 만났지 뭐야. 눈으로 나를 벌거벗기더군. 그런 식으로 여자를 호리는 영감은 처음 봤어. 잔뜩 부어오른 낯짝으로 볼에 키스까지. 아아, 끔찍해. 이젠 꼭 술병이 닿는 것 같은 느낌이야.

"진작 훔쳐보고 있었나 보죠?"

"눈치를 채자마자 일부러 다리를 꼬았지. 아주 까무러치던 걸. 그러면서 날 쫓아오는 거야."

밀라그로스가 박장대소했다.

"됐어요, 됐어. 앞으로도 죽 그런 식으로 가는 거예요."

"밀라." 나는 씩 웃으며 농을 던졌다. "그 영감하고 어울리는 파트너는 내가 아니라 바로 너야."

"어머, 그건 저주예요. 그런 얘기 마세요."

"기사는 보냈어?"

"이미 교정도 끝냈어요. 오늘 날짜로 끝날 거예요."

"난 잡지나 챙겨서 코너에 있는 카페로 갈 생각이야. 밀라, 종일 틀어박혀 있어서 그런지 머리 좀 식혀야겠어."

"그러세요. 무슨 일 있으면 핸드폰으로 연락드릴게요."

나는 화장실로 들어갔다. 서둘러 화장을 고치고 빗질을 했다.

멋있어. 여전히 멋있었다. 생기 있고 반짝이는 눈, 뚜렷한 옆선, 백진주 같은 치아. 작지만 봉긋 솟은 가슴. 멋있었다. 마흔두 살, 나쁘진 않아. 적어도 다 나쁘진 않잖아. 흥미로운 사내와 저녁 정도는 함께할 수 있잖아. 알고 지내는 사내라면 얼마든지.

엘리베이터 문 사이로 케케묵은 금속 냄새가 났다. 승강기가 올라오는 동안 쇠줄이 끽끽 소리를 냈다.

나는 안드레와 함께 승강기로 들어섰다. 신문사 부장으로 독수리눈에 교활한 주교 분위기를 풍기는 그는 예의가 바르고 친절했다. 잘돼가나요? 내가 물었다. 좋습니다, 아주 좋아요.

나는 거리로 나서자마자 두 블록 저쪽에 있는 '카페 쳅스' 로 향했다.

*

카페 쳅스는 유럽의 어느 도시를 방문한 것처럼 느끼게 만드는 공간이었다. 벽에는 베네치아 수로가 재생되어 있고, 다양한 카나페가 메뉴에 포함되어 있었다. 테이블마다

한 송이 꽃을 장식한 모습이 인상적인 그곳에는 주변의 사무실에서 근무하는 중견급 임원들이 주로 찾았다.

쌀쌀한 오후였다. 홀 안쪽으로 자리를 잡았다. 커피를 만들 때 나오는 윙윙거리는 기계 소음이 귀에 거슬렸다. 나는 신문과 잡지를 훑어보면서 그 소리를 잊으려고 애를 썼다. 어떤 기사도 처음부터 끝까지 읽지 못할 만큼 지쳐 있었지만, 한 잡지의 사진만큼은 놓치지 않았다. 사진에 나온 인물들은 친구인 페트로 파블로와 가브리엘라 알라이사였다.

웨이터가 다가왔다. 빼빼한 체격에 고상하고 온순한 분위기를 지닌 청년이었다. 카페 주인은 종업원들에게 반드시 고객의 이름을 외우도록 지시한 것이 분명했다. 네, 베로니카 부인. 무엇을 갖다 드릴까요, 베로니카 부인. 하지만 나는 항상 그들의 이름을 혼동했다. 이름이 빅토르, 맞죠? 오스카르. 부인, 전 오스카르입니다. 말씀하세요.

카페 코르타도(작은 잔에 나오는 진한 커피—옮긴이). 나는 다른 잡지를 넘겼다. 정치가들의 성명서들, 국영방송에 나왔던 후지모리(일본계 출신의 전 페루 대통령—옮긴이)의 메시지…….

"드디어 찾았네." 누군가의 음성이 내 머리 위에서 흘러나왔다.

5

더디게, 아주 더디게 자리에 앉았다.

나는 눈앞에 펼쳐지는 장면에 경악하고 있었다. 처음으로 그녀를 대하는 기분이 들었다. 비행기에서 바로 옆에 앉아 있었고 공항에서는 꼬리를 문 줄을 따라 함께 걸었지만, 지금은 정면으로 마주하고 있었다. 그것도 대낮에, 적나라하게 드러나는 그녀의 몸을 머리끝부터 발끝까지 확인할 수 있었다.

그녀는 간신히 의자에 몸을 비집어 넣었다. 누군가를 이렇게 가까이서 마주 보는 현실이 기적 같았다. 양어깨가 산의 형태를 이루고, 그 산으로부터 머리가 마치 곶처럼 솟아오른 모습이었다. 블라우스는 그녀의 어깨를 아우를 수 있는 사이즈로 디자인된 것 같았다. 크고 단단한 양쪽 뺨 위로 앞머리가 살랑거렸다. 그녀의 목걸이, 팔찌, 반지가 눈에 들어왔다. 특히 반지는 손가락마다 끼여 있었다.

자세를 편하게 잡는 동안 그녀의 눈이 반짝였다. 작은 등대의 불빛 같았다.

오후에 화장을 고친 것이 틀림없었다. 입술 라인이 선명했다. 양 볼의 진홍색 반점 탓에 화장한 얼굴이 조악해 보였다. 하지만 눈매는 여전히 아름다웠다.

그녀는 좀 더 편하게 앉으려고 여러 번 자세를 고쳤다.

"전화했었어." 그녀가 책망이 담긴 어투로 말했다. "안 전해주든?"

"전해주긴 했지만, 통화할 시간이 없었어. 회의가 있었거든."

"너랑 함께 일한다는 여자애한테 내 번호를 남겨뒀어. 그 여자애 이름이 밀라그로스였을 거야."

"그래, 알아. 하지만 내가 전화를 할 수가 없었거든. 미안하구나."

그녀는 가슴에 꾹꾹 담아두었던 이야기를 풀어내기 시작했다. 빠른 어조였다. 그녀는 아침에 눈을 뜨고 나서 했던 일을 얘기하더니 입을 다물었다. 얼굴이 상기되고 있었다. 그녀가 양손을 머리 위로 끌어올렸다. 그 바람에 양쪽 눈자위가 당겨졌고, 순간 나는 거대한 태아를 연상했다.

그녀가 한 손을 들어올렸다.

"나는 우연한 일이라고 생각하지 않아." 그녀가 말했다.

"우연한 일이라니?"

"이미 얘기했잖니. 나는 우연한 일이라고 믿고 싶지 않아."

"무슨 말을 하는지 모르겠어. 우연이라니, 무슨 우연?"

"나는 우리가 어떤 계기로 해서 비행기에서 만난 거라고 생각해. 우연한 만남이 아니라는 거지. 우린 어떤 계기 때문에 옆 좌석에 앉았어. 네가 커피를 엎지른 것도, 내 옷이 커피에 젖은 것도 그런 계기 때문이야."

웨이터가 다가왔다.

"부인, 무엇을 드시겠습니까?"

"아가씨라고 불러줘요." 그녀가 반복했다. "이봐요, 부탁하건대 아가씨로 부르세요. 알았어요?"

"죄송합니다."

나는 그녀를 쳐다보았다.

"뭘 먹을래?"

"카푸치노 부탁해요." 그녀가 웨이터에게 말했다.

"크림을 넣어드릴까요?"

그녀는 고개를 들고 웨이터를 쳐다보았다.

"당연하지." 그녀가 말했다.

"또 있습니까? 더 드실 거 말입니다."

"초콜릿케케(페루의 케이크—옮긴이), 진열장 안에 있잖아요. 바닐라 아이스크림을 입힌 걸로 줘요. 꾸물거리지 말아요."

"알겠습니다."

웨이터가 테이블 위에 커피를 내려놓았다.

"얘기해 봐. 여기서 날 만날 줄은 어떻게 알았어?"

"네가 밖에 나가는 걸 보고 따라 나왔거든."

그녀의 이마에 줄이 하나 그어졌다. 그녀는 두 손을 모아 탁자 위에 팔꿈치를 괴었다.

"내가 나가는 걸 봤다고?"

"그럼, 널 기다리고 있었어. 네 사무실에 있는 계집애가 없다고 했지만 혹시나 해서 기다렸지. 사무실에서 나오나 보려고. 네 신문사 사람들은 간혹 혼동을 하더구나. 신문사 치고는 썩 좋은 정보망이 아닌가 봐."

"그래, 그래, 가끔 그렇기도 해. 바쁘게 들락거리다 보면 다들 내가 언제, 어디 있는지 알 리가 없지."

"내가 전화했을 때 안 받겠다고 했니?"

"아니."

나는 고개를 숙여 그녀의 허리를 바라보았다.

그래, 안 받겠다고 했단다. 레베카, 지금 무슨 생각을 하는 거니? 넌 내가 공룡 같은 몸을 테이블에 기대고 있는 널 지켜보며 즐거울 거라고 생각해? 난 잡지를 보고 커피를 마시면서 차분하게 쉬고 싶어 온 거야. 난 지금 여행 때문에, 프레젠테이션 때문에 몹시 피곤해. 이 뚱보 레베카야, 넌 푹 쉬고 싶은 날 찾아온 거라고. 무슨 말인지 알았어? 어떻게 할까. 널 혼자 놔두고 내가 먼저 일어날까? 아, 나도 모르겠어.

그러나 정작 내 입에서 흘러나온 말은 그게 아니었다.

"간혹 인터뷰 때문에 건물 밖으로 나가거든. 밖에서 모임이 있기도 하고. 아무튼 미안해. 밀라그로스는 내가 자리에 없어서 그렇게 말했을 거야."

내 말에 빙긋 웃었지만 표정은 여전히 졸린 듯했다. 나는 그녀의 목을 바라보았다. 두꺼운 목 주위에 살집이 접힌 자리가 선명했다. 목걸이를 두른 것 같았다.

"이젠 됐으니 걱정 마."

"그래, 난 네가 잘 모르는 일로 비난하지 않았으면 해."

"아냐, 널 비난한 게 아니야. 오히려 너와 함께 앉아 있는 게 실례가 되지 않았으면 해. 사실 어젯밤에 널 만났을 때 참 좋았거든."

그녀는 줄곧 양손을 위아래로 움직였다. 그 모습이 마치 자신의 몸으로 구성된 작은 밴드를 지휘하고 있는 것 같았다. 귀걸이, 팔찌, 반지가 허공에 뜬 공처럼 쉴 새 없이 날아다니고 있었다. 나는 그녀의 손가락에 자리 잡은 반지들을 보며 학창 시절부터 끼고 있었을 거라고 생각했다. 그때 낀 반지들을 손가락에서 뺄 수 없었을 거라고.

"그래, 레베카, 그동안 어떻게 지냈어? 우린 아주 오랫동안 못 봤잖아. 어젯밤에는 너무나 바빠서 아무 말도 할 수 없었어."

"그래, 아주 오랜만이지." 그녀가 중얼거렸다. "좋아, 난 아주 좋아. 근데 넌? 신문사 일이 좋아?"

나는 고개를 끄덕였다.

웨이터가 바닐라 아이스크림을 얹은 초콜릿케케와 커피를 가져왔다. 표면이 까칠한 아이스크림을 보는 순간 부패된 고깃덩이가 떠올랐다.

"그 케케 맛, 어때?"

"똑같아. 우리가 학교에서 먹던 케이크 맛이야. 매점에서 이렇게 만들어서 팔았잖아. 기억 안 나?"

"솔직히 그런 기억이 없어. 그건 어디서나 팔잖아."

"아냐. 똑같아. 옛날에도 이랬어. 매점에서 팔던 것하고 똑같아."

그녀는 맛을 보았다.

"역시 그 맛이야." 그녀가 중얼거렸다. "학교에서 먹던 것하고 똑같아. 너도 맛 좀 볼래?"

"아냐, 됐어." 나는 잠시 짬을 두었다가 목소리를 낮춰 덧붙였다. "사실은 다이어트 중이거든."

아차, 나는 실수를 깨달았다.

그녀가 씩 웃었다.

"난 아니야. 보다시피 다이어트는 안 해. 난 뭐든지 먹어. 최근엔 더 먹어. 사실은 무엇인가를 먹을 때 기분이 좋거든. 먹는 거, 그저 먹는 거, 그게 내가 하는 일이야. 다른 일은 생각 안 해."

그녀는 아이스크림이 얹어진 케케를 먹고 웨이터를 불렀다. 그녀의 입술에는 하얀 크림이 촉촉하게 젖어 있었다. 그녀는 냅킨으로 입술을 닦았다.

갑자기 이상한 일이 벌어졌다. 그녀가 고개를 숙이고 옆으로 돌리더니 꼼짝도 하지 않았다. 온몸이 마비된 것 같았다. 순간 나는 그녀가 죽어간다고 생각했다. 불안했다. 아직 숨을 쉬고 있는지 만져보고 싶었다. 눈도 감겨 있었다. 그러던 그녀가 갑자기 눈을 떴다.

"남자들은……." 그녀가 말했다.

"뭐라고?"

"남자들. 남자들은 이 세상에서 가장 더러운 쓰레기들이라고."

나는 할 말이 없었다. 그녀가 양손을 들어올렸다.

"넌 그렇게 생각 안 해?" 그녀가 다그쳤다.

"에이, 남자들은 필요악이지." 내가 농담으로 받았다.

그녀가 나를 똑바로 쳐다보았다.

"아주 나쁜 찌꺼기야." 그녀가 한 손에 머리를 기대면서 말했다. "내가 왜 이런 말을 하는지 너도 알 텐데."

"나도 안다고?"

"물론이지. 하지만 그 얘긴 안 하는 게 낫겠어."

나는 커피를 한 모금 홀짝였다. 여느 때보다 뜨거웠다.

그녀는 머리를 쓰다듬고 있었다. 그러다가 갑자기 머리를 잡고서 눈썹 언저리까지 끌어당겼다.

"웨이터." 그녀가 한 손을 들어올렸다.

웨이터가 다가왔다.

"하나 더 갖다줘요." 그녀가 접시 위에 남은 케케 부스러기를 가리키며 말했다.

"또 먹을 거야?" 내가 물었다.

그녀가 눈을 반짝이며 나를 쳐다보았다.

"그럼, 난 먹는 게 좋아. 넌 안 그래? 아, 아니지. 내가 깜빡했어. 지금 다이어트 중이잖아."

나는 의자에 몸을 쭉 뻗었다.

웨이터가 케케를 가져왔다. 영화의 한 장면이 펼쳐지기 시작했다. 그녀는 천천히 먹었다. 케케 조각들이 하나씩 흡족한 미소를 머금은 그녀의 입술을 지나 입속으로 사라졌다. 그녀는 포크로 케케를 찍어 느릿느릿 입으로 가져갔다. 아주 천천히, 흡족한 표정으로, 시간이 길어질수록 맛이 더해지기라도 하는 것처럼. 그 모습이 마치 살아 있는 것을 통째로 삼키며 기쁨을 누리는 사람 같았다. 어쩌면 일종의 시위를 벌이고 있는지도.

좋아. 나는 마음속으로 중얼거렸다. 이제 먼저 일어날 때가 된 거야. 참 오랜만의 만남이었지만, 지금 내가 원하는 건 먼저 자리를 뜨는 거야. 커피 계산서를 달라고 해서 10솔(페루 화폐단위—옮긴이)짜리 지폐를 한 장 내놓고 거스름돈은 기다릴 것도 없이 신문사로 돌아가는 거야. 나를 따라오면 그 정도는 함께 걷지 뭐. 그러다 보면 신문사 입구일 테고, 거기서 작별하는 거야.

나는 먼저 일어날 참이었다. 그렇게 마음먹었다. 하지만 일어서지 않았고, 떠나지 않았고, 그녀를 혼자 놔두지 않았다.

요즘도, 그러니까 그 일이 있고 난 지 한참 후인 지금도 나는 혼자 가끔 묻곤 한다.

그날 왜 그녀를 혼자 놔두지 않았을까. 왜 일찍 자리를 뜨지 않았을까. 아주 쉬운 일이었다. 그 애보다 빨리 걸을 수 있었다. 신문사에 들어서자마자 수위에게 그 애를 들여보내지 말라고 말할 수도 있었다. 내가 즉각 일어서는 자세만 취했어도 모든 것이 달라졌을 것이다. 하지만…… 아, 나도 모르겠다.

나는 유감이나 두려움 혹은 죄책감 때문에 앉아 있는 게 아니었다. 아마 피곤해서 앉아 있었을 것이다. 카페에 자리를 잡았을 때 신문사로 돌아갈 마음은 애당초 없었으니까.

어쩌면 내가 거기 머문 것은, 이런 말이 쉽지는 않지만 일종의 의무인 셈이었다. 그녀에 대한 나의 의무, 나의 채

무, 나의 의무……. 모르겠다. 어떻게 표현해야 할지.

레베카는 메신저였다. 그로테스크하면서도 과거에 일어났던, 거의 잊고 지냈던 모든 것을, 학교를, 선생님을, 시험을, 교정에서의 대화를, 점심시간의 도시락을, 체육시간을 다시 기억하게 만드는 메신저였다. 특히 우리의 대화, 모든 것에 대한 우리의 대화들. 그녀는 내 기억 속에 살아남은 생존자였다. 그녀와의 특별한 추억도 있었다. 다른 기억들과는 또 다른 그녀와의 추억……. 나는 관용을 베풀 수 없었을까. 잠시 애정을 가질 수는 없었을까. 적어도 우리는 독서와 음악과 영화 관람을 함께한 공범 아니었는가. 머잖아 한순간에 모든 것이 끝나기 전까지는.

초콜릿케케가 다시 바닥이 났다. 그녀의 입술에 다시 하얀 크림이 남아 있었다.

나는 냅킨으로 입술을 닦으라고 말할까 하다가 그만두었다. 잠시 침묵이 흘렀다.

"네 이야기는 아직 안 했잖아." 그녀가 중얼거리듯 말했다.

"응, 그래. 결혼했고, 아들이 하나 있고, 일도 잘되고. 사실, 그래, 다 좋아."

내가 말을 하는 동안 그녀는 고개를 끄덕였다. 그때마다 그녀의 머리가 어깨 위에서 춤을 추었다.

"난 남편이 없어. 결혼한 적도 없고. 하지만 상관 안 해.

난 좋아. 그래, 너보다는 나을 거야. 왜 그런 줄 알아?"

나는 잠시 머뭇거렸다.

"왜?" 나는 대답 대신 반문했다.

"비행기에서 말한 그대로야. 이모가 남긴 유산 때문이지. 내 앞으로 백만 불이나 남겼어. 나는 섬유공장을 갖고 있는데, 지금은 돈이 더 많아졌어. 훨씬 더 많아. 난 수출회사 소유주이고, 경영은 사촌이 맡고 있어. 사람이 자기가 부자란 걸 언제 느끼는 줄 아니?"

"아니."

"조지 워싱턴 얼굴이 네 남편 얼굴로 보일 때야. 강박관념처럼. 달러를 보고 있으면 하루에도 몇 번씩 섹스를 하는 기분이 들게 될 걸."

나는 웨이터에게 물을 한 컵 시켰다. 남녀 한 쌍이 들어서고 있었다.

나는 커피를 한 모금 홀짝였다. 그녀의 눈에 낀 눈곱을 직시했다.

"눈에 뭐가 끼었구나. 잘 닦고 다니지 그래."

그 순간 그녀의 눈에서 한 줄기 광선이 번득였다. 그녀는 냅킨을 거칠게 빼내 여러 차례 눈을 닦아냈다. 그리고 촉촉하고 빨갛게 충혈 된 눈으로 나를 쳐다보았다.

웨이터가 물을 가져오자마자 나는 단숨에 마셨다.

"이제 괜찮아?"

"그래, 괜찮구나."

"그렇다면 하던 얘길 계속하지. 한번은, 그러니까 어렸을 때 누군가가 그 유명한 질문을 했어. 백만 불이 생기면 무엇을 할 것인가 하고. 너한텐 그런 거 질문한 사람 없었니?"

"있었지. 하지만 농담이잖아."

"하지만 이모가 돌아가셨을 때 난 진지하게 그 질문을 생각해야 했어. 호주머니에 들어 있는 백만 불. 그 돈으로 맨 처음 한 게 뭔지 아니?"

나는 입을 다물었다. 엄청난 유산을 자축하고자 초콜릿 세 판을 한꺼번에 먹어치울 모습을 상상했다.

"몰라." 내가 대답했다. "뭘 했는데?"

"고양이를 죽였어." 그녀가 중얼거리듯 말했다. "내가 살던 건물 옥상에서 거리로 던져버렸지. 두 마리 다."

그녀는 기관단총을 난사하는 것 같은 소리로 깔깔 웃었다.

"뭐라고?"

"그 유산을 아무하고도 나누고 싶지 않았어. 무슨 말인지 몰라? 돈은 오로지 나를 위한 거였어. 이모는 나 말고 다른 사람한테 남기지 않았으니까. 그런 돈을 내가 왜 빌어먹을 고양이들과 나눠 써야 돼?"

웨이터가 카푸치노를 가져다주었다. 그녀는 그만 마시겠다고 손짓을 한 뒤 기침을 했다.

"그런 짓을 하다니 못 믿겠어. 고양이를 죽였다고?"

"그럼."

그녀가 씩 웃었다.

"난 못 믿겠어."

"농담이야." 그녀가 무거운 표정을 지었다.

"그럼 그렇지."

갑자기 그녀가 무엇인가를 치우기라도 하듯 탁자 위에서 손을 움직였다.

"그러고는 싶었지만 그럴 순 없었어. 아무튼 고양이들은 늙어서 죽었어. 유산을 받은 지 얼마 되지 않았을 때야. 사실 난 고양이들을 좋아했어. 아주 많이. 하지만 녀석들 없이 난 혼자 남았고, 덕분에 귀찮은 문제없이 마이애미로 여행 갈 수도 있었어. 무슨 말인지 이해해?"

물론 이해하고말고. 나는 마음속으로 중얼거렸다. 하지만 내가 이해한 건 네가 돌았다는 거야. 그게 내가 이해한 거라고. 끝없는 고독에 파묻힌 채, 방에 처박힌 채 과거와 좌절을 씹어대는 거. 절대 고독의 결과란 그런 거란다. 그런데 이제 어떡할 건데?

"하지만 돈이란 일시적이야. 통증을 완화시키는, 그러나 효과가 사라지면 아무것도 아닌 진통제 같은 거……. 실제로 아무런 위안이 안 돼."

"하지만 마이애미에 있다 보면 바닷가만 나가도 남자들을 만나잖아."

"제발, 베로. 나 같은 여자한테 누가 다가오겠니?"

그녀의 손이 자신의 몸을 따라 스치듯 지나갔다.

"그래도 마이애미는 아름다운 곳이잖아. 햇볕이 지나치게 강하긴 해도 바다 빛깔은 얼마나 아름다워."

"난 바다에 안 들어가. 모래사장에 있지. 바다는 너무 차가워서 모래사장에 있는 거야. 하지만 손가락을 빠져나가는 모래처럼 나한텐 아무것도 없어."

그녀가 웨이터를 불렀다. 마치 손수건을 흔들듯 손을 흔들었다. 여기 커피 하나 더. 웨이터가 고개를 끄덕였다.

잠시 우리는 거리를 지나가는 사람들에게 눈길을 가져갔다. 다들 마치 고행의 행렬을 감수하듯 천천히 걷고 있었다.

"우리가 함께 책을 읽었던 거 기억해?" 그녀가 물었다.

"그럼, 참 많이 읽었지. 네가 선물했던 책, 아직도 갖고 있어. 『20세기의 역사』."

커피가 탁자에 놓였다. 그녀는 한 모금을 마셨다. 냅킨으로 여러 번 입을 닦았다. 식었어. 그녀가 말했다. 이 커피가 식었어. 이봐요, 웨이터. 이거 가져가고 다른 걸로 가져다줘요.

레슬리에가 들어섰다. 일간지 〈악투알리닫 페루아나〉의 스포츠 기자이다. 그는 저만치에서 인사를 하며 화장실 쪽에 있는 탁자에 앉은 다음, 스포츠 잡지를 훑어보기 시작했다. 구리선을 엮은 듯한 머리칼, 돌덩이 같은 입술에 손은 고슴도치 같았다.

"너도 알 거야." 그녀가 다시 입을 열었다. "어젯밤에 널 만난 게 산더미 같은 기억들을 가져왔다는 거."

그리고 다시 입을 다물었다. 그녀의 이야기가 나왔으니 다음은 내가 산더미 같은 추억들이란 것이 어떤 거냐고 물어야 할 차례였다.

그런데 그때쯤에 일단의 여행객들이 카페로 들어오면서 잠시 실내가 어수선해졌다. 그들은 하나같이 '페루 여행 가이드'를 들고 있었다.

나는 계산서를 청하고, 지갑을 빼냈다.

"산더미 같은 기억들이란 게 뭔데?" 나는 마지못해 물었다.

"내 고독의 추억들. 매점 뒤에서 혼자, 방금 먹은 것과 똑같은 케케를 굽고 있는 여자들을 쳐다보며 울던 기억들이지. 나는 매점 뒤쪽 모퉁이에서 벽을 보며 울었어. 종일 쳐다봤어. 벽은 나의 유일한 위안이었어. 그거 알아? 어떤 때는 벽에다 무엇인가를 쓰고선 지워버렸어. '똥, 똥, 똥'이라고 쓰고선 하나하나 지웠어. 화장실에 처박혀 벽을 치며 울었는데, 한번은 손에 피가 나는 거야. 그래서 엉엉 울었고, 엉엉 울면서 피를 빨아먹었어. 그러고 나서 교실로 들어갔지."

그녀가 한 손을 입으로 가져가며 덧붙였다.

"그랬었지. 하지만 오늘은 잊기로 했어. 다 지나간 일이니까."

그녀는 한 손을 들어 올리며 찬찬이 웃음을 터뜨렸다.

"나한텐 왜 그런 말을 하지 않았어?"

그녀는 고개를 들어 위를 쳐다보았다.

"너까지 신경 쓰게 만들고 싶지는 않았거든."

"미안해." 내가 말했다. "정말 미안해. 하지만 우리가 얘기할 때마다 네가 그렇게 걱정하는 것 같지는 않았거든. 그렇게 끔찍했다는 말을 한 적도 없고."

"걱정 마. 난 그 일로 널 신경 쓰게 하고 싶진 않아. 그 시절 나는 우리 사이에 거리가 있다고 생각했어. 하지만 지금은 아무것도 아니야. 너도 알다시피 웃음만 나와."

"그렇구나. 아무튼 미안해."

그녀가 웃음을 멈추었다. 잠시 허공을 바라보는가 싶더니 갑자기 나를 쳐다보았다.

"그 '미안하다'는 말, 정말 쉬운 말이지."

그녀가 커피 한 모금을 마셨다.

"내가 무슨 말을 해주길 원하는 거야?"

그녀가 한 손을 들었다.

"걱정 마."

"사실 어릴 때는 잔인할 수도 있어. 짐승이나 다름없으니까, 아니 완전히 무의식 상태니까. 넌 그걸 고려해야 해."

"그래야겠지. 하지만 넌 나를 괴롭히지 않았어. 한 번도. 나한테 아무 말도 하지 않았어. 넌 그런 애들이 아니었어."

레슬리에가 이제 막 담배에 불을 붙이고 있었다. 그제야 나는 그가 한동안 나를 지켜보고 있었다는 생각이 들었다.

"그래, 난 그런 애가 아니었어. 하긴 내 아들도 그런가 보더라."

"네 아들도? 이름이 뭐라고 했지?"

"세바스티안."

"몇 살인데?"

"열다섯 살."

"학교는?"

"산 페드로."

"학교는 좋아?"

"그래, 좋아."

그녀가 고개를 끄덕였다. 마치 큰 비밀을 밝혀내기라도 한 것처럼. 웨이터가 계산서를 가져왔다.

"아까 이야기로 돌아가서……, 넌 나를 괴롭히던 애들이 아니었고, 나를 경멸하던 그런 애들도 아니었어. 넌 분명 아니었어."

"그래, 지금 생각해보니 아이들이 잔인했던 것 같아."

"넌 분명 뭔가 더 나쁜 게 있었어."

그녀가 다시 커피 한 모금을 마셨다. 커피를 마시는 게 아니라 입속에 넣은 채 천천히 씹고 있는 것 같았다. 더 이상은 참을 수가 없었다.

"더 나쁜 거라니?"

"넌 책임을 회피하려고 아무것도 하지 않는 그런 애였어. 넌 다른 애들보다 나았어. 나를 모멸하던 애들보다는 나았어. 더욱이 넌 내 친구였어. 하지만 넌 그 상황을 피하기 위해 아무것도 하지 않았어."

"레베카, 넌 내가 어떻게 해주면 했었어? 넌 나한테 아무것도 부탁하지 않았잖아."

"그건 나도 몰라. 넌 무엇인가를 할 수 있었다는 것밖에."

"내가 뭘 할 수 있었지?"

"넌 그 애들한테 날 그만 괴롭히라고 말할 수 있었어. 날 그만 경멸하라고, 나한테 동정심을 가져보라고, 더도 덜도 아니고 조금만 말이야. 그런 충고 정도는 할 순 없었을까? 넌 반장이었잖아. 다른 사람은 몰라도 다들 네 말은 잘 들었잖아."

"내가 그런 충고를 할 수 있었다고? 걔들을 씹어대야 했다고? 때려줘야 했다고? 천만에, 걔들한텐 아무것도 통하지 않았어. 그건 너도 잘 알잖아."

"난 몰라."

"설사 말렸다고 해도 계속해서 널 괴롭혔을 걸."

"뭐라고?"

"널 계속해서 괴롭혔을 거라고, 이 바보야."

그녀가 고개를 끄덕였다. 계속해서 위아래로 끄덕였다.

"그래, 그랬을 거야. 그래도 계속해서 괴롭혔겠지."

그녀는 물을 조금 마시더니 입을 씻었다.

"하지만 그렇게만 했으면 누군가가 날 도와주고 있다는 걸 알았겠지." 그녀가 덧붙였다. "그랬으면 모든 게 달라졌을 텐데."

"달라질 게 뭔데?"

"적어도 기분 좋은 생각을 하며 집으로 돌아갔겠지. 그 날도 울면서 길을 걸어갔겠지만 적어도 그 말에, 그 한 마디에 위안을 받았겠지. 그러면서 이렇게 중얼거렸겠지. '적어도 베로니카는 날 지켜줬어' 라고. 나로서는 그런 일을 당할 때마다 나를 지켜주는 네 목소리를 기억한다는 게 참 아름다웠을 거야. '이제 그만들 해', '더 이상은 아무 말도 하지 마'. 그런 네 말 한 마디가 나한텐 소중한 보물이 됐겠지. 그랬더라면 이 순간도 그때를 떠올리며 여기 앉아 있을 테고, 이런 말을 하겠지. 다들 날 놀려댈 때 네가 걔들한테 했던 말 기억 나? 네가 그랬잖아, '이제 그만두지 못해. 또 다시 못된 짓을 했다간 날 보러 와야 할 걸' 하고 말이야. 그러면 넌 너로서는 그 정도밖에 할 수 없었다고 겸손하게 대답했겠지. 더 이상은 어찌할 수 없었다고, 날 괴롭히던 애들은 바보 멍청이들이었다고……. 베로, 어떤 일은 외투 같아. 다시 말해 기억에 맞서는 외투 같은 의미를 갖는 거야. 지금 내가 무슨 말을 하는지 이해해? 한 마디만 했으면, 딱 한 마디만 해줬으면 족했을 텐데. 네가 그렇게만 해줬으면 난 지금과는 다른 사람이 됐을지도 모르겠지. 난 쓰레기가 아니거든."

그녀는 억양의 변화 없이 담담한 어조로, 마치 책을 읽듯이 중얼대고 있었다.

나는 무슨 대답을 해야 할지 몰랐다. 나 자신을 자제하고자 기를 썼다. 중요한 회의에서 빠져나왔고, 가족은 집에서 기다리고 있는데, 갑자기 하소연과 함께 나타난, 그것도 25년 만에 불쑥 나타난 유령과 이야기를 나누고 있다는 것이 도저히 믿기 힘들었다.

"하지만 그렇게까지 힘들다고 말을 안 했잖아."

"그건 널 신경 쓰게 만들고 싶지 않아서 그런 거라고 얘기했잖아. 그래도 넌 한 마디 정도는 할 수는 있었어. 딱 한 마디면 족했어."

"바보 같은 소리 그만 해. 설사 네 말대로 했던들 아무런 도움이 되지 않았을 게 뻔한데, 뭘 어쩌자는 거야?"

나는 그제야 탁자에 50솔짜리 지폐를 놓았다는 생각을 했다. 잔돈이 없었던 것이다. 웨이터가 지폐를 가져갔다. 당장은 그 자리를 떠날 수 없었다. 거스름돈을 기다렸다.

갑자기 카페가 사람들로 꽉 찼다.

"그게 바로 내가 생각한 거야." 그녀가 대답했다.

"하지만 레베카, 넌 내가 왜 널 지켜줬어야 할 유일한 책임자라고 생각해?"

나는 거의 떨고 있었다.

"그거야 네가 나한테 갖는 의미 때문이지."

"너한테 내가 어떤 의미인데? 그 얘기 좀 해주겠니? 다른 애들도 많았잖아."

"넌 특별한 아이였으니까."

그녀가 거리 쪽으로 눈을 돌렸다. 여자아이들이 재잘거리며 걸어가고 있었다.

"정말이지, 난 네가 그렇게까지 힘든 줄은 꿈에도 몰랐어." 나는 위로를 건넸다.

그녀가 탁자 아래쪽으로 눈을 내리깔았다.

"넌 항상 예쁜 아이가 되고 싶어했어. 안 그래? 고상하고, 멋지고, 지적인 아이. 넌 어떤 문제가 생기는 걸 원치 않았어. 그래서 아무 말도 하지 않았던 거야. 안 그래?"

그녀의 목소리가 나의 내부에 파고들었다. 갑자기 온몸이 마비된 것 같았다.

"아냐, 그런 건 아니었어."

"아니라고?"

나는 대답 대신 씩 웃어주었다. 갑자기 불어 닥친 찬바람이 탁자에 놓인 냅킨을 쓸어갔다.

거스름돈이 늦어지고 있었다.

그녀의 입술이 얼음 표피 같았다.

"레베카, 내가 널 지켜주지 않았던 이유를 정말 알고 싶어?"

그녀가 고개를 들었다.

"뭔데?"

"내가 널 지켜주지 않았던 거, 그건 사실이야. 왜냐하면 그럴 마음이 없었거든. 레베카, 이제 알겠어?"

"그럴 마음이 없었다고?"

"다른 식으로 말해주지. 내가 널 지켜주지 않은 건, 그건 네가 다른 애들한테 그런 말을 들을 만했거든."

내 목소리가 마지막 부분에서 떨렸다. 웨이터가 다가와 지폐와 동전들이 들어 있는 조그만 쟁반을 내려놓았다.

침묵이 흘렀다. 나는 거스름돈을 챙기고 잔돈을 팁으로 놓는 동안에 아예 냉담함까지 함께 챙겼다. 다시 그녀를 쳐다보았다.

"그런 말을 들을 만했다고?" 그녀가 중얼거렸다.

"차라리 즐거웠다고 하는 게 낫겠구나. 그래, 난 괴롭힘을 당하는 널 지켜보는 게 몹시 즐거웠어."

그녀의 얼굴에 무엇인가가 되살아나고 있었다. 그녀의 이목구비가 금방 들었던 말에 반응하기 위해 대열을 갖추는 것 같았다.

"베로니카, 정말 멋진 표현이구나. 즐거웠다니……. 너한테 해줄 말이 더 있었는데."

"더 해줄 말이 뭔데?"

그녀는 위를 쳐다보며 긴 한숨을 내쉬었다. 그리고 나를 바라보았다.

"넌 내가 널 존경했다는 거 알아?"

나는 고개를 뒤로 젖혔다. 그녀는 다시 눈을 내리깔고 있었다.

"바보 같은 소리 그만둬." 나는 다시 그녀를 향해 씩 웃었다. "그리고 양해를 구해야겠어. 난 지금 당장 사무실로 돌아가야 하거든. 다음에 봐."

나는 자리에서 일어났다. 카페를 나서기 전에 뒤돌아보고 싶었다. 고개를 돌렸다. 그녀는 그 자리에 앉아 있었다. 머리카락이 두꺼운 베일처럼 내려앉아 있었다.

그녀가 갑자기 고개를 들었다. 나는 그녀가 나를 향해 고개를 돌릴까 봐 걱정했지만 움직이지 않았다.

카페를 뒤로했다. 신문사에 들어섰다.

수위가 인사를 건넸다. 누가 나를 찾든지 들여보내지 말라고 부탁하고는 승강기 대신 계단으로 향했다. 어디선가 열린 문을 통해 바람이 들어오고 있었다.

숨이 가빴다.

휙 뒤를 돌아보았다. 그녀는 없었다.

일순 카페로 다시 돌아갈까 하는 생각이 들었다.

내가 왜 그런 말을 했지?

그건 네가 다른 애들한테 그런 말을 들을 만했거든. 나는 괴롭힘을 당하는 널 보는 게 몹시 즐거웠어. 그게 아니었다. 그 반대였다. 그 애들이 하는 짓은 끔찍했었다. 나 역시, 물론 말은 안 했지만 그 애가 모욕을 당할 때마다 고통스러웠다. 그러나 우리는 마지막으로 헤어진 날 이후에 한 번도 만난 적이 없었다. 25년. 25년 만에 만난 사람에게 왜 그런 말을 했을까. 왜 나는 나 자신을 억제하지 못했을까. 후회스런 생각이 한꺼번에 머릿속을 울렸다.

카페에 혼자 앉아 있는 그녀의 모습을 떠올렸다.

나는 계단으로 올라갔다. 복도에서 마주치는 사람들과 눈인사를 나누었다. 숨을 쉬는 것조차 거북했지만 컴퓨터 앞에 앉았다.

"굿 뉴스예요." 밀라그로스가 말했다. "이제 막 콜롬비아 대사관에서 보낸 서간이 루초 국장한테 도착했어요. 우리베 대통령과의 면담과 리포트에 대한 감사의 표시였대요. 루초 국장도 축하 메시지를 보내왔고요."

"고마워." 나는 시계를 보며 대답했다. "아무래도 오늘은 쉬어야겠어. 이번 여행 때문에 죽을 지경이야."

"괜찮아요? 얼굴색이 안 좋아요."

"여행 때문에 그래. 요즘 걱정스런 일도 많았거든."
"걱정이라뇨?"
나는 고개를 돌려 씩 웃었다.
"아무것도 아냐. 항상 그렇지 뭐."

6

지오반니가 숙모댁에 가야 한다는 소식과 함께 나를 맞이했다. 나는 그의 숙모 비키의 생일을 잊고 있었다.

"지오바, 난 집에 있을래. 너무 지쳤나 봐."

"안 간다고?"

"안 가. 당신 혼자 가."

"베로니카, 그러지 말고 같이 가."

"아, 정말 피곤해."

"같이 갔으면 좋겠어. 날 달갑지 않게 여기는 우리 삼촌 포초도 오실 거야."

친척들의 신분을 일일이 밝히는 것은 지오반니의 습관이었다. '우리 동생 아울렐리오', '우리 숙모 비키', '우리 사촌 포초'……. 그는 이름 앞에 적절한 촌수를 갖다 붙였다.

"당신 사촌 포초는 바보 같은 인간이잖아. 그런 작자한테는 신경을 꺼버려."

"그래도 나랑 같이 가지."

"잘래. 어젯밤에 도착했다는 거 잘 알잖아. 미안하다고 전해줘."

지오반니는 어깨를 흠칫 들썩였다.

"그럼 우리 숙모 비키한테 전화라도 해줘. 당신이 직접."

"알았어, 전화할게."

지오반니는 세바스티안을 데리고 갔다. 나는 TV 앞에 앉았다.

채널을 바꿨다. 악당들이 등장하는 화면에 눈을 고정시켰다. 어떤 줄거리인지 이해가 되지 않았다. 대부분이 기이한 언어로 말하는 외계인들 같았다.

나는 졸업 앨범이 보관된 옷장을 열었다.

거기 있었다. 휘장, 검, 광채. 힘과 신중함과 도덕. 무기들, 학교가 학생들에게 준비시킨 것은 무기들이었다.

앨범을 넘겼다. 다양한 장면을 담은 사진이 나왔다. 풋살 경기를 하는 학생들, 육상 트랙에서 도약하는 학생들, 수영 경기 중인 학생들, 노트를 정리하고 학생들의 모습. 바자회에 등장한 가판대. 교가 가사. 여자 교장과 교사들 그리고 학생들.

그 뒤로 개인 사진이 이어졌다. 내 얼굴도 있었다. 거의 알아보기 힘든 모습이었다. 짧은 머리에 어설픈 미소를 짓고 있는 사진 밑에는 희망사항이 적혀 있었다. 장차 신문

기자가 되어 다른 나라의 이모저모를 취재하고 싶다는 내용이었다.

레베카의 사진은 조금 앞에 있었다. 다른 학생들과 달리 미소를 짓다 만 얼굴이었다. 그녀의 사진 밑에도 똑같은 질문이 달려 있었다. 어떤 전공을 택할 것인가, 학창 시절에 가장 인상 깊었던 것은 무엇인가, 미래의 꿈은 무엇인가. 그녀는 각각 회사 경영, 가판대 옆에 서 있던 일, 누군가를 만나는 것이라고 대답하고 있었다.

누군가를 만나는 것이라니, 누굴 만난다는 것일까.

나는 앨범을 닫고 다시 TV로 눈길을 돌렸다. 그러다 소파에서 잠이 들었다.

꿈을 꾸었다. 공룡과 코끼리와 이름을 알 수 없는 엄청나게 큰 동물들로 가득한 거리를 달렸다. 동물들의 소리를 듣기는 했지만 볼 수는 없었다. 어떤 동물이 나를 덮친 순간에 소스라치게 놀라 눈을 떴다.

나는 닫혀 있는 거리 쪽의 문을 생각했다.

나는 떨면서 침실로 들어갔다. 그대로 쓰러지듯 잠이 들었다.

지오반니가 들어왔다.

파자마로 갈아입는 소리가 들었다.

*

눈을 떴다. 아래층으로 내려갔다. 세바스티안과 아침을 먹을 시간이었다.

아이를 깨웠다. 지오반니가 줄무늬 파자마 차림으로 계단을 내려왔다.

"어젯밤 모임은 어땠어?"

"지겨웠어. 친척 모임이란 게 항상 그래. 사촌 포초가 귀찮게 굴지는 않더군. 덕분에 우리 형 베토하고 얘기하면서 시간을 때웠지."

"꼭 나쁘지만은 않았겠네."

"여보, 피곤해 보이는데……. 무슨 일이야?"

"여행 때문인가 봐."

"아픈 게 아니고?"

"아냐. 하지만 기분이 별로 안 좋아."

"기분이 안 좋다고? 왜?"

"모르겠어."

나는 레베카에 대해 말하고 싶지 않았다.

나는 카페 쳅스에 앉아 있던 그녀의 뒷모습을 떠올렸다. 어깨위로 흘러내리던 검은 베일까지. 잊어버려, 잊어버려, 기억의 뒤안길에다 내버려두는 거야. 그 애에 대해 더 알고 싶어하지 않기로 마음먹었다.

지오반니가 파자마를 긁으며 자리에서 일어났다.

그는 여러 차례 기지개를 펴며 위를 쳐다보더니 뒤로 물러났다. 아, 왜 이렇게 머리가 띵하지. 잠이나 더 잘까 봐. 아스피린 좀 갖다줄래? 머리가 아파서 죽을 지경이야.

잠시 후 아스피린 두 알과 물이 든 컵을 가져다주었다. 그는 고맙다고 인사를 하고 약을 먹었다.

나는 욕실로 들어갔다. 내가 가장 좋아하는 공간이었다. 혼자 머무를 수 있는 곳이었다. 잠시만 더, 잠시만 더 있는 거야. 그런 식으로 나를 다독이는 곳이었다.

아, 왜 이렇게 머리가 띵하지. 나는 남편의 모습을 생각했다. 머리가 아파 죽겠어, 배가 아파 죽겠어, 등이 아파 죽겠어……. 다른 모습이 떠오르지 않았다.

그의 어린 시절은 병실 생활이었다. 병실 문 옆을 의사이자 유모인 위대한 간호사가 지켰다. 위대한 간호사는 눈만 뜨면 서서 살았다. 여차하면 물 컵과 약을 대령했다. 그러나 위대한 간호사인 그의 모친은 두 해 전에 세상을 떠났고, 지금은 내가 그녀의 자리를 차지했다.

아무리 생각해도 이상한 결혼이었다.

첫 만남에서 지오반니는 부친과의 어려움들을 토로했다. 디아고날에 있는 카페에서 그 문제로 세 시간 동안이나 대화를 나누었다. 나는 그의 탄식에 기꺼이 반응했다. 그를 위로하는 위치에서 그의 불평불만을 듣고 싶었다. 상대에게 충고를 할 수 있다는 것이 나를 고무시켰다. 그의 허약함이 나에게는 오히려 힘이 되어주었다. 난 당신이 당신 아버지와 잘될 걸로 확신해. 모든 건 오해에서 시작돼. 가장 좋은 방법은 자기 의지를 확실하게 밝히는 거야. 그 무렵 나는 그에게 그런 식의 어처구니없는 충고를 던졌다.

무엇 때문에 그를 위안하고자 했을까. 나는 두고두고 나 자신에게 물었다.

때때로 우리의 결혼은 내가 쓰러지지 않기 위해 그를 붙잡고 늘어지는 기나긴 여행 같았다.

그의 고통이 나에게는 미지의 대륙이었다. 나는 환희에 젖은 채 그의 영역에 위안이라는 깃발을 꽂았다. 하지만 나의 환희는 결혼 직후에 깨졌다. 나는 기꺼이 그의 고통 속으로 들어갔고, 새로운 길을 열었다. 그의 동굴과 밀림을 자유로운 세계로 만드는 데 정성을 쏟았다. 처음에는 열정으로, 나중에는 애정으로, 마지막에는 씁쓸한 의무감으로 최선을 다했다. 그러나 나는 그의 삶이 쳇바퀴 돌듯 도는 조그만 영역에서 움직이고 있다는 것을 깨달았다.

결혼생활은 긴장의 연속이었다. 아침이면 그는 욕실 앞에서 친척과의 다툼을 털어놓았다. 낮에는 자신의 경력에 신경 쓰지 않는 회사를 탓했고, 밤에는 하나도 중요하지 않는 이야기를 꺼내거나 외국에 가서 살자고 졸랐다. 처음에는 그의 불평불만을 묵묵히 들어주었다. 그가 물기 젖은 눈으로 자기 어머니의 죽음만큼은 결코 위안 받지 못할 거라는 말을 들을 때까지. 우리 엄마 없이는 항상 불행할 거야. 어느 토요일 아침 그가 주방에서 한 말이었다. 나는 천체를 외롭게 떠돌아다니는 어린애잖아.

우리의 입씨름은 단조로웠다. 그는 문제를 일으키고 적을 만드는 일에 삶의 지혜를 사용했다. 예를 들어 그가 어떤 통증을 토로하면 나는 통증을 해결할 방도를 찾는 데 반해 그는 통증을 치유하는 일보다 치료법에 더 관심을 두었다. 그는 어떤 치료법이 간에 손상을 준다고 확신하고는 인터넷을 검색하여 화학요법이 간염을 일으킬 수 있다는 근거를 찾아내어 인쇄를 했다. 그리고 마치 전투의 승리자라도 된 듯이 그것을 깃발처럼 휘날리며 나에게 들이밀었다. 또한 그는 내가 그의 이력서를 보낼 회사들을 불러주면 그 회사에 아는 사람이 없으니 고용되기 힘들 거라고 투덜대면서 자신의 판단을 증명한답시고 이사진 명단을 나열하기도 했다.

시작도 하기 전에 포기하고 들이닥칠 난관과 위험을 상상하는 것은 그의 고민과 궁리를 피어 올리는 늪이었다. 그는 자신을 위해 하찮은 고민거리를 만들어내는, 지치지 않는 발명가였다. 그는 자신이 증오하는 세상을 자기 본위로 재단하는 사악함을 즐겼다. 골프 게임에 지면 골프 애호가로서의 경력이 끝난 것으로 여겼고, 다시는 골프를 치지 않을 거라고 다짐하며 TV에 빠져들었다. 느닷없이 필드로 나갈 때까지는.

*

우리 사이의 탄원은 이런 식이었다.

내가 참기 힘든 것은 지오반니, 당신의 슬픔이야. 당신의 슬픔은 끝이 없어. 당신은 그 슬픔에 기대고 있어. 당신은 당신 문제에 도취되어 있어. 어떤 때는 불평을 터뜨리는 당신의 목소리가 자비로운 희생자를 노리는 낚싯바늘 던지는 소리로 들려. 무슨 뜻인지 알겠어? 이해하냐고? 이런 나를 용서해줘. 하지만 우린 얘기를 해야 한다고 생각해. 당신은 착한 사람이고, 나는 우리가 잘 지내길 원해. 아, 그래? 그게 당신이 생각하는 거야? 당신은 내가 치료가 불가능한, 가엾은 인간이라는 거야? 좋아, 그렇게 생각하면 떠나라고. 그런 당신을 붙잡을 이유가 없잖아. 이제 와서 내가 짐이 된다면 헤어지는 게 낫겠지. 베로니카, 당신과 나는 더 이상 볼 일이 없어. 난 날 이해하는 여자를 찾겠어.

*

구원자로서의 에너지가 사라졌다고 느끼자 나는 훨씬 더 멀리 거리를 둔 채 그를 지켜보았다. 나는 실패한 성직자의 초조감에 사로잡혔고, 그는 원망과 불평을 저장하고 축적하면서 나를 경악시켰다. 아침 식탁에서, 사무실에서 통화할 때마다 그의 원망과 불평은 달달 외울 정도로 반복되었다.

우리 두 사람의 결혼 무대. 언제부터인가 나는 그 무대의 모퉁이에 숨어서 그를 지켜보기 시작했다. 그는 무대에서 늘 자신의 불행을 드러냈다. 나는 객석에 남아 있는 그의 유일한 관객이었다.

어쩌다 그 사람과 결혼해야겠다고 마음먹었을까. 나는 옛 친구 도리스의 집 파티에서 그를 만났다. 그날 밤 그는 화장실을 찾아 복도를 돌아다녔다. 내 눈에는 그런 그가 소심한 아이로 보였다. 얼마나 애절했으면 나 같은 여자가, 슬픈 얼굴로 "화장실이 어디죠?" 라고 묻는 사내에게 마음을 빼앗겼을까. 아, 얼마나 부끄러운 일인가. 화장실이 어디죠? 화장실이 어딘지 가르쳐주실 수 있어요? 아, 지오반니.

나는 가끔 우리가 자비로움이 담긴 마약에 푹 빠졌다는 생각이 들었다. 어떤 환영들이 그를 구출해낼 수 있다고 나를 믿게 만들었다. 그러나 나의 위안은 공허한 몸부림에 지나지 않았다. 나는 그의 동반자가 아니라 보호자라는 느낌이 들었다. 아, 지오반니, 지오반니. 자비라는 게 이런 거야? 어떻게 말할지 나도 모르겠어. 자비란 게 벌거벗은 몸에 옷을 입혀주는 것인지, 시신 위에 망사를 덮어주는 것인지.

세바스티안만 아니라면……. 아, 하느님 맙소사.

그러나 아직은, 아직은 좋은 사람이잖아. 나는 그가 소심하고 밋밋해도, 의지할 데 없는 강아지처럼 외로워도, 정감 어린 사람이라고 생각했다. 나는 그에게 그가 잠들어 있을 때 애정 어린 손길로 머리를 쓰다듬어 주었다고 누누이 말했으며, 때때로 그 역시 나에게 자신도 그랬다고 털어놓았다. 우리는 신문기사에 대한 촌평도 주고받았다. 세바스티안의 성장과정에 대해 진지한 고민을 나누기도 했다. 우리는 가끔 함께 웃기도 한다. 하지만 언젠가는, 언젠가는…….

언젠가는 지오반니를 포기할 수 있을까. 나를 안아주고, 나에게 내 보호자이자 사랑하는 사람으로 느끼게 만들어 줄 누군가를 만나게 될까. 나는 내 삶의 나머지를 원하는 남자와 함께할 수 있을까.

주위를 둘러보았다. 어떤 소리가 이어지고 있었다. 물 떨어지는 소리, 냉장고 진동 소리, 공원에서 새들이 지저귀는 소리. 뒤섞인 모든 소리가 무엇인가를 확신하게 만들었다.

그 모든 소리의 혼합이 어떤 확신을 던져주고 있었다.

나는 욕실로 들어가 문을 닫았다.

갑자기 레베카가 생각났다. 그녀가 마치 욕실 안에 있는 것 같았다. 나에게 아내로서 남편에게 해야 할 일을 충고해주는 것 같았다.

레베카, 레베카.

나는 다시 침실로 나왔다.

"무슨 일이야?" 지오반니가 물었다.

"마음이 안 편해."

"왜?"

"어릴 때 친구를 비행기에서 만났거든. 친구가 아니라 학교 동기였어."

"그래? 누군데?"

"나랑 같은 반이었던 애야. 다들 그 애를 괴롭혔어. 25년 만인데, 내가 신문사에서 일한다고 했더니 어제 전화를 한 거야. 카페 첼스에서 만났어."

"이름이 뭔데?"

"레베카. 레베카 델 포소. 신경 쓸 거 없어."

나는 옷을 입고 주방으로 갔다. 식탁에는 아침이 차려져 있었다. 강한 향에 검은 빛이 도는 최고 품질의 비야 리카 커피는 내가 선호하는 커피였다. 커피 향이 나를 도와주었다. 잠시나마 아무것도 생각하지 않도록.

7

신문사로 향했다. 라디오를 켠 채 진행과 정차를 반복하며 차를 운전했다

기대하지 않았던 햇빛이 쏟아지는 날이었다. 차가 건널목 앞에 서자 아이들 셋이 테니스 공으로 묘기를 부리기 위해 도로로 뛰쳐나왔다. 익숙한 장면이었다. 그들은 공 세 개를 허공에 던져 놓치지 않고 받아넘기는 묘기를 부리는 한편, 손을 뻗어 동전을 구걸했다.

그런데 갑작스런 일이 발생했다. 경찰 모터사이클 무리가 움직이는 차량을 정지시켰고, 그 바람에 아스팔트 포장도로가 텅 비었다. 이제 곧 유리창에 편광(偏光)지를 바른 세단 차들이 빠른 속도로 지나갈 참이었다. 대통령이나 총리가 공무 수행에 나선 모양이었다.

한 소년이 다가왔다. 눈이 커다란 아이였다. 다른 아이들보다 조금 더 나이가 많아 보였다. 가슴이 거의 드러날

만큼 열린 셔츠 차림이었다.

나는 동전 몇 개를 집어 그 아이의 손에 놓아주었다. 밋밋하면서 불결한 느낌이 들었다.

"일은 잘되니?" 나는 웃으며 물었다.

"좋아요."

나를 보고 씩 웃었다. 다른 차량으로 갈 생각도 않고 나를 지켜보고 있었다. 나는 얼른 다리를 앞으로 쭉 뻗었다. 혹시 그 아이의 눈을 현혹시켰나.

갑자기 엉뚱한 생각이 떠올랐다. 차에 태울까. 도와주고 싶었다. 여기보다 더 나은 거리로 데려다주는 거야.

"몇 시부터 여기 있었니?"

"아침 일찍부터요."

"여기 있을 거니, 아니면 다른 데로 갈 거니?"

"한동안은 여기 있을 거예요."

"여기보다 경쟁하는 애들이 더 적은 곳으로 옮기지 않을래? 여긴 똑같은 묘기를 부리는 애들이 많잖아."

소년이 입술을 굳게 다물었다. 나는 자신이 방금 했던 말에 대해 스스로 놀라고 있었다. 그 아이가 거부할 거라고 생각하면서도 그런 제안을 했던 것이다.

"아뇨, 여기 있을래요."

나는 5솔짜리 동전을 꺼냈다. 동전을 건네면서 그 아이의 손가락 감촉을 다시 한 번 느꼈다. 가능한 한 길게. 이윽고 공무 행렬이 지나가고 도로는 다시 활발해졌다.

"조심해." 나는 웃으며 말했다.

그 아이가 물끄러미 나를 지켜보았다.

"고마워요, 부인."

나는 가속기를 밟았다. 백미러를 통해 그 아이의 모습을 보았다. 니코를 닮은 아이였다.

*

오후에는 아버지에게 전화했다.

아버지를 아주 드물게 만난다. 당신을 의식하지 않고 일주일도 지나칠 수 있었다. 그러다가도 느닷없이 전화를 하거나 계획에도 없이, 지금처럼 무작정, 당신 집으로 향하기도 한다.

평소 나의 행동반경은 나의 집, 아버지의 집, 마리아 에우헤니아의 집, 영화관, 테니스 클럽, 레스토랑, 두세 곳의 서점이었다. 제자리를 도는 짐승처럼 나는 정해진 반경 내에서 이곳저곳 옮겨 다닌 것뿐이었다.

아버지는 파출부인 욜란다와 함께 살고 있었다. 그녀는 음식을 준비하고 집을 청소하고 대화 상대가 되어주었다. 밤에는 함께 TV를 보았다. 나는 언젠가 아버지와 욜란다가 잠자리도 함께할 거라고 생각했다가 이내 그런 생각을 거두었다.

나의 아버지, 나의 아빠, 나의 위대한 판관, 나의 위대한 형리. 그리고 나의 신.

나는 늙음의 비천함 앞에 저항하는 당신을 보고 깜짝 놀랐다. 당신은 많은 문제를 안고 있었다. 특히 비뇨 계통이 심각했다. 당신은 기저귀를 사용하는 것에 그다지 신경을 쓰지 않았다. 당신은 안쓰러워하는 나의 걱정에 오히려 덤덤했다. "아무것도 아니다. 내 나이에는 많은 남자들이 그런단다. 더 안 좋은 일도 얼마나 많으냐."

당신은 외출도 잦아졌다. 카페 '아이티'에서 한결같은 친구들을 만나 커피를 마시며 정치와 축구를 화제로 삼거나 가벼운 농담을 주고받았다, 생일에는 각자의 집으로 초대하기도 했다.

친구들을 식구나 직장동료처럼 대했던 이전과는 판이한 변화였다. 평소 아버지는 그들과 일정한 거리를 유지한 채 오로지 자신의 무기력과 두려움을 채집하는 일에 집중했다. 우리가 어렸을 때 아버지는 표범처럼 침묵의 철책 속에 살았고, 어머니는 우리에게 철책 사이로 보이는 아버지를 존경하도록 만들었다. 아버지는 우리에게 아무것도 제공하지 않았다. 집에 가져오는 책과 음반이 전부였다. 어머니는 아버지의 칩거를 철저하게 챙겨주었다. 우리를 불러다가 아버지에게 말을 걸지 않도록 단단히 일렀다. 아버지가 입을 다물면 아무것도 물을 수 없었다. 말 걸지 마. 어머니가 말했다. 절대 귀찮게 해드려선 안 돼.

두 분의 관계를 잇는 접착제는 어머니의 헌신이었다. 그녀의 헌신은 아침을 차리는 것으로 시작되어 밤에 귀가한 아버지의 재킷을 걸 때까지 계속되었다. 아버지는 어머니의 수발을 극히 자연스럽게 받아들였다. 어머니가 원하는 것은 남편의 기를 살리고 뒷받침하는 것이었다. 나는 아버지가 결코 어머니를 이해하지 못했다고 생각한다. 당신의 고립주의는 어머니가 아침마다 벗도록 도와주는 검은 베일 같은 것이었다.

아버지가 자식들의 조숙한 의지에 동의한 것은 순전히 교육 현장의 규율과 긴장감에서 벗어나기 위한 방편이었다. 그것은 자식을 향한 관대함이 아니라 가장으로서 자식에 대한 부주의나 태만의 징표에 불과했다. 어렸을 때 나는 당신의 냉담함 뒤에 도사린, 멀리서 나를 지켜보는 두려움 가득한 당신의 눈빛에 떨어야 했다. 당신은 남에게 의지하지 않기 위해 자식들조차 사랑하지 않았다. 그 대신 우리에게 밤늦게까지 돌아다니는 것을 허락했다. 아무것도 금지하지 않았다. 옷도 사주고 농담을 건네기도 했지만, 당신은 자식들과의 대화를, 함께하는 자리를 피했다. 한 번도, 단 한 번도 우리 자식들과 함께 한자리에 앉은 적이 없었다. 당신은 자식들에게 무관심했다. 물론 관심을 갖는 것은 당신에게 과도한 노력을 요구하는 일이었다. 그런 당신이 자식들에게 베푼 것은 우리를 모른 척하거나 우리의 뜻에 따른 것뿐이었다. 아니, 모르겠다. 지금 다시 생각해도 그게 그런 이유 때문이었는지 모르겠다. 분명한 것은 당신이 자식들에게 일정한 거리를 두었고, 당신의 모습이 어릴 때부터 각인되었다는 것이다. 그런데 당신이 변했다. 어머니가 돌아가시고 난 뒤였다. 언제부터인가 나긋나긋해지고 나를 맞이하며 안아주기도 했다. 그런 날에 우리 부녀는 함께 앉아 이야기도 나누었다. 바로 지금처럼.

"아빠, 요즘 어때요?"

"여긴 늘 그렇지 뭐. 넌?"

"다 차분해요."

나는 나의 가족에 대해 이야기했고, 이어 새로운 정치 소식도 들려주었다. 대통령 후보들은 이미 캠프 활동에 들어갔어요. 우리야 지금보다 더 나빠지지 않길 기대해야지 뭐. 당신이 말했다.

우리는 TV를 보았다. 내가 고개를 돌렸을 때 당신은 잠이 들어 있었다. 소파에 기대어 양팔을 모은 채 입을 헤 벌리고 당신만의 꿈나라로 항해 중이었다.

이상한 기분이 들었다. 내가 있는 데서 잠이 들다니.

나는 한결 가벼운 마음으로 당신의 집을 나설 수 있었다.

좋았다.

*

다음 날은 일찍 출근했다. 기사를 만들고, 회의에 참석하고, 외출 준비를 해야 했다.

정오에 미국 대사관 관저에서 모임이 있었다. 새로운 문화 담당관을 맞이하는 칵테일파티였다. 나는 그를 우리 신문사에서 만났다. 부임 인사 차 예방한 자리였다. 파란 눈에 피부가 하얀, 매력 있는 인물이었다.

지오반니가 나를 데려다주기로 했다.

나는 집에서 파티에 입고 갈 옷에 신경을 썼다. 고르고 고른 끝에 꼭 마음에 드는 것은 아니지만 청색 정장에 하이힐과 은목걸이를 매치했다.

11시, 욕실에서 화장을 하고 머리를 손질했다.

12시, 사무실 책상 앞에 앉아 지오반니를 기다렸다. 불쑥 아버지의 이야기가 떠올랐다. "칵테일파티는 저녁 만찬에 초대받을 인물이 못 되는 사람들을 따로 초대한 이벤트란다." 아빠, 그렇지 않아요. 저녁 만찬보다 더 중요한 칵테일파티도 많아요. 사람들도 훨씬 많고, 다들 서 있는 상태에서 이 사람 저 사람을 상대로 짧은 인사와 대화를 나누는 거예요. 전쟁터는 아니지만 기나긴 시리즈의 전초전이라고나 할까.

칵테일파티에는 대사들, 장관들, 기업가들, TV방송국

종사자들, 소위 잘나가는 인물들이 참석할 예정이었다. 지인들도 초대되었다. 대사관은 사교적인 외교모임에 피스코와 와인과 위스키 같은 술과 햄이나 샐러드를 넣은 빵과 전통음식인 세비체(생선포를 양념에 절인 해물 음식—옮긴이)와 타말(옥수수 껍질에 고기를 다져넣은 음식—옮긴이)을 내놓았다. 쟁반에는 페루와 미국 국기를 교차한 장식품이 놓여 있었다.

지오반니가 핸드폰으로 호출했다. 나는 곧장 밖으로 나갔다.

대사관 관저에는 이미 많은 사람들이 삼삼오오 모여 있었다. 나는 아는 사람들과 인사를 나누며 안쪽으로 들어갔다. 잠시 후에 마리타 다소가 들어섰다.

마리타는 항상 스스로를 프로그램화해서 타인의 이목을 집중시킨다. 그날은 크림 빛 계열의 의상 위로 하늘색 머플러와 진주 목걸이를 강조하고 있었다. 어깨 위로 머플러 끝자락이 우아하게 흘러내리고, 화사한 복숭아 빛 메이크업, 은반지, 상아 빛깔의 목덜미, 검은 구두까지 이른바 돈과 개성과 패션을 총망라한 모습이었다. 브라보, 브라보. 잘했어, 마리아. 해냈어. 또 해낸 거야. 넌 이제 젊은 축에는 끼지도 못하지만, 아직도 널 쳐다보려고 고갤 돌리는 남자들이 있잖아. 가끔은 알랑거리기도 하고. 고마워요. 넌 항상 그렇게 말하지. 어머, 친절도 하셔라. 아, 정말 세

련된 모습이네요. 난 길거리 옷가게에서 고른 옷을 입고 있어요. 뭐, 길거리 옷가게에서 고른 옷을 입었다고? 어머나, 마리타. 네가 말하는 길거리 옷가게란 기적을 만드는 공장인가 보지?

마리타는 그날을 위해 부산을 떨었을 것이다. 나는 그녀를 상상할 수 있었다. 그녀는 먼저 다양한 의상을 챙겨서 침대 위에 올려놓고는 서로 다른 옷들을 어떻게 조합할지 고민한다. 의상과 신발을, 치마와 블라우스를, 목걸이와 귀고리를 매치한 다음, 마치 절망한 채 카드 패를 돌리는 도박꾼처럼 최상의 조합을 찾을 것이다. 이 옷과 벽면의 색깔이 잘 어울릴까. 그녀는 지그시 눈을 감고서 파티 장의 배경과 조화를 이루는 다양한 자신의 모습을 그려본다. 지금까지의 그림들을 상상하면서 파티 장에서 벌어질 각양각색의 장면을 꿈꾼다. 가끔은 보상받지 못한 악몽을 꿈꾸기도 했겠지만. 다음 날 오전 10시에서 11시 사이, 그녀는 간밤에 이리저리 매치를 했던 최상의 조합 중에서 하나를 고른다. 마리타. 결국 그녀의 모습을 바라보는 것은 그 길고 병적인 연출 과정의 일부를 지켜보는 것과 다름없다. 나는 그녀를 증오했다. 왜냐하면 그녀가 항상 나보다 더 멋진 옷차림으로 나타났기 때문이다. 하지만 그녀의 행복은 나에게 그녀를 비웃는 것을 용인해주었다. 나는 지오반니에게 그 이야기를 하며 함께 웃었다. 오늘은 무슨 옷으로 우릴 깜짝 놀라게 만드실까?

그날 밤, 그녀는 나에게 가까이 다가와 입맞춤 인사를 했고, 나는 그녀의 의상을 칭찬한 뒤에 가능한 한 그녀에게서 멀리 떨어졌다.

나는 지인들에게 인사를 건네며 살롱을 돌아다녔다.

살롱 안쪽으로 〈바리에다데스〉의 편집장 우고 그란다가 눈에 들어왔다.

우고 그란다의 입은 한마디로 위조 백화점이었다. 거짓말쟁이였다. 마치 노름꾼이 테이블에 카드를 늘어놓는 것처럼 거짓말을 늘어놓았다. 일찍이 젊은 나이에 거짓말을 시작했지만, 아직도 그의 눈은 그의 입에서 새로운 거짓말이 나올 때마다 반짝거렸다. 그는 상대를 만나서 헤어질 때까지 극히 자연스럽고 우아한 어조를 유지했다. 메뉴도 다양했는데, 변호사로서의 성공은 물론이고 뉴욕 쇼핑과 유럽 여행만큼은 빠트리지 않았다. 그날 어두운 색깔의 풀 슈트를 입은 그는 창가에 서서 마치 망을 보는 거북이처럼 머리를 이리저리 움직이며 한참을 떠들어대는 중이었다. 가만 듣자하니 그는 대화 상대인 미국대사를 '자애로운 대사님'으로 호칭하며 반(反) 마약 정책을 칭찬하는 데 열을 올리고 있었다.

지오반니는 행복하게도 친구 하비에르와 살롱 한쪽에 비켜선 채 이야기를 나누고 있었다. 첫 번째 살롱에서 에

두아르도와 마리아 엘레나 로레스를 만났다. 우리는 이제 막 독일에서 돌아온 한 친구에 대해 이야기를 나누었다. 살롱 안쪽에서 조용한 재즈 음악이 흐르고 있었다.

나는 큰 살롱으로 자리를 옮겨 다른 친구들과 대화를 이어나갔다. 재즈 음악이 사람들이 웅성거리는 소리를 흡입하고 있었다. 기자들, 정부 관리들, 기업가들, 한두 명의 유명한 화가들……, 그들 중 몇 명은 태풍 카트리나에 대해 새로운 소식을 묻기도 했다. 그 아름다운 뉴올리언스가 아무것도 남지 않는다는 겁니까?

웨이터들은 끊임없이 눈앞에 나타났다 사라졌다. 지오반니는 하비에르와 여전히 대화중이었다.

레베카를 본 것은 살롱 가장자리에서 대사관 상무부의 필 예이츠와 대화를 나누고 있을 때였다.

나는 즉시 반대편으로 고개를 돌렸다. 아, 레베카. 레베카, 여긴 웬일이지?

나는 슬쩍 그녀를 쳐다보았다. 청색 의상에 은목걸이를 매치한 그녀는 어두운 풀 슈트 차림의 사내와 이야기를 나누고 있었다. 나는 다시 쿠스코 여행 이야기를 풀어내는 필에게 집중했다.

나는 필과의 대화가 마음에 들었다. 큰 키에 털이 붉은 그 미국인은 날마다 5킬로미터나 되는 미라플로레스 제방을 달렸다. 리마에 오기 전에는 케냐와 멕시코의 미국 대사관에서 근무했으며, 잦은 근무지 이동을 통해 습득한 정제된 지혜와 아일랜드식 유머를 겸비한 인물이었다. 그는 미국인이었지만 세계인이라는 느낌과 국적도 없는 것 같은 분위기를 풍겼고, 상대를 믿으면 많은 농담을 시리즈로 내놓는 미덕을 베풀었다.

필과 얘기를 하는 동안 나는 곁눈으로 레베카의 동정을 살폈다. 오, 하느님, 하느님 맙소사.

레베카는 목을 빳빳이 쳐들고 서 있었다. 그녀의 상대는 빼빼한 체격에 배만 불뚝 튀어나온 거짓말쟁이 우고 그란다였다. 그녀는 한 마디도 쉬지 않고 자신의 이야기를 이어가고 있었다.

갑자기 그녀가 우고와 떨어지더니 나를 향해 다가오고 있었다.

"놀랬잖아, 베로니카." 그녀가 미소를 지었다. "여기서 널 보다니."

나는 손을 뻗었다.

"안녕, 레베카. 필을 소개할게."

*

필 예이츠는 여자에게 키스로 인사하는 리마식 관습을 따르지 않았다.

"우린 이미 만난 적이 있어." 레베카가 말했다. "그쪽은 무역 업무를 맡고 있죠? 안 그래요?"

"맞아요. 전 페루에서 물건을 사거나 파는 사람들을 돕지요." 필이 대답했다. "물론 미합중국에서 물건을 사거나 파는 사람들도 돕고요."

"우리 걸 사는 사람은 거의 없고, 우리한테 파는 사람만 많아요. 당신 나라 도둑들은 우리가 계속 가난했으면 하더군요."

"레베카, 바보 같은 소리 그만 해." 내가 끼어들었다. "예의 없이 굴지 마."

"예의 없다고?"

"걱정 말아요, 베로니카." 필이 그 말을 받았다. "나는 이 숙녀 분처럼 생각하는 사람들이 많다는 걸 잘 압니다. 하지만 우리가 모두에게 가장 좋은 기회가 주어지길 기대하는 것도 아시겠지요. 여기서든 거기서든 말입니다." 그는 양팔로 호를 그리며 덧붙였다. "미합중국은 페루 역시 라틴아메리카의 모든 나라들처럼 그렇게 발전하는 게 적절하다고 봅니다."

"예이츠 씨, 미국에는 거지도 많고, 치한도 많고, 철면피도 많더군요."

필이 씩 웃었다.

"물론 미합중국에도 다른 나라들처럼 주의를 기울이지

못한 사람들이 있지요. 그러나 부인, 그거 하나가 미합중국 사람 모두가 그렇다는 걸 의미하는 건 아닙니다."

"예이츠 씨, 당신은 내가 무슨 말을 하려는지 잘 알고 있어요. 괜히 어리석게 굴지 말아요."

"레베카, 그만 해." 내가 다시 끼어들었다. "넌 말도 안 되는 소릴 지껄이고 있는 거야."

"자, 저는 이제 막 도착한 친구들을 보러 가겠습니다." 필이 말했다. "죄송하군요. 그럼, 다음 기회에."

그는 목례를 하며 물러났다. 나는 그의 모습을 지켜보았다. 레베카는 그를 몰아내는 데 성공한 셈이었다.

나는 지나가는 웨이터의 쟁반에서 위스키 한 잔을 집어 들었다.

"예쁜데. 아주 보기 좋아." 레베카가 바짝 다가서며 말했다. "멋지고, 확 눈에 띄잖아. 이 살롱에 있는 남자들이 너 때문에 한숨만 내쉬고 있어. 하긴 넌 항상 그랬지, 안 그래? 학교 다닐 때부터 그랬잖아."

"없는 말 지어내지 마. 그 정도는 아니었으니까."

"너한텐 아주 중요한 일이잖아. 안 그래? 뭇 남학생들이 너만 바라보도록 하는 거 말이야."

"난 그런 정도는 중요하다고 생각 안 해. 문제는 네가 그걸 못 참는다는 거야."

"내가 못 참는다고? 그래서 내가 예이츠 씨한테 그런

말을 한 거라고? 아, 그랬다면 진짜 미안하구나."

나는 고개를 돌려 주변을 돌아보았다. 어떤 이미지들이 다시 돌아오고 있었다. 나는 잔을 비웠다.

"저기 있는 남자가 남편이야?" 그녀가 갑자기 지오반니를 가리키며 물었다.

"그래."

그녀가 다시 그를 쳐다보았다. 보아하니 나름대로 평가하고 있는 것 같았다.

"참 예쁜 남자구나. 하긴 어련하겠어."

"예쁘다고?"

"응, 예뻐. 예쁜 인형 같잖아. 썩 나쁘지도 않고. 하지만 네 타입은 아니야."

"네가 그렇다면 그런 거겠지."

과일 쟁반을 들고 있는 웨이터가 다가왔다. 그녀는 유카 두 개를 집어 들더니 우안카이나 소스를 바른 다음, 와인 잔을 잡았다.

"네 가식에 환멸을 느껴." 그녀가 와인을 한 모금 마시며 말했다.

"어떤 가식?"

"사실은 귀찮은데도 하는 수없이 예를 갖추고 있잖아. 솔직히 말해 봐. 나를 보는 게 혐오스럽지, 안 그래?"

나는 문 쪽을 쳐다보았다.

"아냐, 아무렇지도 않아. 오히려 네가 하는 얘길 듣는 게 괴로워. 학창 시절 이야기도 그렇고. 그건 널 고통스럽게 만들었지만, 네가 취한 유일한 행동은 네 자신의 고통에 몰두했다는 거야. 얘, 넌 너 자신을 동정하는 일에 지치지도 않아?"

그녀는 좌우로 고개를 흔들었다.

"잘못 알고 있구나. 물론 나는 그게 나에 대한 인상이란 거 알고 있어. 하지만 그렇지 않아."

"그렇지 않다고? 넌 다른 얘긴 꺼내지도 않잖아."

"맞아. 하지만 요전에 내 얘기가 끝날 때까지 기다려주지 않은 사람은 너야. 그리고 난 나 자신을 동정하지 않아. 그건 날 도와주는 일이거든. 학교에서 일어났던 일은 날 더욱 더 강하게 만들어줬어. 사실 지금의 나는 너희가 만든 거야."

"우리가 만들었다고?"

"덕분에 난 너희보다 더 강하고, 특히 너보다는 훨씬 더 강하잖아."

나는 고개를 돌려 아래층을 내려다보았다. 일순 우리 주위에 있는 사람들이 제자리에 정지되어 있는 것 같았다.

"그래, 그렇다면 너한테 무슨 말을 해야지? 그래, 축하한다는 말밖에 해줄 수가 없구나."

"고마워."

그녀는 잔을 한 모금 홀짝였다.

"대사관에는 어떻게 온 거야?" 내가 물었다.

"초대를 받았거든." 그녀가 속삭이듯 말했다. "난 미국 시민권이 있어. 여러 해 동안 미국에 수출도 했잖아. 특히 섬유 말이야. 네 친구라는 필은 이미 나를 알고 있어. 적어도 내가 누구라는 걸 알고 있었거나, 알고 있었다고 생각할 거야."

"미국 시민권이라니, 네가 왜?"

"거기 살았거든. 뉴헤븐, 보스턴, 그 외에도 아주 많아. 학교를 졸업하고 미국에 갔지. 여기 돌아온 지는 1년밖에 안 돼. 난 여기서 수출회사를 운영할 거야. 이미 말했지만 이모의 유산으로 만든 회사지. 관리는 사촌이 해. 난 수백만 불을 갖고 있어."

"잘했구나." 나는 축하를 건넸다. "하지만 그런 식으로 행동하면 어떤 모임에도 초대 받지 못할 걸. 넌 싹수가 없거든."

"정말 그렇게 생각해?"

"참을 수 없을 만큼."

갑자기 그녀의 눈에 눈물이 그렁그렁했다. 그녀의 얼굴이 환하게 빛났다.

"내가 필한테 사과해야 한다고 생각하니?"

"아마 그래야 할 걸."

"알았어……. 그래, 네 말이 맞아. 가끔 난 나 자신이 무슨 짓을 하고 있는지도 몰라. 더 나쁜 건 그 사람한테 맞설 아무런 이유도 없었다는 거야. 하지만……."

그녀가 나를 쳐다보았다. 그리고 뺨에 손을 갖다 댔다.

"하지만 뭘?" 내가 물었다.

"모르겠어. 나도 모르게 가끔 폭력적으로 변해. 나 자신을 제어할 수 없는 어떤 충동이랄까. 미안해."

"좋아, 그렇다면 마음을 조절하려고 노력해 봐."

"그럴게."

일순 사람들의 대화와 피아노 연주가 멈추었다. 그녀의 눈에는 아직도 눈물이 그렁그렁했다.

"레베카, 요전에 한 얘기 있지? 아이들이 했던 짓이 당연하다고 했던 얘기. 사실은 그런 뜻으로 한 얘기가 아니었어."

그녀가 고개를 들었다. 손가락으로 머리를 쓸어 넘겼다.

"걱정 마. 난 얼마든지 견딜 수 있었으니까."

우리는 잠시 입을 다물었다.

"다른 애들 소식은 아니?" 그녀가 물었다. "오스왈도, 티타, 도리스…… 그리고 다른 애들 있잖아?"

"다들 일은 하지만 몹시 불행해. 가끔 이야기는 들어도 얼굴조차 구경도 못 했어. 티타만 한 번 만났는데 이혼했다더라. 오스왈도는 엄청 마셔대나 봐. 알코올 중독 재활 치료만 해도 벌써 여러 번 받았대."

"그런 걸 보면 제대로 된 사람은 너뿐이구나."

웨이터가 샌드위치가 담긴 쟁반을 들고 우리 곁을 지나갔다. 그녀는 샌드위치를 집어 들더니 게 눈 감추듯 먹어치웠다.

"아냐, 나 역시 꼭 그렇게 좋은 것만은 아닌데……. 그래, 일도 하고 가족도 있으니까. 그런 의미에서 난 그럭저럭 괜찮은 편이지."

"그래, 그렇게 보여. 내가 볼 때 정말 그래. 네 말대로 직업이 있고, 가족이 있고. 자, 건배."

그녀는 그녀의 잔을 내 잔에 부딪쳤다. 금방 기가 되살아난 것 같았다.

그녀는 잔을 죽 들이켰다.

우리 주위로 집단적인 웃음소리가 터져 나왔다. 누군가가 재미있는 농담을 던진 모양이었다. 페르난도 토레스. 그는 모임에 활기를 불어넣을 줄 아는 위대한 리더였다. 나는 레베카에서 벗어나 다른 자리로 옮길 생각이었다.

"하지만 없는 말은 지어내지 마." 그녀가 말했다. "지어내지 말라고. 가족이란 게 전부는 아니잖아."

나는 쟁반에서 새 위스키 잔을 집어 들었다.

"그래, 레베카, 이제 저쪽으로 가볼게. 우리 다시 만나자꾸나."

"기다려. 가지 말고 기다려. 얘, 내가 한눈 판 거 용서해."

"한눈을 팔다니?"

"응, 난 처음부터 쭉 네 남편을 주시하고 있었거든."

"무슨 일로?"

"그거야 잘생기고 눈에 띄긴 하지만 어딘가 초조해 보이잖니. 남자가 초조하다는 건 안 좋은 거야. 그래, 여자한테도 안 좋은 거겠지. 내 눈에는 몸무게가 제법 나가는 걸로 보이는데……. 보마나마 지루한 타입일 거야. 그렇지?"

나는 가만히 웃었다. 넌 날 자극하는 데 성공한 거야. 내 목소리에 한 줄기 분노가 섞였다.

"얘, 네가 지금 체중으로 남을 흉 보겠다는 거니?"

"그 지적이 맞긴 하다만, 조금 뚱뚱한 건 사실이잖아."

"레베카, 무슨 말이야? 혹시나 그런 얘기로 날 자극할 의도라면 일찌감치 포기해."

"아냐, 난 다른 모임에서도 너하고 네 남편을 봤거든. 부부가 같이 있는 건 좋은데, 너희 부부는 사람들 앞에서만 같이 있잖아."

"우리 대화에 무슨 의도로 그 사람을 끼워 넣는 거지?"

저만치 사람들이 들어오고 있었다.

"너를 화나게 하려고 그런 건 아니야. 네 남편이 조금 지루하고 조금 뚱뚱하긴 해도 끔찍하다는 뜻은 아니니까. 이 세상에는 지루하고 뚱뚱한 사람이 얼마나 많니. 봐, 나만 해도 그렇잖아."

"넌 모르는 사람까지 다 안다고 생각하는 모양이구나. 그래?"

그녀가 나를 쳐다보았다. 검은 눈이 반짝이고 있었다.

"좋아, 베로니카. 지금부터는 진지하게 얘기하지. 난 네 진실을 알고 있어. 진실 말이야."

"진실이라니, 어떤 진실?"

웨이터가 쟁반을 들고 다가왔다.

"아냐, 아무것도, 아무것도……. 그냥 아무 말도 안 하는 게 낫겠어."

그녀는 잔을 집었다. 쭉 들이켰다. 그녀의 입가에 액체 자국이 남았다.

그녀는 신문에서 읽은 농담이라며 이야기를 시작했다. 한 여자애가 집에 도착해서 이렇게 말하는 거야. 엄마, 학교에서 다들 나보고 뚱보래. 그러자 엄마가, '그렇게 말하는 녀석들은 때려주렴.' 그러자 딸, '그럼 다 피해버리는데 어떡해.' 그러자 엄마, '그럼 끝까지 쫓아가서 실컷 때려주렴.' 그러자 딸, '하지만 애들은 아주 좁은 복도로 도망간단 말이야…….'

그녀가 웃었다. 동굴 속 깊은 곳에서 새어나오는, 울림으로 가득 찬 웃음소리였다.

나는 당장 자리를 옮기고 싶었다. 와인 잔을 집었다. 얼굴에 확 뿌려줄 수도 있었다. 그녀의 이마에 흘러내리는 붉은 액체를 상상했다.

"방금 들은 얘기, 어때?"

"나에 대해 알고 있다는 게 뭐지?"

"아냐, 아냐. 아무것도 아니니까 걱정 마."

"내 진실을 알고 있다며? 도대체 네가 말하고 싶은 게 뭐야?"

기침을 했다. 그 바람에 그녀의 말이 입을 빠져나오면서 파편처럼 흩어졌다. 그녀는 손으로 입을 가렸다.

"좋아. 얘기해주지. 사실 난 산 이시드로 쪽으로 자주 걷는 편이야. 할 일이 없잖아. 그래서 그 근처를 자주 돌아다니는데, 하루는 네가 어떤 건물로 들어가더구나. 얘, 거길 날마다 들락거리는 건 아니겠지?"

"그건 아니야. 그런데 그런 얘길 꺼낸 이유가 뭐지?"

"패트릭 때문이야. 그 사람 이름이 패트릭 아니야? 넌 항상 패트릭 칼더를 만나러 가잖아. 난 그곳에 들어가는 널 봤고, 네가 그 남자한테 간다는 걸 알았어. 멋진 남자잖아. 아무튼 베로, 넌 참 좋은 취미를 가졌구나. 잘생긴 남자, 돈 많은 남자. 하지만 그 남자 꽤나 철면피던데……."

손에 쥐고 있던 잔이 터져버릴 것 같은 느낌이 들었다.

"말도 안 돼. 레베카, 지금 무슨 얘길 하는 거야?"

"베로, 난 눈이 좋아. 특히 간통을 하는 여자들한테는 더 그래. 어쩌면 사랑에 빠질 수도 있겠지. 하지만 그 남자하고는 안 어울려. 넌 남편하고 함께하는 게 나아. 보기에도 좋고. 아, 또 보자. 곧 전화할게."

나는 그녀의 뒷모습을 지켜보았다. 그녀가 걸을 때마다 골반이 엇박자로 흔들리며 널따란 치마가 물결을 일으켰다. 거대한 배 한 척이 살롱의 수평선 너머로 사라지는 것 같았다.

갑자기 그녀가 웨이터들이 모여 있는 곳으로 다가갔다. 그녀는 쟁반에서 위스키를 집어 들었다.

가까운 곳에서 다시 한 번 사람들의 폭소가 터져 나왔다. 역시 페르난도 토레스였다.

실비아가 다가왔다. 안녕, 빼빼 씨. 그녀가 인사를 건넸다. 잘 있었어? 그래, 보시다시피. 넌?

실비아가 이야기를 하는 동안 내 눈은 레베카를 좇고 있었다. 그녀는 잔을 든 채 한쪽 구석에 서 있었다.

방금 전보다 훨씬 더 뚱뚱해진 것 같았다. 팔뚝의 갈색 반점들이 그녀를 더 크게 보이도록 만들었다.

대사부인인 낸시 사이키스가 그녀에게 다가가고 있었다.

오통통한 몸매에 양 볼이 붉은 대사부인은 참석자들 하나하나를 챙기며 돌아다니는 중이었다. 레베카가 큰 미소로 그녀를 맞이했다.

"얘, 무슨 일이야?" 실비아가 말했다. "내 말을 안 듣고 있잖아. 뭘 보고 있어?"

"아, 미안해." 나는 실비아를 채근했다. "잠시 나랑 같이 가줘야겠어."

우리는 낸시와 레베카가 있는 곳으로 갔다.

"오, 베로니카." 낸시가 인사를 건넸다. "이렇게 만나 반가워요."

"안녕하세요, 낸시."

"오, 여기 이분은……."

"네, 우린 아는 사이에요." 레베카가 말했다. "여기 베로도 잘 알고요."

"레베카는 미국에서 학교 다니던 시절을 얘기하던 참이었어요." 낸시가 말했다.

나는 레베카의 눈길을 피할 수 없었다. 다시는 만나지 않겠다고 말할 참이었다.

"미국에서 대학 다닐 때를 이야기하던 중이야." 레베카가 말했다. "내가 뉴헤븐에 있는 대학에서 1년 머물렀던 거 알아?"

"아, 그래?" 내가 그 말을 받았다.

"그럼, 아주 좋았지."

웨이터가 쟁반을 들고 다가왔다. 위스키와 얼음 통이 놓여 있었다. 웨이터가 건네주는 잔을 받아들며 레베카의 이야기를 기다렸다.

그녀는 잔을 높이 든 다음, 입술에 갖다 대고 천천히 비웠다.

"무슨 공부를 했나요?" 실비아가 물었다.

"경영학이요." 레베카가 대답했다. "어떤 축제에 갈 때까지는 정말 좋았어요. 예일대에 다니던 한 녀석이 축제에 초대할 때까진 말이에요."

그녀가 말할 때마다 목의 혈관이 부풀어 올랐다. 나는 가만히 한숨을 내쉬었다. 우리 둘이 남을 때까지 기다려야 했다.

"오라, 화끈하게 터놓고 대시를 했나 보죠?" 실비아가 거들었다.

"그럼요, 아주 화끈하게 터놓고 했죠. 하지만 그쪽이 생각하는 그런 건 아닌데, 지금 혹시 저랑 농담하자는 거예요?"

"아, 아니에요." 실비아가 다급하게 해명했다. "농담이 아니에요."

"우린 축제 얘기를 하는 중이잖아요." 낸시가 거들었다.

"좋아요. 전 예일대에서 공부를 한 건 아니지만, 예일대에 다니는 남학생의 초대를 받았어요." 레베카가 중얼거리듯 말했다. "예일대 남학생 이름은 존 홀 3세. 귀족 이름 같지 않아요? 존 홀 3세."

바로 그때 스페인 대사 훌리오 알비가 도착하면서 낸시가 자리를 떴다. 나는 일부러 대사 일행 쪽으로 눈을 돌렸다. 레베카의 목소리를 피해 그들 쪽으로 가고 싶었다.

"존 홀?" 실비아가 그 말을 받았다. "영화배우 이름 같잖아. 딴은 귀족 이름 같기도 하고."

"존 홀 3세, 그렇게 부르더군요." 레베카가 나를 슬쩍 쳐다보며 말했다. "얼마나 돈이 많은지 달러 지폐를 태워 담뱃불을 붙이는 거예요."

"그러고 보니 난봉꾼 이름이 낫겠어."

레베카가 깔깔 웃음을 터뜨렸다.

"맞아, 그게 낫겠어요. 그런데 그 남학생이 절 어디로 데려갔는지 알아요? 그치들이 '피그 파티'라고 부르는 큰 축제였어요. 피그 파티라고, 다들 안 들어보셨나?"

아무도 대답하지 않았다.

레베카가 입을 다물었다. 그녀는 마치 그녀만이 볼 수 있는 곳을 쳐다보듯 살롱 저쪽으로 눈길을 주었다. 그사이 음악이 바뀌었다. 새로 온 음악가가 긴 리듬이 반복되는 곡을 연주했다. 내 귀에는 레베카의 이야기를 위한 배경음악처럼 들렸다.

"피그 파티라……." 실비아가 대답했다. "난 한 번도 못 들어봤어요."

"못 들었다고요? 그쪽은 아직 세상 경험이 없나 봐. 몰라도 너무 모르잖아."

"아, 그래요? 하지만 그렇게 말하면 안 되지. 그쪽은 다

안다, 그거예요?"

"그야 이 주제에 한정해선 그렇다는 거지. 피그 파티라고, 꼭 기억해둬요. 아무튼 예일의 부잣집 자식들은 학기마다 시합을 해요. 가장 못생긴 여자를, 그 축제에서 가장 비호감인 여자를 뽑는 시합인데, 금요일이나 토요일에 적당한 장소를 빌리는 거예요. 장소는 꽃과 풍선으로 장식되고 뷔페가 차려진 최고급 호텔의 살롱이죠. 그리고 그 축제에서 가장 중요한 건 비싼 음료와 음식이 아니라 파트너죠."

"파트너가 어떤데요?"

레베카가 실비아를 쳐다보며 목소리를 낮추었다. 마치 기도문을 욀 것처럼. 살롱 안쪽에서 피아니스트가 무거운 음으로 건반을 두드리고 있었다.

"피그 파티가 열리기 전에 남학생들은 가장 못생긴 여자를 구해요. 그들은 가장 못생기고 가장 웃기게 생긴 여자애를 찾아다니는 거예요. 하지만 초대받은 여자들은 그 사실을 몰라요. 그건 그들만의 시합이거든요. 남자들이 남자들을 위해 만든 시합 말예요. 상은 가장 못생긴 여자한테 주어져요. 가장 끔찍하게 생긴 여자가 우승자예요. 여자들은 남자들이 좋아해서 초대받은 거라고 착각해요. 예일대에 다니는 부잣집 자식의 파트너라는 환상에 젖는 거예요. 여자들을 농락하는 축제일 뿐이지만 말예요. 남자들이 세상에서 가장 추한 여자를 데려다놓고 씹어대는 광경을 상상해 봐요. 대학 당국이야 직접적인 관련은 없겠지요. 일부 학생들이 몰래 치르는 파티니까요. 축제는 대개 금요일 밤에 시작되는데, 사내애들이 파트너를 데리고 나타나는 건 토요일이에요. 그곳에 도착해서야 눈치를 채는 여자애들도 있지만, 덜 떨어진 여자애들은 끝까지 아무것도 몰라요."

실비아가 안쓰럽게 웃고 있었다.

"왜 그런 이야기를 꺼낸 거예요?"

레베카가 그녀를 응시하며 반문했다.

"혹시 내 이야기를 안 믿으시나?"

"안 믿어요. 말이 안 되잖아. 축제 이름이 뭐라고 했더라?"

레베카의 눈이 말라 있었다. 마치 작은 돌멩이 같았다. 눈썹 하나 까닥이지 않았다.

"피그 파티라고 했잖아요. 축제는 한두 시간밖에 안 걸려요. 여자들 중에서 누군가가 추녀선발대회라는 걸 깨닫고서 그곳을 떠나는 순간까지 걸리는 시간이에요. 대부분은 사내들의 비웃음과 조롱으로 눈치를 채게 되요. 물론 그사이에 파트너와 한두 곡 정도 춤을 추는 사내들도 있어요. 그들은 축제가 끝나면 여자들을 집으로 데려다준 다음, 맥주로 목을 축이고 사창가로 가는 거예요. 어때요, 웃기지도 않죠? 그들은 각자의 파트너를 평가하고 마지막에

투표를 해요. 가장 못생긴 여자가 결정되면 그들의 '공식 결정'을 그 여자한테 통보하는 거예요. 물론 나도 그들의 축제에 초대된 적이 있어요. 피그 파티 말예요. 기억해두세요. 돼지들의 축제, 아니 암퇘지들의 축제라는 표현이 더 어울리겠네요. 어때요, 멋진 이름 같지 않아요?"

"어휴 끔찍해." 실비아가 말했다.

"아니에요, 아주 재미있어요. 존이 나를 집에 데려다주던 날 밤에 난 밤새 웃느라고 죽는 줄 알았어요. 지금도 그때를 생각하면 웃음이 나오는 걸요. 그렇지 않겠어요?"

이어 그녀는 긴 여운의 파도가 밀려오기라도 하듯 깊은 웃음을 토해냈다.

"이봐요, 그쪽은 참 이상하군요." 실비아가 말했다. "아무리 봐도 실성한 것 같아요."

"그래요, 그쪽 말이 맞아요. 그건 베로가 얘기해줄 거예요." 그녀가 잔을 내 잔에 부딪치며 덧붙였다. "이 애가 나에 대해선 누구보다 잘 알거든요."

나는 딴전을 피우고 있었다. 그러나 그녀의 시선을 느끼고는 피하지 않고 맞서기로 마음먹었다.

"방금 한 얘기는 다 거짓말이야. 레베카, 안 그래?"

"믿기 싫으면 믿지 마."

지오반니가 다가왔다.

"가야지?" 그가 말했다. "지금 갈까 하는데, 어때?"

내가 대답하기 전에 지오반니가 실비아와 레베카에게 볼 키스로 인사했다.

"레베카 델 포소라고 학창 시절 친구에요." 나는 그녀를 소개했다.

레베카가 다른 쪽 볼을 지오반니의 얼굴 가까이 내밀었다. 지오반니가 그녀에게 다시 볼 키스를 했다.

"이렇게 만나서 기쁘네요." 레베카가 말했다. "베로의 남편은 누가 되든 다 내 친구니까요."

"저도 기쁩니다." 지오반니가 대답했다.

피아니스트가 연주를 멈추었다. 여기저기서 박수 소리가 터져 나왔다.

지오반니가 자리를 물러났다. 나는 레베카를 쳐다보았다. 우리 두 사람만 남았다.

"다시는 보고 싶지 않아."

"보고 싶지 않아도 보게 될 걸. 난 아무 때나 만날 수 있거든. 베로니카, 지금 이 순간도 보고 있잖아."

나는 고개를 숙였다.

"레베카, 목적이 뭐야?"

"뭐라고?"

"무슨 목적으로 갑자기 나타난 거냐고? 그것도 오랜 세월을 지나서 말이야."

새로운 얼굴들이 살롱으로 들어서고 있었다. 쟁반을 든

웨이터들이 일제히 문 쪽으로 향했다.

레베카는 그녀의 잔을 들여다보았다. 무엇인가를 오물오물 씹듯이 아래턱을 지그시 움직이고 있었다.

"난 갑자기 나타난 게 아니야. 사실은 꽤 오래전부터 널 지켜보고 있었어."

"오래전부터?"

"정확히 말하자면 TV 프로그램에 출연한 널 본 뒤부터였지."

"뭐라고?"

"어떤 인터뷰에서 널 봤어. 그때 나는 널 찾기로 결심했지. 그리고 나중에. 그래, 나중에 이렇게 만난 거고."

나는 와인 잔을 쭉 들이켰다. 크리스털 잔이 내 손가락 사이에서 흔들렸다. 비틀거리는 춤을 추듯.

"넌 내 출장 일정도 알고 있었어. 안 그래? 그래서 비행기에서 날 찾았던 거야."

"아냐, 그건 우연이었어."

"좋아. 하지만 이젠 됐어. 날 따라다니는 짓도, 내 신경을 건드리는 짓도 그만둬. 다 끝났으니까."

"왜 그렇게 화를 내?" 달콤하면서도 기운이 없는 것 같던 그녀의 목소리가 갑자기 갈라졌다. 급격한 변화였다. 금방이라도 울음을 터뜨릴 것 같았다.

지오반니가 돌아왔다.

"가지? 이제 곧 끝날 모양인데."

"그래요, 가요."

나는 레베카로부터 멀어졌다. 복도 어귀에서 실비아를 만났다.

"그 여자 여간 심각한 게 아니더라." 실비아가 말했다. "난 네가 어떻게 저런 친구를 뒀는지 이해가 안 가."

"친구가 아니라 동기야. 얼마 전에 처음 만났어."

"하지만 너한테 보통 관심이 아니던 걸. 얘, 널 쳐다보는 눈빛 못 봤어?"

"아니, 난 아무것도 못 봤는데."

"자, 어서 가." 지오반니가 끼어들었다. "대사 부부한테 작별인사를 해야지."

출구 부근에서 대사 부부를 만났다. 대사 부인이 긴 미소를 보냈다. 그녀의 시선이 살롱 안쪽으로 향했다. 레베카가 있던 곳이었다.

"낸시, 다음에 또 뵐게요." 내가 말했다. "정말 멋진 모임이었어요."

"정말 그렇게 멋졌는지 모르겠네요." 낸시가 내 등을 가볍게 두드리며 화답했다. "언제라도 대환영이에요."

거리로 나섰다.

"그 여자 누구야?" 지오반니가 물었다. "아주 우스꽝스럽게 화장한 여자."

“그 여자가 바로 레베카야. 며칠 전에 얘기했던 거, 기억 안 나?”

“아, 그 여자. 비행기에서 만났다는……?”

“그래, 우연히 만난 거야.”

“하지만 이상하다고는 안 했잖아. 살다 살다 그런 여잔 처음 봤어.”

8

레베카와의 만남은 나를 두려움으로 떨게 만들었다. 하지만 오후 내내 별문제 없이 일을 마쳤고, 잠도 푹 잤다.

다음 날 나는 일찍 일어났다. 지오반니는 아직 침대에 누워 있었다.

물을 끓였다. 세반스티안에게 아침을 차려 주었다. 사과, 요구르트 시리얼, 햄 샌드위치. 오늘 시험 봐. 무슨 과목? 역사하고 사회과학. 공부는 했니? 당연하지.

등교 인사로 아이를 안아주었다. 기억해. 문제를 똑바로 읽고 쓰는 거야.

9시에 피트니스클럽으로 향했다. 이유는 몰라도 레베카를 만날 것 같았다. 하지만 없었다. 하긴 불가능한 일이잖아.

피트니스클럽. 언젠가 그곳에 대해 이렇게 쓴 적이 있다.

피난처, 성전, 신전. 우리 구성원은 같은 분야의 동반자인 셈이다. 우리 모두는 교회에 도착하는 신도들처럼 기분이 호전될 거라는 마음으로 피트니스클럽에 들어선다.

첫 번째 구성원은 6시부터 7시 사이에 도착한다. 6시 그룹은 사무실에 8시까지 출근하는 사람들로 구성되는데, 나도 그 그룹에 끼어든 적이 있다. 그들은 중요한 회사의 낮은 직책, 즉 비서, 판매부, 중간 관리자로 일한다. 스무 살에서 마흔 살 사이의 남녀인 그들은 청색 가방과 긴 추리닝 차림이며, 조깅머신에 오르면 시선을 아래로 내리깔고 연방 남은 시간을 헤아린다. 그들은 밖으로 나갈 때 자신의 모습을 유심히 살펴본다. 긴장된 근육, 꽉 다문 입술, 불안하게 재촉하는 자신의 발을.

다음 그룹은, 그러니까 7시에서 8시에 도착하는 부류는 사무실에서 가장 높은 자리를 차지하거나 앞선 시간대 그룹보다 상급자로 구성된다. 그들은 앞선 그룹보다 연령이 많으며, 조깅머신 위에서 달리는 속도가 느리다. 옷차림의 종류와 색깔도 다양하다. 밖으로 나갈 때는 주머니 속에서 자동차 열쇠와 핸드폰을 꺼내고 정면을 주시한다. 그들 중 많은 이들이 이마가 확 트였다. 그들은 이미 거대한 공간을 지배하는 것을 터득한 사람들이다.

통상적으로 나는 세 번째 그룹인 9시 시간대에 속한다. 그 시간의 많은 사람들이 개인 사업체를 갖고 있다. 그 시간에는 여성이 더 많다. 우리는 천천히 나와서 운동 전후에 대화를 나눈다. 우리의 모습은 인형극을 보는 것 같다. 옷 색깔이 밝고 화사하며, 땀을 최대한 빨리 빼고자 기를 쓴다. 우리의 대화에는 반드시 세 가지 주제, 즉 고정 사이클에서 운동한 시간, 조깅머신에서의 달리기 속도, 우리에게 필요한 운동에 대한 생각이 포함된다. 게다가 날씨 이야기도 빠트리지 않는다.

레베카의 음성이 여전히 귓전에 맴돌고 있었다. 사이클링부터 시작했다. 온 힘을 모아 페달을 밟았다. 핸들을 꼭 쥐고서 움직이는 계기판의 눈금에 시선을 집중했다. 시속 60킬로미터까지 2분이 걸렸다. 옆면에 붙은 거울에 비치는 내 모습을 쳐다본다. 긴 다리, 앵두 빛 폴로셔츠, 핸들을 꼭 붙잡은 손. 나는 마치 기계의 움직임을 지속시켜야 하는 사람처럼 절박하게 페달을 밟았다. 눈금이 100에 이르자 사이클이 무거운 굉음을 내기 시작했다. 흑색 몸통에서 새어 나오는 체인 소리가 마치 최후를 알리는 것 같았다.

마지막까지 페달을 밟았다. 밟고 또 밟았다. 마침내 사이클에서 떨어져 나왔을 때는 누군가를 실컷 두들겨 패준 것처럼 후련했다. 온몸이 땀에 흠뻑 젖어 있었다. 조깅머신으로 올라가기 전에 양손을 높이 뻗어 올렸다. 20분을 달리고 시계를 보았다. 운동할 수 있는 시간이 10분이나 남아 있었다. 벤치 프레스 운동도 가능한 시간이었다.

나는 역기를 들어 올린 채 버텼다. 금속 봉이 떨고 있었다. 양쪽에 걸린 원반의 숫자를 쳐다보았다.

그때였다. 누군가가 나를 훔쳐보고 있었다. 빼빼한 몸에 턱수염이 듬성듬성한, 마치 변태 성직자 같은 사내였다. 머릿기름을 바른 탓인지 머릿결이 부드러웠다. 나는 그 남자가 말을 건네기 전에 운동을 중단해야 한다고 생각했다. 아니나 다를까.

"이두박근이 대단하시네요." 그 남자가 말을 건넸다.

나는 역기를 내려놓았다. 말없이 탈의실 쪽으로 돌아섰다.

이두박근이 대단하시네요. 개 같은 자식.

복도에서 아버지를 기억하게 만드는 남자가 지나갔다. 분노를 머금은 입술에 선명한 눈빛이 인상적이었다. 손에는 검은 가방을 들고 있었다.

갑자기 나의 시야에 한 여자가 들어왔다. 거대한 체구였다. 둥그런 머리, 굵은 손가락, 무지막지하게 장대한 다리……. 휴, 닮았어. 닮아도 너무 닮았어.

집으로 돌아왔다.

샤워를 하는 동안에도 그녀의 모습이 떠나질 않았다. 분장을 한 것 같은 얼굴. 살이 통통한 볼, 끈적끈적한 입술, 붕 뜬 머리칼.

옷을 입고, 화장을 하고, 머리를 빗었다. 거울을 쳐다보았다. 검은 정장, 체크 문양의 조끼에 은 귀고리, 어깨 위로 차분하게 흘러내리는 윤기 있는 머리칼.

마치 다른 여자를 보고 있는 것 같았다. 나보다 훨씬 멋진 천사, 나를 세상으로 인도하는 아름답고 낯선 천사 같았다.

*

신문사에 들어서면서 외투 주머니를 뒤적였다. 안 입던 옷을 간만에 걸쳤을 때 나오는 버릇이다.

주머니 속에서 영화표, 레스토랑 영수증, 회의에 앞서 작성한 메모지가 나온다. 그것들은 그날의 흔적을 고스란히 담고 있다. 세바스티안과 세사르 페레도 콘서트에 갔던 날, 클럽 '스위스'에서 마리아 에우헤니아와 점심을 먹은 오후, 신문사에서 지면 개선안을 통고했던 날……. 나는 잊고 있었지만 그것들은 저마다의 흔적으로 남아 있었다. 입장권, 영수증, 메모, 많은 일들, 많은 장소들, 많은 사람들, 오, 하느님 맙소사.

*

11시 회의가 끝난 뒤 패트릭에게 전화했다. 수화기 너머로 그가 내지르는 탄성이 흘러나왔다.

"아가, 안녕. 우리 아가한테 제안할 게 있어. 오늘은 우리 집에서 점심 먹는 게 어떨까?"

"지금 갈게."

전화를 끊었다. 머리를 빗으러 화장실로 들어갔다.

*

"나 외출할 거야." 잠시 후에 밀라그로스에게 일렀다. "급한 일 생기면 바로 전화 줘."

"오케이."

집으로 전화했다. 지오반니는 골프를 치러 가고 없었다. 골프를 치면 마음이 안정되거든.

거리로 나섰다.

모퉁이에 택시가 멈추었다. 백색 승합차형 택시였다. 차에 올랐다. 기사는 도로 상태를 무시하고 닥치는 대로 차를 몰았다. 무법자. 눈앞에 널린 시체들을 깔아뭉개면서도 눈 한 번 깜빡하지 않는 탱크 운전병 같았다.

평소 나는 패트릭의 맨션에 도착하면 택시 안에서 주위를 살핀다. 길에 아는 사람이 없나 하고. 그리고 출입문을 향해 뛰어간다. 안녕하세요, 부인. 수위가 문을 열며 인사한다. 안녕하세요, 라미로 씨. 내가 답례를 보낸다. 그가 내 이름을 생략하며 인사하고, 내가 그의 이름을 부르며 인사하는 것은 시간과 함께 형성된 둘만의 인사법이다.

라미로는 무뚝뚝한 예를 갖추며 나를 '부인'으로 호칭하지만, 나는 무겁고 공손한 그의 음성에 어떤 증오가 감추어져 있다고 생각한다. 그는 나를 쳐다보지 않고 인사하지만, 나는 그가 나를 책망한다고 확신한다.

그런데 그날은 달랐다. 문을 열어주는 그의 눈에서 다른 날과는 새로운 빛을 보았다. 만족스런 눈빛이랄까.

어쩌면 다른 때보다 서두르는 나를 보며 내심 즐거워했는지도.

나는 엘리베이터 안으로 들어갔다.

그 건물을 방문하는 시간은 정해져 있었다. 나는 일주일에 한두 번, 점심시간에 도착해서 오후 5시의 신문사 회의시간에 맞춰 빠져나갔다. 또한 사전 약속 없이, 혹은 초대 받지 않은 손님처럼 그곳을 찾는 일은 생각조차 하지 않았다.

나는 패트릭이 향유하는 이중생활의 낮 시간에 끼어들었다. 그의 주된 일상은 밤과 주말에 여자들과 함께 시작되었다. 나는 그의 여자들과 내가 분리되는 유일한 것이 그가 사용하는 얇은 피막의 콘돔(그는 내가 콘돔을 사용하지 않는 유일한 파트너라고 말했다)임을 알고 있었다.

나는 그의 여자들에게 질투를 느끼지 않았다. 나 자신도 깜짝 놀랐다. 나는 그 여자들이 눈에 보이지 않는 한 존재하지 않는다고 생각했다.

아니 그 이상이었다. 그의 여자들에게 질투를 느끼지 않은 것은 내가 그들에 비해서 확실한 장점이 있다고 믿기 때문이었다.

패트릭과의 정사. 나는 내가 그의 여자들보다 더 잘 알고 더 꼼꼼하다고 확신했다. 이따금은 증오를 품은 채 살을 섞기도 했지만, 다시는 다른 여자와 섹스를 하고 싶지 않도록 해주고 싶었다. 그와 살을 섞을 때면 어떤 식으로든 그를 믿고 있다는 생각도 들었다. 패트릭과의 정사는 영혼의 밑바닥에 파묻혀 있는 동전을 찾는 행위였다. 구체적인 어떤 보물을 찾는, 진정한 관용의 몸짓을 찾는, 혹은 그가 나를 사랑하고 나를 영원히 보고 싶다고 말하는 진실게임 같은 행위이기도 했다. 나에게 섹스는 한 남자의 영혼으로 들어가는 문이 아니었고, 여자가 배웠던 전례나 상투적인 의식을 사용하여 들어가는 문도 아니었다. 나에게 섹스는 한 남자의 몸을 관통하는, 그의 중심으로 다가가는, 그의 가슴에 박힌 얼음조각을 가만히 어루만지는 행위였다. 그것은 느긋함으로 가능했다. 느긋함은 무수한 리허설 끝에 획득한 전술이었다. 그것은 느긋함의 탐사였다. 그것은 남자를 찾는 정복자로서 새로운 포즈를 상상하고 새로운 동작을 시도하는 일이었다. 내가 그것을 터득한 반면에 그의 여자들은 모르고 있었다. 대부분이 어린, 그의 여자들은 끝내 모를 것이다.

어린 그들보다 나은 나의 장점은 그것이 전부가 아니었다. 나는 침대 밖에서도 어린 그들보다 더 낫다고 확신했다. 나와 패트릭, 우리는 진실한 대화를 나눌 수 있고, 책과 최근의 뉴스에 대해 의견을 주고받을 수 있고, 지난 여행에서의 어떤 부분을 끄집어내어 공유할 수 있었다. 패트릭은 알고 있었다. 나와 함께 지적인 농담을 즐길 수 있다는 것을, 그가 예상한 순간에 내가 웃을 수 있다는 것을 알고 있었다. 나는 세상의 뉴스를 전해주고 그가 미처 생각해내지 못한 이데아나 의견을 제시할 수 있었다. 우리는 영화를 보며 이야기할 수 있었다. 우리 두 사람이 공유하는 특권, 그것은 나에게 확고한 권능을 부여했다. 반면에 그는 금요일과 토요일에 만나는 어린 여자애들에게서는 똑같은 것을 기대할 수 없었다. 어떤 여자애들은 주인의 화톳불 위에 기꺼이 자신의 몸을 바치는 여린 희생양에 불과하고, 그는 자신의 노예인 여자애들과 거짓 웃음 혹은 얼빠진 상상이나 할 것이다. 무엇보다 나는 그의 연인들 중에서 그의 아내가 될 수 있었던 유일한 존재 아닌가.

남자들은 일회성 아내를 갖고 싶어한다. 아내는 대화와 안정, 다시 말해 남자들이 원하는 확실한 감동을 제공할 수 있다. 패트릭이 전화할 때 그는 내가 늦든 빠르든 그곳에 갈 것이라는 사실을 알고 있다. 그런데 나는 왜 그곳으로 찾아가는가. 그는 나에게 무엇을 제공하는가. 일시적인 쾌락, 은밀한 대화, 귀를 즐겁게 만드는 색깔 있는 농담. 그리고 나 자신에 대해, 내 세계에 대해 대화를 나눌 수 있는 상대. 딱히 설명할 게 없는 애절함 같은 대상이었다.

그와 함께한다는 것은 수치스런 일이고, 나 역시 그것을 잘 알고 있다. 어쩌면 그래서 가끔은 도망치듯 그의 집을 빠져나왔을 것이다. 하지만 신문사로 돌아올 때마다 수치심을 느끼지는 않았다. 그와 함께한 뒤에는 남편과 아이에게 전화를 걸었다. 전화 통화는 나를 차분하게, 아니 나를 위안해주었다. 늘 그랬다.

*

패트릭이 여느 때처럼 미소 띤 얼굴로 맞아주었다. 행복한 미소가 나를 조금 화나게 만들었다.

"우리 아가, 안녕."

그가 나의 재킷을 벗기는 동안 나는 그에게 키스했다.

"내가 아가라고 부르는 거 좋아하지 않는다고 말했잖아."

"왜 그래? 무슨 일 있어?"

"패트릭, 그게 얼마나 꼴사나운 짓인 줄 알아?"

"그렇다면 미안해. 기분이 안 좋아?"

나는 거실에 앉았다.

창문 옆 테라스에 심어진 화초들이 바람에 흔들렸다.

"엉망이야. 그런데 무슨 일로 이렇게 관심을 갖는 거야?"

"당신은 기분이 엉망일 때도 눈부시게 아름답다는 걸 말해주고 싶어서. 이것 봐, 눈이 반짝이잖아."

그는 팔걸이가 달린 작업대에 앉은 채 나를 물끄러미 바라보고 있었다.

검은 옷차림에 매치된 금발이 왕관의 형태를 띠며 도드라졌다. 그 모습이 자신의 권좌에 흡족해하는 성숙한 왕자 같았다.

나는 벽에 등을 기댔다. 하얀 소파, 호안 미로의 복제품, 코너에 자리 잡은 돌 조각상. 3단 장식장에는 럼, 와인, 위스키가 진열되어 있었다. 길고 널따란 창 너머로 산 이시드로 골프장의 필드가 펼쳐지고 있었다. 어쩌면 지오반니는 저 필드에서 게임 중일 것이다.

"술 한 잔 줄래?"

"기꺼이. 보드카 토닉 어때? 레몬도?"

"그래, 고마워."

"걱정 마. 금방 대령할 테니까. 내가 우리 아가의 노예라는 거, 잘 알지?"

나는 자리에 앉았다. 그가 옷 쇼핑한 이야기를 꺼내며 잔을 채웠다.

세상 어디에도 그렇게 우쭐한 노예는 없으리라.

9

잠시 후 우리는 침대에 있었다.

나는 특별히 그날을 기억한다. 갑자기 하늘이 어두워지면서 빗물이 유리창에 흘러내리고 있었다. 우리 두 사람이 창문을 통해 보이는 모든 것으로부터 멀리 떨어져 있는 기분이 들었다.

이전이든 이후든 우리가 정사를 나누면서 그날 같은 쾌감에 빠져든 적이 없었다고 생각한다. 딱히 어떤 이유는 없었다. 특별한 날도 아니었고, 평소처럼 그의 맨션에 함께 있던 날이었다. 그러나 기억할 만한 날이었다.

지금도 마찬가지다. 오늘 같은 날, 지그시 눈을 감으면 그의 몸이 느껴진다. 그의 움직임이 내 몸에서 하나하나 되살아나는 것 같다. 그의 손길은 파라다이스로 가는 안내자의 손길이었다. 내 몸으로 들어오던, 내 몸속에서 푸짐한 살의 향연을 벌이던, 미묘하고 확고한 그의 성이 이 순간도 나를 자극하고 있다. 가끔은 거리를 걷거나 사무실에 앉아 있을 때도 그것을 느낀다. 그 순간만은 패트릭을 사랑했고, 그때만큼은 그가 아니었다.

모든 것은 어스름한 공간에서 느긋하게 흘러가고 있었다.

창문 밑에서 나는 다시 그의 몸에 나를 맡겼다.

어쩌면 잠시 잠이 들었는지도 모른다. 그리고 우리는 다시 그곳에 있었다. 마치 제자리로 돌아오기라도 한 것처럼. 나는 전율했다.

오후 3시였다. 리마의 모든 곳에 오후 3시가 존재할 때 나는 패트릭의 침대에 누워 있었다. 완벽한 평온이었다. 우리 두 사람의 다리는 여전히 포개져 있었다. 마음은 떨어지고 싶었지만 몸은 붙어 있었다. 우리는 침묵에 잠겨 있었다. 이탈리아 영화 대사가 떠올랐다. "여자는 존중하지 않는 남자까지 미칠 듯이 사랑할 수 있는 능력의 소유자다." 하지만 아냐. 그게 아니야. 그것은 그저 말장난에 지나지 않아. 나는 그를 사랑하는 것이 아니었다.

"아주 넋이 나갔군." 그가 말했다.

"자기를 생각하는 중이야. 자기는 이 세상에서 가장 멋진 내연남이야. 특히 오늘은. 혹시 약이라도 먹은 거 아냐?"

"바보 같은 소리."

나는 몸을 일으켰다.

"우린 왜 침대에서 식사를 안 해?" 내가 물었다.

"좋지. 그럼 한번 차려 보지 그래."

그렇지 않아도 점심을 차릴 참이었다.

도대체 누가 그런 일들을 만들었을까. 나는 어떤 식으로든 내 역할을 다하며 살고 있었다. 그런 식으로 말하는 게 어처구니없지만, 나는 내연남('내연남'이란 낱말은 침대 밖에 있으면 쓸모없는 것에 지나지 않는다)에게도 내 역할을 수행하고 있었다.

나는 그의 가운을 걸치고 시계를 보았다. 5시까지는 사무실에 돌아가지 않아도 됐다. 냉장고 안에 포도와 치즈가 있었다. 샌드위치용 빵도 있었다. 오븐에 빵을 구웠다. 와인병의 코르크 마개를 땄다. 쟁반에 담았다. 침대 위에 나신으로 있는 무기력한 그의 모습을 보자 피식 웃음이 나왔다.

한 쌍의 참새가 테라스의 화분 위에서 파닥이고 있었다.

침대에 앉다 말고 날짐승들을 바라보았다. 그 모습이 서로가 서로의 몸을 깨끗이 닦아주는 것 같았다. 어쩌면 애무를 하고 있는지도 몰랐다. 자연이 연출하는 에로틱한 장면이었다. 그런데 패트릭에게 날짐승들을 가리키려던 순간, 테라스 아래쪽, 맨션 건너편에 서 있는 자동차를 발견했다.

나는 흠칫 뒤로 물러났다. 열려 있는 자동차 문 사이로 굵직한 다리가 밖으로 빠져나왔다.

레베카였다. 그녀의 비대한 다리가(그녀의 얼굴은 맨션

건물을 바라보고 있었다) 차도를 걷기 시작했다.

손에 들고 있던 쟁반이 발밑으로 떨어졌다. 와인 병과 그릇 깨지는 소리가 들렸다.

바닥을 튕긴 포도가 벽에 부딪치며 송이송이 흐트러졌다.

지탱하는 것조차 힘들어 보이는 거대한 몸은 이미 인도도 지난 뒤였다. 그녀는 알루미늄 난간에 손을 짚으며 현관 계단을 오르고 있었다.

그녀는 현관 앞에서 걸음을 멈추고 고개를 들었다. 패트릭의 집 창문 쪽을 올려다보았다.

한참을 고개를 쳐든 채 움직이지 않았다. 나는 그녀가 나를 봤을지도 모른다고 생각했다.

"왜 그래?" 패트릭이 물었다. "무슨 일인데?"

나는 침대 옆에 무릎을 꿇고 고개를 파묻었다. 양탄자의 거친 표면이 살에 박히는 기분이었다.

나는 다시 창문 쪽으로 고개를 돌렸다.

"패트릭, 저 여자가 왜 여기 있어?"

패트릭이 모포로 몸을 감싸며 창가로 다가갔다. 여전히 거기에 서 있던 그녀가 뒤를 돌아보았다. 마치 누군가가 도착하기를 기다리는 것 같았다.

"저 뚱보 걱정은 왜 하는 거야?" 그가 물었다.

"얘기할게. 그전에 무슨 이유로 저 여자가 여기 있는지 그것부터 말해줘. 저 여자 본 적 있어?"

“본 적은 있는 것 같은데, 어디서 왔는지는 모르겠어. 어디서 만났는지도 모르겠고.”

나는 뒤로 물러섰다.

나는 양탄자 위에 주저앉았다. 패트릭은 그 여자가 핸드백에서 열쇠꾸러미를 빼내더니 건물 안으로 들어왔다고 말했다.

나는 그녀의 발소리를 들었다고 생각했다. 엘리베이터 케이블 돌아가는 소리, 이어 엘리베이터 문 열리는 소리.

“아, 맞아.” 패트릭이 입을 열었다. “지난주에 현관에서 만났어. 나한테 인사도 했거든. 나중에 수위가 그러는데 우리 위층 맨션을 구입했다더군.”

“위층?”

나는 몸을 일으켰다. 거리는 평소처럼 평온한 것 같았다. 자동차가 지나가고 한 사내가 짐을 나르고 있었다.

그거야. 바로 위층에 살고 있었던 거야.

나는 레베카가 이미 거실로 들어갔다고 생각했다. 지금쯤 무엇인가를 먹기 위해 TV 앞에 앉아 있을 것이다. 카푸치노 한 잔에 케케와 빙과를 곁들었을 것이다.

“그래, 그 집이 매물로 나와 있었어. 이제 기억나. 주인이 그랬는데, 새 입주자가 두 말 없이 부르는 가격을 지불했다더군.”

“그래서 위층에 살게 된 거고.”

"그래. 그래서 내가 수위한테 엘리베이터를 큰 사이즈로 교체해야겠다고 얘기했지. 덩치가 어지간히 커야지. 안 그래?"

나는 바닥에 주저앉았다. 숨이 차올랐다.

"패트릭, 당신은 웃긴 인간이야. 불행한 인간, 불쌍한 인간, 그게 바로 당신이라고. 알아?"

*

문을 열었다. 복부에 통증이 느껴졌다. 빠른 걸음으로 계단을 내려갔다. 거리의 바람에 열을 식혔다. 골프 가(街)를 뛰었다. 뒤를 한번 돌아보고 다시 뛰기 시작했다.

로사리오 가에 도착했다. 한 손을 들었다. 택시가 섰다. 시트가 푹신했다. 기사의 인상이 환했다. 중심가로 가주세요.

머릿속에 맴도는 생각을 떨칠 수가 없었다. 레베카가 내 뒤를 밟았고, 그 뒤에 위층을 구입했단 말이지. 그래, 그럴 수 있어. 확실해.

건물의 벽면과 거리들이 빠른 속도로 스쳐갔다.

"안색이 안 좋아 보이네요." 사무실에서 밀라그로스가 말했다. "무슨 일 있어요?"

"아냐, 아무것도 아니야. 밀라, 아무 일도 아냐."

나는 떨고 있었다.

전화벨이 울렸다.

레베카라고 확신했다. 마음의 준비를 다졌다. 딱 한 가지만 물어보는 거야.

밀라가 전화를 받았다. 나에게 수화기를 건넸다.

"누구?"

"받아보세요."

"엄마." 세바스티안이었다.

눈물이 핑 돌았다.

"응, 그래. 아들아."

" '얼버무리다' 의 의미는 정확히 어떤 거야? 동의어는?"

"얼버무리다……. 그건 잘 모르거나 대충 넘어가는 경우를 두고 하는 말이란다. 세바스, 우리 아들과 통화를 하다니 이렇게 좋을 수가 없구나."

"엄마, 왜 그래? 무슨 일 있어?"

"괜찮아. 집엔 별일 없고?"

"그럼."

"아빠는?"

"바꿔줄게."

지오반니는 그의 스타일로 대답했다. 밋밋하게 건성으로 내뱉었다. 위가 답답하다는 말을 덧붙였다.

갑자기 관대한 생각이 밀려들었다. 온힘을 다해 그를 돕고 싶었다. 그래봤자 돌아오는 답은 뻔했다. 시럽을 권하면 고맙다고 하고선 나중에 집에 돌아가면 효과가 없었다고 투덜댈 것이다.

"지오반니, 욕실에 있는 시럽을 먹으면 한결 나아질 거야."

"별로 도움이 안 될 것 같아. 그거 먹었다간 괜히 간만 나빠질 걸."

"그럼 어떡할 건데?"

"잠시 기다렸다가 나아지면 골프나 다시 치러 가야겠어."

기분이 한결 나아진 쪽은 그가 아니라 나였다.

"그럼 그렇게 해. 즐겁게 보내."

나는 여전히 전화기를 쳐다보았다.

"커피 뽑으러 갈 거예요." 밀라가 물었다. "갖다드려요?"

"그래."

나는 혼자 남아 있었다. 다른 사람들은 모니터 앞에 머리를 처박고 있었다.

전화벨이 울렸다. 패트릭이었다.

"마음을 차분하게 갖도록 해. 그렇게 당황하다니, 대체 그 뚱보 누구야?"

"이제 괜찮아. 아까보다 한결 나아졌어."

나는 그의 숨소리를 느꼈다.

"누구지?"

"중 · 고등학교 시절 동기야. 내 뒤를 캐고 있나 봐."

"당신이 원하면 내가 알아볼 수도 있어. 직접 만나거나 아니면 경찰을 부르지 뭐."

"패트릭, 왜 그런 바보짓을 하려고 해?"

"그랬다면 미안해. 난 단지 돕고 싶을 뿐이야."

"정말 돕고 싶으면 아무 짓도 하지 마. 알았어?"

잠시 침묵이 흘렀다.

"아가, 우리 목요일에 볼까?"

"내가 연락할게."

"그럼 그렇게 해. 아무튼 잊어버려."

"알았어. 알았으니 자기도 충고 같은 거 하지 마."

전화를 끊었다.

바보 같은 짓이었다.

바보 같은 짓이고말고. 그 애는 거대한 고래 같은 여자로 환생해서 느닷없이 나타난 거야. 그 애는 몸집만으로도 기억될 수 있는 여자야. 그런데 그런 애가 협박이나 할 이유가 없잖아.

그 애는 나를 어떻게 보고 있을까. 우리가 우정을 나누던 시절에는 어떻게 봤을까. 그 애가 나타난 곳에서 시간은 훨씬 더 더디게 흐르고, 추억은 손으로 만지는 것보다 더 사실적이었어. 그 애의 고독은 자신의 의지와는 상관없는 결점으로 인한, 스스로 형벌을 감내하는 감옥이었어. 그 애는 침묵 속에 잠재된 자신의 추억 속에서 나를 떠올렸던 거야. 우리의 대화를, 우리의 책을, 우리가 들었던 음악을 기억했던 거야. 우리가 나누었던 우정에 대해서, 우리가 나누었던 모든 이야기에 대해서. 그 애는 자신의 상상 속에 있는 나를 보고 난 뒤에 나를 만났던 거야. 나의 뒤를 캐고, 나에 대한 모든 것들을 알아냈던 거야. 추억은 그 애를 받아들이도록 나에게 죄를 뒤집어씌우고, 나에게 형벌을 내렸던 거야.

그 애는 혼자서 나를 상상하고 있었던 거야. 음악을 들으면서, 벽 앞에 서성거리면서, TV를 보면서.

그 애는 자기 주위를 살펴봤을까? 그래, 그랬을 거야. 그 애를 지켜보는 대상들의 광채……. 어쩌면 그 애는 자신에게 비난을 쏟아내는 대상들을 느꼈을 거야. 모든 게 하나같이 조화를 이루고 적절하게 배분된 걸 깨달았을 거야. 그런 그 애에게 현실은 자신을 조롱하는 것처럼 보였을 거야.

레베카. 비계덩이 천사 레베카, 오목안경을 쓴 유령 레베카, 자신의 욕망을 따라 스스로 변형된 레베카. 그러나 내가 가장 좋아하던 친구 중 하나인 레베카. 그 많은 대화, 그 많은 책, 그 많은 외출.

그 애에게 감시를 받는 것 같지만, 그렇다고 의식할 것까지는 없어. 그 애의 눈길을 무시하는 거야. 난 내 일과 내 가족에 집중해야 해. 특히 내 가족, 무엇보다도 내 가족을.

하지만 문제가 있었다. 그 애는 나와 패트릭의 관계를 알고 있었다.

지오반니가 패트릭과의 관계를 알게 되면 어떻게 하지? 누군가가 그 일을 세바스티안에게 알리면 그건 또 어쩌지? 레베카는 오랜 학교 동기지만 제정신이 아니에요. 척 보면 알잖아요. 패트릭? 그 남자는 옛 애인으로 우연히 만난 거예요. 지오반니, 당신이 전화해서 당신 마누라의 정부냐고 물어보세요. 그럴래요? 여기 그 남자 전화번호가 있어. 하지만 패트릭은 우리 사이가 아무것도 아니라고 확언해줄 수 있는 남자였다.

그런데 지오반니에게 굳이 그런 설명까지 해야 할 필요가 있을까? 나는 그와 그런 말을 나눌 만큼 가깝다고 느낀 적이 없잖아. 아, 지오반니. 어떤 여자가 호감 반 유감 반으로 한 남자와 내연의 관계를 시작했는데, 몇 년 뒤에 보니 세월이 그 남자를 남편의 얼굴로 바꿔놓았더래요. 집 안을 어슬렁거리며 돌아다니는 옛 남편의 유령으로 말이에요. 아, 지오반니를 사랑할 수 있다면, 그와 함께 가정을 꾸릴 수 있다면……. 어쩌면 아직까지는…….

6시 전에 마감을 해야 했다. 런던에서는 여전히 테러리즘 용의자들을 조사하는 중이고, 미국에선 살인적인 더위가 기승을 부리기 시작했다. 시계를 보았다. 다른 소식을 싣기에는 늦은 시간이었다.

"먼저 퇴근할게."

"그러세요." 밀라그로스가 대답했다.

"무슨 일 있으면 전화 줘."

주차장에 들어섰을 때 누군가가 나를 뒤따르는 것 같았다.

거리에는 차량 행렬이 꼬리를 물고 있었다.

천천히 도로를 따라가는 동안 라디오 주파수를 여기저기 맞추었다. 내가 생각하는 멘트는 이런 것이었다. '이제 사랑의 목소리가 당신과 함께합니다. 우리를 추억의 시간으로 데려가는 가수 레베카 델 포소의 노래입니다.'

*

세바스티안은 공부를 하고 있었다. 아이 곁에 앉았다. 피타고라스 정리.

"세바스, 이 엄마가 아직도 외우고 있을까?"

피타고라스 정리. 티나 선생님이 가르쳐준 것이었다. 교실 한복판, 내 자리 앞에는 레베카가 앉고, 뒤에는 티타가 앉고, 오스왈도와 단테는 옆에 앉아 있었다.

"공부 끝나고 외식하러 갈까?"

"밖에서 먹자고?"

"그럼."

"피자?"

잠시 후에 지오반니가 들어섰다. 하얀색 골프 복장이었다. 보기가 좋았다. 미남처럼 보였다.

그를 껴안았다.

"왜 이래? 웬 애정공세야?"

"아무것도 아니야. 그냥 당신하고 같이 있어서 그런 거야. 외식 어때? 내가 쏠게."

"외식? 그러지 뭐. 그러고 보니 내가 아주 멋진 남자 같잖아. 어디로 가지?"

나는 지갑을 꺼냈다.

"안티카 데 바란코. 어때?"

"좋지. 나 셔츠부터 갈아입을래."

'안티카 데 바란코'는 가족과 나이가 지긋한 연인들로 가득 차 있었다. 식탁 위로 뜨뜻한 치즈 냄새가 코를 자극했다. 마치 향연과 찬송가 대신 치즈 냄새와 대화 소리가 넘쳐나는 성전에 들어간 기분이었다. 다들 가족 간의 유대를 축하하고 있었다.

화목한 저녁식사였다. 와인과 치차(알코올이 섞인 음료-옮긴이), 피자, 후식으로 루쿠모(과일의 하나—옮긴이)를 주문했다. 우리는 세바스티안의 익살과 농담을 들으며 마음껏 웃었다. 모든 것이 정상으로 보였다. 내가 찾던 것이었다.

후식이 끝나고, 지오반니의 골프 게임 이야기를 들었다.

놀랄 만한 소식도 있었다. 그날 오후 게임을 무척 잘했다는 내용이었다.

10

이튿날, 마리아 에우헤니아에게 전화했다.

마리아 에우헤니아는 오랜 친구다. 누군가에게 전화를 걸고 싶을 때 맨 먼저 그녀의 얼굴이 떠오른다. 중·고등학교 학창 시절부터 알고 지낸 사이(2년 후배)다. 나는 그녀의 환하고 감미로운 목소리와 좌절하지 않은 용기에 익숙했다. 꽃망울이 터진 것처럼 길고 곱슬곱슬한 머리채를 허리 위로 늘어뜨린 모습이 인상적이었다. 그녀는 직업이 세 개나 됐다. 돈 때문이 아니라 자신에게 충실한 탓이다. 그녀는 파티에서도 항상 원기를 북돋는 성격이지만, 가끔은 혼자 사는 여자들의 좌절된 행복을 보여주기도 했다.

그녀의 사랑은 비극이자 동시에 짓궂은 장난 같았다. 첫 남편에게 버림을 받은 뒤 그녀는 돈 많은 노인과 재혼했다. 아무런 계산 없이 이뤄진 결혼은 결과적으로 성공적인 거래였다. 새 남편이 결혼 직후에 세상을 떠난 것이다. 그녀가 울면서 탄식하고 있을 때 첫 남편이 돌아오고 싶어했다. 하지만 그녀는 강인한 떡갈나무처럼 유혹을 이겨냈다. 결혼을 두 번이나 하고 나니 다시는 사랑에 빠지지 못하겠더라고 말했다. 사랑의 밀어들이 몽땅 거짓으로 여겨진다는 것이다. 그녀는 남자를 자기들 구미대로 여자를 바꾸면서 기쁨을 찾는 존재라고 판단했다. 아무튼 그 뒤로는 그녀에게 어떤 남자도 접근하지 않았다. 그녀 역시 차라리 그게 낫다고 생각했다. 난 남자는 필요 없어. 언니 입장이야 반대겠지만. 그녀는 그쯤에서 화제를 바꾸었다.

그녀가 화제를 바꾸는 것은 우리가 친구였기 때문이다. 그녀에게 나의 불확실성이 필요하듯 나에게는 그녀의 낙관적인 삶이 필요했다. 그녀가 나에게 미래에 대한 신속하고 실용적인 해석을 주는 반면, 나는 그녀의 관용에 맞추어 일을 주었다. 우리는 늘 함께했다.

"출장 다녀왔다는 연락조차 안 줬잖아." 그녀가 말했다. "어땠어?"

"좋았어. 신문사에선 내가 쓴 기사가 맘에 들었대. 봤어?"

"물론이지. 아주 좋았어."

"한 게임 할까?"

토요일. 마리아 에우헤니아와 테니스를 치는 날이었다.

"내키진 않는데, 가지 뭐."

"내키지 않는다고?"

"응, 그럴 마음이 아니야. 하지만 무조건 갈래. 한결 나아지겠지."

"한 시간 뒤에 거기서 봐."

수화기를 내려놓았다.

라켓을 찾아 손에 들었다. 라켓으로 여러 번 손바닥을 쳤다. 게임을 하듯 허공에 대고 가볍게 휘둘렀다. 바람을 가르는 팽팽한 줄 소리가 들렸다.

우리는 클럽의 야자수 정원으로 들어갔다. 정원 안쪽에 백묵가루로 라인을 그어놓은 벽돌색 색깔의 사각 코트들이 자리 잡고 있었다. 코트에 들어섰다. 게임이 시작되었다. 공을 부지런히 쫓아다녔다. 마치 도망치는 누군가를 기어코 붙잡고 말겠다는 듯이. 하나라도 놓치면 이대로 죽는다는 느낌에 사로잡혀 있었다.

게임은 평소보다 길었다. 마리아는 나를 이기기 위해 꽤나 힘을 써야 했다.

11시, 우리는 풀장 옆에 놓여 있는 플라스틱 테이블 앞에 마주 앉았다. 온몸이 땀에 흠뻑 젖어 있었다. 우리는 생수를 마시며 갈증을 달랬다.

우리는 모나 마라조에 대해 이야기를 나누었다. 그녀의 옷, 그녀의 글, 그녀의 화장까지 모든 것이 이야깃거리였다.

"우리는 반시간 동안 마라조의 나쁜 점을 얘기했어." 마리아가 말했다. “그렇지만 시간을 버렸다는 생각은 전혀 안 들어.”

“버릴 게 없었으니까.”

나는 컵 속에 든 물을 마시고 다시 채웠다. 손가락이 떨렸다.

“흥분한 사람 같아.”

“맞아, 절반쯤은 엉망이야.”

“왜?”

나는 레베카에 대해서 간략하게 이야기했다.

뚱뚱한 사내가 수영복 차림으로 우리 곁을 지나갔다. 빨간 볼에 주근깨투성이였다. 그가 씩 웃으며 우리를 훑어보았다.

“이상한 사람이야.” 내가 말했다. “아까부터 우릴 감시하고 있는 것 같았어.”

“그건 지나친 반응이야.” 그녀가 힐난했다.

“그렇다고 귀찮게 구는 건 아니잖아.”

우리는 잠시 침묵했다. 물을 마시면서.

“신경을 쓰는 이유가 뭐야? 협박이라도 당한 거야?”

나는 컵을 내려놓았다.

“모르겠어. 무슨 이유인지 듣고 싶어?”

“무슨 일인데?”

“패트릭이 사는 맨션에 나타난 거야. 아예 맨션까지 구했어. 그 사람과의 일을 다 알고 있대. 내 뒤를 캐고 다녔던 거야."

"말도 안 돼." 그녀가 물을 마시며 말했다. "언니 뒤를 캤다고는 보지 않아. 우연이었을 거야."

"모르겠어. 하지만 내 뒤를 캤다고 했거든."

"난 안 믿어. 언니가 너무 예민해서 그래. 어쨌든 걱정하지 마. 원한다면 내가 도울 테니까."

"어떻게?"

그녀가 물을 시켰다.

"그 여자를 찾아서 얘기할 거야."

"무슨 얘기를?"

"그냥, 언니를 가만 놔두라고 하지 뭐."

"아냐, 마리아. 어떻게 그런 말을?"

"이런 일은 정면으로 부딪쳐야 해. 언니도 가끔은…… 뭐랄까…… 겁이 많다고나 할까."

참새 한 마리가 나뭇가지 위에 앉았다. 패트릭의 맨션 테라스에서 보았던 참새들이 떠올랐다.

"이런 말을 하는 게 부끄럽지만 레베카가 내 뒤를 밟고 있다는 생각이 들어. 어젯밤엔 지오반니와 세바스티안을 데리고 레스토랑에 외식을 갔는데, 금방이라도 들이닥칠 것 같았어. 방금 전만 해도 그래. 나는 공을 쫓아가면서도 울타리를 쳐다보고 있었어. 느닷없이 그 애가 나타날 것 같았거든. 아, 나도 모르겠어. 내가 왜 이런지."

"설마 그 여자한테 그때 있었던 일을 얘기한 건 아니겠지? 그렇지?"

"입도 뻥긋 안 했어. 그때 일에 대해선 한 마디도 안 했다고."

"어휴, 끔찍했겠구나. 이해가 돼."

"그때 일을 꺼낼까 봐 걱정돼서 죽겠어. 끝끝내 모른 척할 생각이야. 그게 안 낫겠어?"

"그래. 그게 나을 거야." 그녀가 물을 한 모금 마시며 말했다. "자, 언니, 우리 좀 차분해지자."

풀장 옆으로 사람들이 다가오고 있었다. 다 큰 아이들이 셋인 5인 가족이었는데, 하나같이 키가 크고 깡마른 체격이었다. 그중 한 녀석—귀가 길었다—이 나를 쳐다보았다. 나는 그 녀석이 우리 곁을 지날 때 고개를 숙였다.

우리는 사업에 대해 얘기했다. 수영복을 팔려고 해. 그녀가 말했다. 라이크라 가격이 내렸거든.

나는 플라스틱 통에 남은 물을 목에 들이붓듯이 마셨다. 보드카를 한 잔 마시는 것이 나을 듯싶었다.

"얼굴에 걱정이 씌어 있어. 하지만 내가 얘기할 테니 걱정 마. 레베카라는 여자, 어디 가면 만날 수 있지? 패트릭이 사는 맨션?"

"만나지 마. 마리아, 아무 일도 하지 마."

"진정해. 그 여자를 만나거든 더 이상은 괴롭히지 말라고 할 테니까."

"아무 일도, 아무 얘기도 하지 마. 알았어? 네가 그 여자와 말하는 거, 나 원하지 않아."

"알았어. 언니도 그런 표정 짓지 마."

*

샤워를 하고 옷을 입었다.

자동차 시동을 걸었다. 집으로 돌아갈 참이었다. 손가락으로 핸들을 두드렸다. 핸드폰을 켰다. 패트릭에게 전화를 할까 하다 포기했다. 아냐, 아냐, 패트릭은 아냐. 지금쯤 어떤 계집애와 놀아나고 있겠지. 나에게 그 사람이 필요하다는 것을 느끼게 해서는 안 되었다. 더욱이 그를 보고 싶은 마음도 없었다. 그는 자기 여자의 목소리를 듣는 마니아에 불과했다. 패트릭에게는 다음 주에 전화할 생각이었다. 나는 그 사람을 사랑하지 않아. 그 사람의 보호를 받고 있는 거야.

토요일의 일과가 여느 때처럼 잔잔하게 흘러갔다.

12시, 세바스티안은 자기 방에서 음악을 듣고, 지오반니는 침대에 누워 있었다. 나는 소파에 앉아 신문을 읽었다.

지오반니가 침실에서 나왔다.

갑자기 길고 무거운 침묵이 거실에 감돌기 시작했다. 보이지 않는 솜뭉치를 머금은 것 같은 침묵이었다.

나가자. 나는 마음속으로 중얼거렸다. 바람을 쐬는 거야.

문을 열고 밖으로 나갔다.

집 주위를 걷기 시작했다.

나무줄기 몇 가닥이 바닥에 닿을 듯이 축 늘어져 있었다. 죽은 뱀들 같았다. 계속해서 걸었다. 어릴 때 살던 동네의 조그만 공원으로 발길이 향했다. 숲 사이로, 여린 나무들이 서 있는 곳으로 얼마나 많이 지나다녔던가. 핸드폰 벨이 울렸다. 지오반니였다. 어디 간 거야?

나는 짤막하게 대답했다.

*

나는 다시 모든 것을 보고 있다. 나는 나 자신을 보고 있다.

내 나이 스물다섯이다.

나는 아빠와 엄마와 함께 집으로 돌아오고 있다. 나는 여기 있다. 나는 젊다. 나는 초조하다. 나는 기다리고 있다.

지오반니는 반시간 이내면 도착할 것이다. 우리 부모님과 얘기를 나눌 것이고, 내 손을 잡을 것이다. 나는 옷을 잘 차려 입었다. 내가 보기에 착하고 온순하고 행복한 여자애다. 하지만 나는 도망치려고 한다. 내 머리는 온통 동네를 빠져나가 다시는 집에 돌아오지 않겠다는 생각뿐이다.

지오반니가 도착한다. 씩 웃고 있다. 우리 엄마에게 줄 장미꽃을 가지고 왔다. 우리 아빠와 대화를 나눈다. 모든 것이 완벽하다. 말쑥한 옷차림, 깔끔한 외모, 그럴듯한 미래까지. 모든 것이 당연하다는 듯이 자연스럽게 지나간다.

나는 그를 보고, 그의 말을 듣고, 그가 내 속마음을 알면 어떻게 할까 하고 자문한다. 니코를 잃었기 때문에 지오반니와 결혼하는 것이라고. 니코를 안 만난 지 3년이나 지났지만 이제 막 그를 잃었다고. 그래, 내가 거절한 거야.

그때부터 몇 주 후 면사포를 쓴 나는 아버지 팔을 붙잡고 교회로 들어간다. 저쪽 교회 안쪽, 성단 옆으로 지오반니가 나를 기다리고 있다.

몇 마디 말, 키스와 인사, 그게 다다. 나는 결혼했다.

지오반니를 향한 나의 연민의 정과 니코를 향한 나의 향수가 서로 공모를 했던 것이다. 그것은 바위 같은 진실이다. 그러나 우리는 부부의 유일한 성공 법칙을 제대로 수행하지 못했다. 오죽했으면 서로의 몸에서 나오는 소리를 일종의 고문이라고 여겼을까. 지오반니의 소리들—기침 소리, 재채기 소리, 가래침 뱉는 소리, 방귀 뀌는 소리, 코 푸는 소리—이 나를 따라다녔다. 그것은 일방적인 강요였다. 나는 그의 소리들을 듣지 않으려고 귀를 막았다. 나의 소리조차…….

때때로 해변으로 차를 몰 때면 니코를 떠올리며 가속페달을 밟았다. 향수에 맞서는 유일한 위안이었다. 힘껏 밟는 거야. 그 모습에서, 그 목소리에서 벗어나기 위한 유일한 방편이었다. 달리는 거야. 니코도, 지오반니도 포기하는 거야. 아냐, 포기하면 안 돼. 용기를 내야 해. 지오반니와 터놓고 얘기하는 거야. 지오반니, 아무리 생각해도 우린 함께할 수 없어. 평소 우린 대화조차 없잖아. 이대로 헤어지는 게 낫겠어. 이어질 지오반니의 외침과 탄식들.

그러나 내가 정말 그를 버리거나 좋아할 수 있을까. 어느 날 세바스티안에게 아버지 없이 살도록 강요하게 될까. 나는 아침에 혼자 눈을 뜨는 나를 상상하지 않았다. 지오반니와 함께 눈을 뜬다는 것은 나쁜 습관이었다. 하지만 텅 빈 침대에서 잠을 깨고 잠이 드는 것보다는 안전했다. 나는 그를 사랑하는 것이 아니라 그의 몸을 사랑하고 있었다.

11

꿈, 걷고 쉬었다가 다시 걷는 사이의 휴식.

토요일 낮에 걷고 나서 밤이 되서야 집으로 돌아왔다. 다시 걷기 위해 일요일 아침 일찍 일어났다.

걷고, 또 걷는 거야. 오솔길로, 나무 밑으로, 축 늘어진 나뭇가지 사이로, 길 한복판으로 자동차가 지나가건 말건 앞만 보고 걷는 거야. 걷고 또 걷다 보면 내가 머물게 될…… 아, 언젠가 꿈꾸었던 공원이 나오고, 방치된 조그만 집이 나올 거라고 생각했다. 방향 없이 걷다 보면, 모퉁이를 만날 때마다 어디로 꺾어질 것인지 스스로에게 물으면서 걷다 보면 나무를 보고, 집을 보고, 그러다가 왠지 새롭게 느껴지는 어떤 나무 앞에서 발길을 멈추고, 그 나무를 쳐다볼 거라고 생각했다. 그 시절 레베카와 함께 걸을 때도 그랬다. 똑같았다. 나는 그 애가 한 말을 기억하고 있다. 무엇을 보든지 하나만 오래 보고 있으면 나중에는 그게 마치 기적처럼 여겨져. 꽃도 그렇고, 새도 그렇고, 저 나무줄기도 그래. 가까이 다가가면 이상한 나라에 와 있는 것 같아. 신성한 나라, 신기한 나라, 멋진 나라.

그날 나는 황량한 거리와 공원을 돌아다녔다. 일요일 이른 아침, 길의 매력은 아무도 없다는 것이다.

집으로 돌아오는 길에 여느 일요일처럼 일간지 네 종을 샀다. 그중에는 우리 신문도 있다. 나는 먼저 〈엘 우니베르살〉을 쭉 훑어보았다.

그런데 일요판 '일요 책읽기'를 펼치는 순간, 나는 그 자리에 얼어붙었다.

지면 중간에 '쿠바에 있는 헤밍웨이'라는 글이 게재되어 있었다. 나는 필자의 이름을 되뇌었다. 말도 안 돼. 레베카 델 포소가 쓴 글이다.

나는 다시 그 글과 이름을 확인했다.

레베카 델 포소. 어떻게 해서 우리 신문에 그 애의 글이 실렸지? 그 애가 직접 일요판 편집자에게 자기 글을 맡겼다? 그렇다면 신문사에서 나를 지켜보고 있었다?

나는 길모퉁이에서 신문을 펼친 채 걸음을 멈추었다. 마치 지면에 실린 어떤 수수께끼를 풀기라도 하듯. 그 사이 행인들이 지나가고 있었다.

전형적이고 상투적인 문장이었다. '어니스트 헤밍웨이는 미국의 가장 유명한 작가들 중 하나로 그의 작품은 국경 없이 읽히고 있다…….' 그 문장 앞에는 '그는 그 유명한 청새치 낚시를 즐기려고 페루의 카보 블랑코에 들렀던 것으로 알려져 있다……' 라는 글과 낚시 보트를 탄 모습이 담긴 사진이 나와 있었다. 여느 신문에서나 볼 수 있는 글이고, 이번에 우리 신문에 실린 것뿐이었다.

발로 문을 찼다. 그 소리가 온 집 안에 울려 퍼지는 것 같았다.

"무슨 일이야?" 지오반니가 물었다.

그는 계단에 서 있었다.

"아냐, 아무것도."

"땀을 흘리고 있잖아. 이렇게 이른 시간에 뛰다온 거야?"

"안 뛰었어. 신문이란 게 쓰레기 같은 것만 실어서 그래."

나는 탁자 위에 신문을 내려놓았다. 맨 위에 레베카의 글이 실린 면이 펼쳐져 있었다.

지오반니가 고개를 들었다.

"뭐, 특별한 건 없잖아. 무슨 이유로 그렇게 흥분하는지 도통 모르겠네."

"그만 해."

그가 눈썹을 찌푸렸다.

"그래, 그러지 뭐. 당신이 그러면 난 짜증이 나. 나야 차분해질 때까지 기다릴 수밖에."

나는 전화기 앞으로 다가갔다. 분노로 부들부들 떨었다.

편집자에게 전화를 해야 해. 그러나 '일요 책읽기'의 문화면 담당 편집자의 전화번호를 찾아야 했다.

피토 카르페나. 회의에서 항상 보는 인물이었다.

흔히 신문사나 잡지사에 눌러 앉은 체념한 시인들 중 하나였다.

빼빼한 체구에 굵은 안경테를 쓰고 있었다. 고개를 삐딱하게 숙인 채 형벌을 감수하고 있는 듯한, 그런 자신의 모습에 긍지를 느끼는 예술가 같았다. 눈빛이 탁하고, 옷은 항상 플란넬 셔츠에 두꺼운 검은색 무명 바지 차림이었는데, 특히 나의 시선을 끈 것은 주인의 박해를 받은 정령처럼 보이는 밑바닥이 닳고 닳은 신발이었다.

나는 피토에게 그리 좋은 인상을 받지 못했다. 하루는 그가 해산물 레스토랑으로 초대한 적이 있었다. 그날 그는 자리에 앉자마자 메뉴도 보기 전에 자신의 시를 꺼냈다. 시를 읊는 동안 그의 눈이 내 다리를 훔쳐보고 있었다. 그날 이후 나는 그의 초대를 피하기 위해 이런저런 변명을 늘어놓았다.

전화번호를 찾고 있었지만 전화를 걸어야 할 명분조차 애매했다. 레베카의 글이 어떻게 해서 일요판에 실렸어요? 분명히 물어볼 만한 일 아닌가. 어쩌면 인사부장인 라울 포말카가 전화번호를 알고 있을 거라는 생각이 들었다.

그렇다고 일요일에 전화를 해서 꼭 물어봐야 하나? 전화 안내부에는 피토 카르페나라는 이름이 없었다.

지오반니는 TV를 보고 있었다. 미안해. 나는 사과한 다음 그를 껴안아주었다. 왜 이러는지 모르겠어. 기분이 엉망이야. 나는 그의 대답에 깜짝 놀랐다. 너무 걱정하지 마.

나는 소파에 몸을 파묻은 채 신문을 보았다. 12시에 세바스티안의 학교 공부를 도왔다. 신문이 바닥에 떨어져 있었다.

헤밍웨이, 위대한 작가, 위대한 모험가. 레베카 델 포소.

*

나는 원고를 들고서 피토 카르페나를 찾았을 레베카를 상상했다. 신문사로 들어간 그녀가 피토를 기다린다. 베로니카의 친구예요. 맞아요, 국제부 담당 편집자. 헤밍웨이에 관한 글을 하나 가져왔는데, 한번 보시겠어요?

잊는 게 나아. 오늘은 잊는 게 나아.

*

점심을 먹었다.

지오반니는 세바스티안을 데리고 영화관에 들렀다가 자

기 아버지를 만나러 갔다. 나는 차를 몰고 밖으로 나갔다. 차를 세운 곳은 산 이시드로였다. 엘 올리바르 근처였다.

그곳에 아버지의 집이, 나의 집이 있었다. 잠시 망설였다. 하얀 벽, 높은 대문, 창문까지 이어지는 청결함. 모든 게 늘 그대로다.

거실 역시 여느 때처럼 똑같았다. 나는 불청객이나 다름없다. 아버지는 큰 소파에 몸을 파묻고 있었다. 눈을 깜빡거리는 것으로 보아 이제 막 잠에서 깨어난 모양이다. 자기의 성에 틀어박힌 성주 같다. 쭉 늘어뜨린 몸, 헝클어진 머리, 신하들처럼 여기저기 널브러진 신문들. 그런데 그날은 사소한 잘못을 저질렀다. 성주를 깨운 것이다.

영락없이 내가 어렸을 때 본 아버지의 모습이었다. 거실 소파에 앉은 모습, 책과 신문에 에워싸인 모습, 잔뜩 구김이 간 셔츠를 입은 모습, 머리칼이 거미줄처럼 뒤엉킨 모습까지.

아버지의 고독을 감추고 있는 참호는 두 눈이었다. 길고 처진 눈초리가 나에게는 세상을 외면하려는 의도로 보였다. 세월이 흐르면서 당신은 사람들을 향한 경멸을 강화하려는 명목을 축적해왔다. 일례로 우리를 대하는 느낌이랄까. 모르겠다. 어떻게 표현할지. 아버지는 우리가 당신을 배신했다고 생각하는 것 같았다. 그럴 만도 했다. 당신의 아내는 세상을 떠났다. 당신이 그토록 끔찍하게 아꼈던 큰 딸 롤라는 마이애미로 떠났다. 불행한 것은 나였다. 그들의 부재는 나에게 체념의 무게로 남고, 나로 하여금 지오반니 같은 남자와 결혼하게 만들었다. 당신은 나를 그릇된 방식으로 비난했다. 말없이 시큰둥한 웃음을 지으며 어머니와 롤라("어렸을 때부터 롤라는 항상 선두였어.", "그 애가 우리 가족 중에는 최고였는데…….", "내 딸 롤라는 정말 총명한 애야.")와 함께했던 시절을 암시하곤 했다. 그러나 나는 당신을 좋아하지 않은 죄 때문에, 내가 어렸을 때 지녀야 할 자긍심의 나침반을 파괴한 당사자가 당신일 거라고 의심한 죄 때문에 당신을 지긋지긋하게 찾을 참이었다. 당신이 실제 그랬음에도 불구하고…….

그랬음에도 불구하고 나는 계속 당신의 집을 찾고 있었다. 매주는 아니지만 항상, 항상 당신의 집으로 향했다. 나는 당신을 사랑했다. 존경했다. 그것은 진실이다.

아버지의 고독에서 나오는 금욕주의와 단조로움에 맞선 당신의 용기를 나는 잘 알고 있었다. 당신의 침묵은 내 마음을 움직였다. 비뇨 장애는 당신이 안고 있는 문제 중 일부에 불과했다. 척추의 통증에다 피부, 특히 다리 부위의 발열이 심했다. 그러나 당신은 불평하지 않았다. 그 일로 전화를 해서 하소연한 적도 없었다. 당신은 나름대로 예의를 지켰고, 당신의 고통을 고스란히 감수했다. 내가 새 의사를 구했지만 당신은 오랜 친구인 파스토리노 박사를 찾았다. 박사는 언제나 똑같은 약을 처방하고 똑같은 농담을 건넸다. 당신이 그곳을 찾는 이유는 박사와 이야기를 나누고 싶었기 때문이었다. 진료시간은 친구들을 떠올리는 시간이었다. 두 분은 그런 식으로 평생 만남을 유지했다. 기이한 일이었다. 당신은 친구들의 죽음에 별다른 반응이 없었다. 죽은 친구들에 대한 언급도 없었다. 전쟁터에서 쓰러진 동료들을 외면한 채 오로지 살기 위해 앞만 보며 걸어가는 병사 같았다. 어떻게 보면 그들의 죽음을 책망하고 있는지도 몰랐다.

나는 아버지가 나의 방문을 기다릴 거라고 믿어왔다. 그래, 나를 기다리고 있었어. 최소한 일요일만큼은 나를 기다렸겠지. 나는 그것을 전화 통화("오냐, 얘야. 어떻게 지내니?")에서 눈치 챘다. 얘야, 얘야. 그렇지만 아직은……, 내가 당신에게 지녔던 두려움은 여전히 계속되었다.

아버지는 주중에 반복적인 일상을 수행했다. 신문 보기, TV영화 보기, 아침에 친구에게 전화하기, 오후에 인터넷과 책 읽기, 밤에 소파에 묻혀 드라마 보기……. 나는 당신이 텔레비전 앞에서 드라마를 보다가 세상을 떠날 거라고 생각했다. 다른 사람들의 감동을 가득 채운 죽음, 소파에서 사랑의 맹세를 지켜보던 한 고독한 노인의 죽음.

가끔 아버지의 여정을 돌아다볼 때면 연민의 정을 느끼기도 했다. 당신은 명예로운 패배자였다. 철학과 문학을 전공했지만 끝을 내지 못했다. 결국은 먹고살기 위해 들어선 교직 생활로 30년을 보냈다. 당신은 당신 집안 부모들의 성화를 견뎌냄으로써 당신의 냉소주의에 두꺼운 갑옷을 입혔다. "난 교장이기 전에 학부형들의 불평불만을 상담하는 정신과의사야." 당신은 나에게 말했다. "그들이 학교에 와서 떠들어대도 다 들어주거든."

결국은 학부형들의 고민을 상담하는 주재자로 남겠다는 생각을 단념했지만 당신은 적어도 당신의 위치에서 마지막까지 임무를 완수했다. 당신은 제시간에 집무실을 지켰고, 교사들을 소집했으며 학교 활동을 점검했다. 12월 마지막 날(이상한 것은 당신의 딸자식들이 당신의 학교에 다니는 것을 끝내 원하지 않았다는 것이다)이 30년 교직생활의 종지부를 찍은 날이었다. 퇴직을 하자 40년 전 열정의 세월로 돌아갔다. 책과 영화와 텔레비전을 가까이했다. 간헐적으로, 끝내지는 못했지만 소설도 썼다. 작가로서의 실패를 당신의 부모 탓으로 돌리곤 했다. 학교의 주인 탓으로 돌리기도 했지만 자신의 탓으로는 돌리지 않았다. 절대로.

그날 아버지는 테라스에서 커피를 한 잔 하자고 제안했다. 곁가지를 쳐낸 빠른 대화였다. 세바스티안은 어떤가. 대통령 선거는 누가 이길 것인가. 사촌들은 어떻게 지내는가.

"오늘 '일요 책읽기' 판에 헤밍웨이에 관한 글이 나왔더구나. 레베카, 레베카 델 포소. 너랑 같이 공부하던 아이 아니냐?"

"맞아요."

"요즘 신문은 아무 거나 내주는가 보구나."

"아빠, 말도 안 되는 소리 마세요."

"넌 역시 아니나 보구나."

"전 그 신문사에서 일하잖아요."

"알았다. 얘야, 너 자신도 예외가 아니라는 건 알고 있겠지? 네가 쓴 글들은 거기서만 통용된다는 거. 요즘도 글을 샤워하고 화장하면서 쓰는 거냐?"

나는 씩 웃었다. 딸자식을 조롱하는 당신이 이상하지 않았다.

"알았어요. 필요한 거 있으세요?"

"아냐, 없다. 가기 전에 음악이나 한 곡 틀어주렴."

나는 몸을 일으켰다. 그 자세에서 당신을 내려다보았다.

"수사나 바카, 어때요?"

"좋지."

도입부의 기타 연주, 그리고 수사나 바카의 목소리가 흘러나왔다.

"잘 지내세요, 아빠."

"이 아비가 했던 말에 신경 쓰지 마라. 농담이었다."

"참, 아빠도. 아빠가 한 얘기마다 신경을 썼으면 어떻게 됐을까요? 아마 오래전부터 이 집에 오지 않았을 걸요. 하지만 아빠, 일단은 가야겠어요. 지오반니가 집에 와 있을 거예요."

내가 볼에 키스를 하자 아버지가 내 손을 잡았다.

"또 보자." 미소를 지었다. "와줘서 고맙구나."

"욜란다가 올 거죠?"

"그래, 이제 곧 올게다. 같이 정치 프로그램이나 볼 생각이다. 이 나라가 어찌 될지……."

문을 닫기 전에 다시 당신의 모습을 보았다. 팔걸이에 올린 한쪽 팔, 그 팔 위에 기댄 머리, 텔레비전 소리. 언젠가 저 모습으로…….

*

휴대전화가 울렸다. 지오반니였다.

"일찍 오는 거 잊지 마. 모나 마라조한테 가야 하니까."

*

그날 우리 부부는 모나 마라조의 집에 저녁을 초대받았다. 라 모나와 피레로 마라조는 2천 평방미터 넓이의 대저택에서 파노라마 축제 같은 파티를 열었으며, 일간지 사회

부 기자들을 초대하곤 했다. 약속시간은 저녁 8시였다.

6시부터 옷장을 뒤졌다. 무슨 옷을 입을지는 이미 결정한 뒤였다. 목이 긴 하늘색 의상에 검은 목걸이와 긴 귀고리를 매치시킬 생각이었다. 남은 것은 화장이었다.

먼저 피부용 보습 크림을 발랐다. 어렸을 때부터 건성피부였던 터라 샤워가 끝난 뒤에 맨 먼저 하는 일이었다. 평소 나의 하루는 보습 크림으로 시작해서 보습 크림으로 끝난다고 해도 과언이 아니다.

다음은 기초화장이었다. 나는 기초화장을 할 때 때로는 크림으로, 때로는 분말로, 때로는 젤로, 때로는 스프레이로 모든 타입을 시험했다. 욕실에는 여러 회사의 제품들이 갖추어져 있는데, 내가 왜 그것들에 그렇게 욕심을 내는지 그 이유는 모른다. 아무튼 나는 기초화장을 처음 시작했을 때부터 모든 제품의 설명서를 자세히 읽었다. 특이하고 다양한 타입을 찾고자 나중에는 인터넷 검색도 마다하지 않았다. 니트로겐, 안티-에이지, 르블롱, 에이지, 뒤핑.

다음은 색조화장이었다. 색조화장은 가벼운 편이다. 나는 살아 움직이는 사람을 인형처럼 만드는 새빨간 볼 터치를 좋아하지 않는다. 내 얼굴형에는 역시 양 볼에 집중되는 산뜻한 홍조 계열이 어울린다. 아이섀도는 표시가 나지 않는 보랏빛 음영으로 처리한다. 반면에 아이라인은 검은색을 쓴다. 청색 마스카라만큼이나 강렬하다. 내 마스카라는 강렬하고 농도가 짙다. 과하다고 해도 개의치 않는다. 다음은 루주였다. 나는 나에게 잘 어울리는 것이 멜론(제품명이 '여름용 멜론'이다) 색깔이지만 분홍에 가까운 선명한 붉은색 루주를 바른다.

머리카락은 올이 굵은 데다 검고 윤이 반짝인다. 길게 풀어헤치는 거예요. 헤어디자이너 마리는 내 머리를 손질할 줄 알았다. 너무 길지 않게, 어깨선에 살짝 닿을 정도로, 그래야 자연스럽거든요.

피부는 밝은 편이라 여름에 외출할 때는 자외선 방지 크림이 필요하다. 요즘은 기초화장품이나 크림에 대부분 '자외선 보호 15'가 첨가되어 있어 다행이란 생각이 든다.

아, 많고 많은 크림들. 엄청난 트러블들. 피부가 손상된 얼굴을 들여다보는 것은 괴로운 일이다. 기초화장 덕분에 보기가 좋은 만큼 피부는 숨을 쉬지 못한다. 나는 차츰 늘어나는 주름살과 기미를 보며 탄식한다. 아, 이래선 안 되는데.

나 역시 성형을 생각해본 적이 있었다. 하지만 그때마다 지금처럼, 바로 이 순간처럼 얼마든지 견딜 수 있을 거라며 자제했다. 뜯어고친 얼굴보다 생얼굴이 훨씬 낫다는 자신감도 없지 않았다. 진정한 요부는 성형을 하지 않는다. 실제로 나는 가능한 한 화장을 하지 않는다. 토요일마다 모임에 참석하기 위해 화장을 하지만, 그때마다 우울해진다. 내 피부, 가엾은 내 피부. 나는 집에 돌아오자마자 화장을 지운다. 욕실에 앉아서 음악을 틀고 젖은 수건으로 얼굴을 닦은 다음, 눈가의 잔주름에 효과가 있는 헤모로이드 크림을 바른다.

잠자리에 들기 전에 다시 수면용 보습제와 주름살 방지용 크림을 바른다.

레베카는 어떻게 할까. 나는 잠시 레베카를 떠올린다. 그녀의 딱딱한 피부에는 기미, 잡티, 여드름이 무성하다. 거친 살결이 세월에 맞선 전투를 한 번도 수행해보지 않았음을 대변한다. 그녀가 화장한 모습을 보면 어릿광대가 분탕 칠을 해놓은 것 같다. 그녀에게 크림이나 분말을 바르는 것은 농담 같은 짓이다.

화장이 끝났다.

나는 거울 앞에서 내 모습을 바라본다. 에이, 파란색 정장은 아니야. 분홍색이 낫겠어. 아냐, 연두색 정장이 더 나아. 결국 검은색 신발에 조끼를 입고 터키산 보석이 달린 목걸이로 마무리한다.

모나의 토요일 파티에 들어서면서 레베카를 생각했다.

*

집에 돌아오니 새벽 2시였다. 나는 보드카를 한 잔 마시고 TV 앞에 앉았다. 로맨틱한 영화였다. 맥 라이언이 톰 행크스를 만나기 위해 건물로 올라가고 있었다. TV를 껐다. 차분한 침묵 속에 몸을 눕혔다.

아침에 지오반니와 짧게 섹스를 했다.

*

평소보다 일찍 피트니스클럽에 나갔다.

9시 30분, 신문사에 도착했다. 아직은 자리가 대부분 비어 있는 시간이었다. 피토를 찾아갔다.

그의 비서 마리에타가 자리를 지키고 있었다.

어쩌면 그녀가 레베카의 글이 어떻게 실리게 되었는지 이야기해줄지도 모른다는 생각이 들었다. 하지만 금방 포기했다. 평소 그녀에 대한 신망이 없는 탓이다.

"몇 시에 도착하실지 모르겠네요. 늦어도 11시까지는 오시겠죠."

나는 사무실로 올라갔다. 모니터 앞에 앉아서 새로운 뉴스들을 체크하기 시작했다. 주요 뉴스는 에어프랑스가 토론토 국제공항 활주로를 벗어났다는 속보였다.

11시에 다시 피토의 사무실로 내려갔다.

통화 중이었다. 그는 손으로 기다려달라는 제스처를 보냈다. 기다릴 수밖에 없었다.

나는 이미 본 신문들을 다시 눈으로 읽어 내렸다. 통화가 늦어지고 있었다. 회의에 참석할 시간이 다가왔다.

나는 서서 기다렸다. 그를 쳐다보았다. 왠지 비참하고 수치스러운 기분이 들었다. 통화 중인 피토를 보고 있자니 나 자신이 이 상황을 무시하고 자리를 뜨는 여자보다 더 고집 센 여자처럼 느껴졌다.

마침내 그가 수화기를 내려놓았다.

"안녕하세요." 그가 말했다.

"어떠세요?"

"여긴 웬일이오?"

"피토, 물어볼 게 있어요. 어제 나온 헤밍웨이에 관한 글, 어떻게 받았어요?"

그가 잠시 입을 다물었다. 대답하기 무척 힘든 질문을 받은 사람 같았다. 무엇인가를 생각하는 표정이었다.

"그건 메일로 도착했어요." 그가 입을 열었다. "요즘은 전자우편으로 글이 많이 들어오잖소. 정작 실을 건 별로 없지만. 이번 글은 그래도 마음에 들었소."

"레베카와 통화를 했었나요?"

"그래요. 당신을 안다고 합디다."

"그랬군요."

그는 어깨를 들썩이며 씩 웃었다.

"베로니카, 요즘 얼굴을 통 못 봤는데, 점심 한번 합시다. 이 근처에 해산물 레스토랑이 개업했습니다."

"한번 생각해보죠. 하지만 레베카 델 포소를 어떻게……."

"그 여자하고 무슨 일이?"

"여길 직접 오지 않았나요?"

"아니오, 전화만 왔었소."

"그랬군요."

나는 한 걸음 물러나 벽에 몸을 기댔다. 자리를 떠야 했다.

"그 여자에 대해 아무것도 모른다는 거죠? 찾아온 적도 없었나요?"

"없었소."

그곳을 나왔다. 빠른 걸음으로 계단을 오르면서 직원들과 인사를 나누었다. 사무실에 들어섰다. 전화벨이 울리고 있었다.

"알로, 베로니카?"

"네."

나는 입술을 깨물었다. 목소리가 길게 늘어지고 있었다. 음절 하나하나가 가벼운 메아리가 되어 울리는 것 같았다.

"내 글 어땠어? 읽어보긴 했니?"

"응."

"어땠어?"

"좋더구나."

잠시 침묵이 흘렀다. 나는 그녀가 홍건한 침을 질근질근 씹고 있다고 생각했다.

"네 맘에 들었다니 기분이 좋아지네. 사실 요 몇 년 동안 엄청나게 읽고 있는 중이야. 헤세뿐만 아니라 피츠제럴드, 헤밍웨이도 그중 하나거든. 독서는 일종의 피난처였잖아. 여자란 고독이 깊으면 책과 함께 하나 봐. 누군가가 너하고 함께 있는 것처럼, 누군가가 너한테 어떤 얘기를 해주는 것처럼. 안 그러니? 난 특히 헤밍웨이를 많이 읽었어. 단편들도 좋지만 『축제』도 아름답잖아. 『노인과 바다』는 말할 것도 없고. 헤밍웨이의 인물들은 기대를 저버리지 않아. 그렇지? 그들은 하나같이 기대를 걸며 살아가잖아."

"그렇구나. 그런데 레베카, 난 지금 몹시 바쁘거든."

"바쁘다고? 하긴 지난일을 돌이켜보려면 무척이나 바쁘겠지?"

나는 입술을 다물었다. 그녀의 숨소리가 들리는 것 같았다.

"레베카, 물어볼 게 있어."

"응. 얘기해, 베로."

"패트릭이 사는 맨션 위층을 구입한 이유는 뭐야?"

그 시간이 길게 느껴졌다.

"그 건물이 무척 맘에 들었거든." 그녀가 얼버무렸다. "골프장이 훤히 보이는, 전망 좋은 곳이잖아."

"그 얘긴 네가 지어낸 거잖아."

"나를 못 믿는구나. 그래? 하지만 네가 상상하는 것하고 달라. 순전히 우연이었어."

나는 한숨을 내쉬었다.

"난 너를 안 믿어."

"그래, 미안하구나."

나는 입술을 깨물었다.

"레베카. 왜 그런 짓을 하고, 왜 전화는 해대는 거야? 신문에는 왜 글을 실었지?"

다시 긴 침묵이 흘렀다. 난 그녀가 전화를 끊었다고 생각했다.

"아주 오래전, 학창 시절에 있었던 일 때문이지."

복도에 안드레 폴락의 모습이 보이는가 싶더니 이내 그가 내 앞에 섰다. 짙은 색 정장에 꽃무늬 넥타이까지 여느 때처럼 완벽한 옷차림이었다.

명색이 신문사 부장이니 전화를 끊어야 했지만 그럴 수 없었다. 그가 다시 오겠다는 제스처를 남기며 돌아섰다.

"하지만 레베카, 설사 무슨 일이 있었더라도 이젠 잊어야 하잖아."

갑자기 주위가 떠들썩해졌다. TV에서 골이 터진 장면을 보고 내지르는 환호성이었다. 국가대표 경기였다. 키보드 두드리는 소리가 차츰 정상을 되찾아가고 있었다. 그사이 그녀의 이야기를 잠시 놓쳤다.

"하지만 잊는다는 건 그렇게 쉬운 일이 아니야. 그건 너도 잘 알 걸."

"레베카, 왜 날 따라다니는 거야?"

나는 그녀의 음성이 떨리고 있다는 것을 감지했다.

"베로, 난 너를 따라다니지 않아. 난 너를 아끼는 거야. 널 존경해. 옛날처럼. 기억 안 나?"

"하지만 하필 왜 지금 와서 이러는 거야?"

"그건 널 비행기에서 만났으니까. 체마 살세도가 진행하는 TV 프로그램에서 널 봤으니까. 하늘빛 조끼와 하얀 치마에 하이힐을 신은 네 눈이, 뭐랄까, 너무나 부드러웠으니까. 넌 너무 말을 잘하고, 네가 하는 말은 흥미가 있으니까. 나도 그런 너처럼 되고 싶으니까. 잠 못 이룰 때면 녹화 테이프를 틀어넣고 너를 볼 수 있으니까. 간밤에도 널 봤는데……."

그녀는 말을 끊었다. 사무실로 들어선 밀라그로스가 자리에 앉았다.

"레베카, 말해. 날 좋아한다면서 왜 따라다니는 거지? 넌 네가 하는 짓이 날 괴롭히는 짓이란 거 몰라?"

밀라그로스가 우리의 대화에 신경을 쓰는 것 같지는 않았다. 나는 수화기를 꼭 붙잡고 있었다.

"미안해, 베로니카. 하지만 어쩔 수 없어. 난 너무 외로워. 이런 날 이해하겠니?"

밀라그로스는 모니터를 켜자마자 키보드를 두드리기 시작했다.

"레베카, 그 얘긴 그 정도 했으면 충분하잖아."

"충분하다고? 왜?"

나는 망설였다. 대화를 끌어갈 것인가, 말 것인가.

"왜냐하면 난 더 이상은 너에 대해서 관심이 없거든."

침을 꿀떡 삼키는 소리가 들렸다. 나는 수화기를 내려놓았다.

전화벨이 울렸다.

"전화예요." 밀라가 말했다.

나는 미동도 하지 않았다.

"안 받을래요?" 밀라가 재촉했다. "싫으면 내가 받을게요."

"아냐. 받지 마. 잠시만 기다려."

"부장님이에요. 제 말 들려요? 다른 라인으로 들어온 전화라서 당장 받아야 해요."

부장의 유연한 음성이 흘러나왔다.

베로니카, 우리 집에서 보름에 한 번 꼴로 저녁을 준비하고 있소. 손님은 몇 명 안 되지만 당신이 참석하면 영광일 거요. 아, 물론 당신의 바깥양반도 함께 말이오. 안드레, 고마워요. 기꺼이 참석할게요.

밀라가 나를 쳐다보았다.

"괜찮아요?"

"응, 괜찮아."

그녀가 메모지를 들여다보았다.

"오라시오 아르만도 씨가 다시 전화를 했어요. 요전에 얘기했잖아요."

"무슨 일로? 난 기억나지 않는데……."

"미국과 유럽으로의 수출에 관한 책을 출간했는데, 부장님이 책 소개를 해줬으면 하나 봐요. 귀찮으면 그냥 이렇게 얘기하세요. 지금 우린 그링고(중남미에서 미국인을 경멸하며 지칭하는 말—옮긴이)들이 페루의 피스코 맛을 볼 만큼 많은 수출을 하고 있다고요. 제 얘기 들려요? 마음만 먹으면 피스코 소르를 건배하는 브래드 피트의 사진도 얼마든지 내잖아요."

나는 귓전에 맴도는 아이들의 음성을 느꼈다. 도리스, 오스왈도, 티타……, 더 많은 아이들의 음성……. 다들 노래를 부르며 박수를 치고 있었다.

물을 한 컵 들이켰다.

"오라시오가 책을 썼다고?"

"네, 그분은 늘 우리 부서를 도왔잖아요. 그러니까 소개를 해주셔야죠."

"모르겠어. 내키질 않아."

"하지만 우리가 정보를 구할 때마다 도와줬는데."

"그래, 그건 네 말이 맞아."

"그럼 받아들인 거죠?"

"그러지 뭐. 하지만 내가 뭘 어떻게……?"

"아무튼 잘됐네요. 그분은 앞으로도 죽 우릴 도울 거예요. 하나 주면 하나 받고……."

"그만."

"괜찮아요?"

나는 잠시 침묵에 잠겼다.

"그래, 난 괜찮아. 오늘 우리가 할 게 뭐지?"

"전부 다요. 받아둔 뉴스거리를 지금 곧 넘겨드릴게요."

우리는 다양한 뉴스들을 요약하고 정리했다. 나는 빠른 속도로 지면을 채워나갔다.

*

정오에 편집자 회의에 참석했다. 다들 루초에게 다음 날 섹션 내용을 보고했다. 우리에게는 주말에 있을 마라톤 경주에 대비한 지침이 내려왔다.

부서로 돌아오자 밀라그로스가 콧노래를 흥얼거리고 있었다.

"어떻게 됐어요?"

"잘됐어."

"아이, 좋아라." 그녀가 휘파람 소리를 냈다.

"밀라, 얘기 좀 해 봐. 넌 항상 그렇게 낙관적이니?"

"그건 왜 물어요?"

"모르겠어. 내 눈에는 네가 활동성이 부족해 보이는데, 다들 네가 하는 일에 열광하잖아. 항상 그랬어?"

그녀는 잠시 생각에 잠겼다.

"아뇨, 항상 그런 건 아니에요. 나도 많이 울어요."

"운다고? 난 상상조차 못 했는걸. 왜 울어?"

"속상한 일 때문에도 그렇고, 모든 게 처음부터 끝까지 여자들을 울리는 일뿐이잖아요."

그녀를 쳐다보았다. 할 말이 없었다.

국장 비서인 일다가 나타났다.

"아가씨들, 내일 생일 파티에 초대합니다. 맛있는 오징어 요리가 나오는 곳이 있으니 같이 가요. 다들 아셨죠?"

"우리도 갈 거죠?" 밀라가 물었다.

"난 안 돼."

"그러지 말고 힘 좀 쓰세요."

"좋아, 거기서 봐. 아무튼 축하해."

일다가 나갔다.

"오라시오가 보낸 책 보실래요?" 밀라가 물었다.

"그래, 줘. 이따 볼 거야. 유럽연합 소식은 요약했어? 오늘 마감이 어떨지 모르겠네."

"이미 넘겼어요."

모니터에 텍스트가 떠 있었다.

전화기가 울렸다. 밀라가 수화기를 들었다.

"안 계세요. 외출하셨거든요……. 네, 전해드릴게요……. 네, 레베카 델 포소 씨잖아요……. 네, 메모를 남길 테니 염려 마세요."

밀라가 수화기를 내려놓았다.

"그 여자가 가만 놔두지 않을 모양이에요. 필시 댁으로도 전화가 갈 걸요."

*

그날 밤, 지오반니는 영화관에 가자는 나의 제안을 거절했다.

그는 요란한 키보드 소리를 내며 푸른빛이 도는 괴물들을 닥치는 대로 죽이는 중이었다. 세바스티안은 방에서 음악을 듣고 있었다.

나 홀로 외출했다. 오발로 구티에레스. 나는 돈을 구걸하는 사람들 사이를 지나 관람객들이 줄을 서 있는 매표소 쪽으로 다가갔다. 낯익은 얼굴이 내 앞에 코를 들이밀었다. 티타, 학창 시절의 동기 티타였다. 주름살, 진한 화장. 그녀의 얼굴에 세월의 연륜이 짙게 드리워져 있었다. 철면피 같은 남편에게 버림을 받았지만 환한 미소만큼은 잃지 않은 모습이었다.

티타는 나를 껴안으며 많은 질문을 해댔다. 그녀의 음색이 목이 쉰 듯한, 마치 낡은 수도꼭지에서 나오는 소리처럼 거칠었다. 그녀를 통해 오스왈도가 재활 병원에 다시 입원했다는 소식을 들었다. 날마다 아침 대신 위스키를 병째로 마셔댄 모양이었다. 온 세상이 오스왈도 발밑에 놓일 것 같았잖아. 그녀가 톤을 높였다. 우리 여학생들이 얼마나 부러워했어. 그 애가 부친의 유산으로 백만장자가 될 거라면서……. 그래, 그랬지.

레베카를 만났다는 이야기를 꺼냈다.

티타와 나는 학교에서 가장 친한 친구였다. 지금도 암호 같은 말 한 마디면 통할 정도였다. 그러나 우리는 멀리서 서로를 바라보았다. 세월 탓이었다. 다 흘러간 과거였다. 공식적인 자리에서 도리스와 단테 혹은 티나 선생님을 만나기도 했지만 격식을 차린, 어색하고 짧은 만남이었다. 마치 이상한 나라에 유배된 사람들이 다시 만나서 그들이 친구로 지냈던 젊음의 나라를 그리워하는 것 같았다.

영화관으로 들어갔다. 예고편과 광고가 이어졌다.

나는 건성으로 스크린을 보고 있었다. 마지막 직전에는 깜빡 잠이 들었다.

*

레베카가 집으로 전화할 거라는 밀라그로스의 예언이 어느 정도는 들어맞은 셈이었다. 그날 밤 나는 다시 꿈을 꾸었다.

나는 혼자다. 음악을 듣고 있다. 사람들이 돌아다닌다. 사람들이 다가온다. 그들 틈에서 그녀를 본다. 내 몸속에서 그의 입술을 느낀다. 갑자기 발밑으로 땅이 갈라지고 내가 그 속으로 떨어진다. 나는 소리를 지른다.

나는 침실에 앉아 있다. 무슨 일이야. 지오반니가 묻는다. 왜 그래? 무슨 일이야? 아냐, 아무것도 아냐. 나도 모르겠어. 기억이 안 나.

*

다음 날 피트니스클럽을 나서며 카오디오를 켰다. 라디오에서 프랭크 시나트라의 「뉴욕, 뉴욕」을 예고하고 있었다. 학창 시절 내내 들었던 곡이자, 그날 밤에 그와 함께 춤을 추었던 바로 그 음악이다.

지금은 라디오에서 거의 들을 수 없지만, 누군가가 내보내기로 마음을 먹은 모양이었다. 리마를 통틀어 소수의 청취자가 그 음악을 듣고 있었다.

내가 프랭크 시나트라를 마지막으로 들었을 때만 해도 모든 것은 달랐다. 아직은 니코를 몰랐고, 우리 가족은 다들 함께 살고 있었다. 일요일이면 미사를 가고, 집에서 다 함께 점심을 먹었다. 엄마는 사과빵을 만들어주었고, 그 시절 나는 레베카의 친구였다.

*

신문사 복도에서 타토 드라고가 다가왔다. 나는 인사조차 하지 않았다. 나한테만 냉담한 이유가 뭐요? 그가 투덜댔다. 다들 정반대라고 하던데. 불덩이처럼 뜨겁고, 활활 타오르고……. 타토, 얼빠진 짓 좀 그만둘 수 없어요? 이젠 농담조차 지겨워요. 아무래도 그쪽에게 올바르게 처신하는 방법을 가르쳐줄 만한 사람이 있는지 알아봐야겠어요. 가뜩이나 속도 매스꺼운데……, 다음에 봐요.

"하지만 베로……."

"아아, 타토. 제발 그만 하세요. 그렇게 자고 싶으면 창녀를 찾아보지 그래요. 그쪽이 색에 빠진 늙은이라는 거, 그건 아세요?"

"정말 지독하군! 좋아, 방금 들은 말을 저 위에 그대로 전해주겠소."

"하든 말든 그건 그쪽 일이고, 다음에 봐요."

그는 정색을 하며 나를 쳐다보았다. 그의 눈빛에 앙심이 잔뜩 묻어 있었다.

"좋소. 다음에 봅시다. 오늘은 사우나나 가야겠군."

"사우나, 잘 생각했네요. 그럼."

나는 사무실로 들어섰다. 기사를 작성하기 시작했다.

*

그는 호기심 많은 존재임을 포기하지 않았다. 각각의 얼굴은 과거의 정보이거나 재고 목록이다.

어떻게 말할 수 있을까. 밀라그로스의 얼굴과 타토 드라고의 얼굴 사이에 존재하는 차이점을. 밀라그로스의 얼굴에는 모든 것이 한곳으로 모인다. 그것은 그들 사이의 관계를 지키는 선들이다. 그 선들은 세상에 맞서고 저항하기 위해 조직되어 있다. 반면에 타토 드라고의 얼굴은 중심이 없다. 그것은 깜짝 놀라 후미진 곳을 찾아 피신하는 선들의 집합이자 황폐함 사이사이를 고집하는 가식 덩어리이다.

나의 귓전에 프랭크 시나트라의 목소리가 맴돌고 있었다. 누군가가 침묵 속에 빠져 있는 나를 끄집어냈다. 밀라그로스였다.

"패트릭이 전화했었어요."

나는 메일을 열었다. 패트릭의 메시지가 있었다.

사랑하는 베로니카.
요전에 당신이 그런 모습으로 가는 바람에 기분이 몹시 엉망이야. 그 여자가 누군지, 이곳에 어떻게 살게 되었는지 알아봤어. 사람들 얘기로 그 여자가 광고를 보고서 집주인을 만났대. 그리고 그 집을 구했다더군. 수위 역시 그 여자에 대해 별로 아는 게 없고. 간혹 이웃들이 그 여자의 집에서 나는 소리를 듣나 봐. 컵이나 접시 같은 물건들이 깨지는 소리가 들린다는 거야. 미친 게 틀림없어. 그 여자를 생각하지 않는 게 낫겠어. 잊어버려. 베로니카, 난 우리가 안 만나는 것을 원하지 않아. 진실이야. 아가, 난 당신이 편해. 아가도 잘 알잖아. 내가 어떤 남자인지……. 난 게으름뱅이야. 돈이 있으니까. 내 부친도, 내 모친도 게으름뱅이야. 돈이 있으니까. 난 내 유산에 대해 잘못한 게 없다는 뜻이야. 나에게 일은 별 의미가 없어. 당신도 돈이 있으면 나처럼 될 거야. 나는 우쭐한 놈이고, 경거망동하고, 조금은 이기적이지. 하지만 나 자신이 어떤 놈이라는 것쯤은 알고 있어. 아가, 난 당신과 함께 있는 게 좋아. 아주 좋아. 내가 아가에게 줄 수 있는 유일한 선(善)은 나의 유머일 거야. 요즘 당신 얼굴을 볼 수 없어 적적해. 답신 줄 거지?
커다란 키스를.
당신이 알고 있는 그곳에, 패트릭.

나는 커피 자판기로 갔다. 짙은 액체를 단숨에 마셨다. 다시 버튼을 눌렀다. 패트릭이 그렇게 진지하게 나온 것은 처음이었다.

자리로 돌아오자마자 수화기를 들었다. 녹음기가 받았다. 나야. 그리고 끊었다.

완벽해. 난 그에 대한 관심을 멀리한 채 한때를 보낼 수 있었고, 우리 사이의 계약도 지켰어. 방금 전화까지 했으니까.

오후에는 평소보다 오래 사무실에 남았다. 그동안 지연되었던 디스커버리 호가 착륙에 성공했다. 피터 제닝스의 사망 소식(미국 ABC 앵커. 2005년 8월 7일 사망—옮긴이)이 외신을 타고 들어왔다.

전화벨이 울렸다. 패트릭이었다.

"아가, 안녕. 메일 받았어?"

"응. 방금 전에 전화했는데, 못 들었어?"

내 목소리는 끈끈하고 달콤했다.

"당신은 가끔 날 진지하게 만드는군. 역시 우리 아가다워."

"됐어. 난 당신과의 환상을 꿈꾼 적 없으니까 착각하지 마. 다시 말하지만 난 당신 아가가 아니야."

그의 웃음소리가 들렸다.

"아가, 왜 안 와? 이렇게 기다리고 있는데."

"알았어, 곧 갈게. 하지만 잠시 들르는 거야."

나는 기사를 정리해서 넘겼다. 그리고 화장실로 향했다.

나를 바라보았다.

좋아, 아직은 좋아.

그 사람을 보러 갈 생각이었다. 보고 싶었다. 하지만 침대에는 들어가지 않을 것이다.

*

재빨리 현관으로 들어갔다. 이어 예를 갖추는 수위 옆을 지나갔다.

패트릭이 문을 열었다. 씩 웃었다. 단추를 채우지 않은 셔츠 차림이었다. 커튼이 드리워진 공간, 식탁과 장식장 위에 촛불이 켜져 있었다. 불빛이 가득한 성당 같았다. 마법사의 공간이랄까. 침대 위에 꽃다발이 놓여 있었다.

"당신을 맞이하기 위해서 특별한 분위기가 필요하더군."

"고마워, 패트릭. 정말 너무 멋있어."

나는 침대 위에 앉았다. 양손을 무릎 위에 올리고서 학생의 선행을 지켜보는 여선생처럼 그를 바라보았다.

침대 옆에 서 있는 그의 입가에 미소가 길게 흐르고 있었다. 나를 기쁘게 해주겠다는, 영원한 자신의 욕망이 담긴 미소였다. 나는 마음이 들뜨는 것과 동시에 웃고 싶었다.

야릇한 충동에 사로잡혔다. 그 순간 부족한 것이 있다면 그가 내 앞에 무릎을 꿇고서 사랑을 맹세하는 일이었다.

"우리가 옷을 벗으면 서로를 훨씬 더 잘 볼 수 있을 텐데."

나는 몸을 일으켰다.

"먼저 한잔해야겠어." 내가 말했다. "그전엔 안 돼."

12

그날 밤, 집에 들어서자마자 세바스티안을 안아주고 욕실로 들어갔다. 거울 속에 있는 내 모습을 바라보았다. 흘러내린 머리카락, 반듯한 이마, 양 볼을 타고 흘러내리는 두 줄기 눈물. 나를, 내 눈을 바라보았다. 야릇했다. 내 눈이 무엇인가를 책망하듯 빛나고 있었다.

온수 꼭지를 잡아당겼다. 욕조 안에 들어가 앉았다. 다리를 제멋대로 움직여도 될 만큼 널찍한 공간이다.

따뜻한 물이 단조로운 소리를 내며 몸 위로 떨어졌다. 물줄기가 욕조 바닥에 흩어지고 뜨거운 수증기가 막을 형성하면서 로제타석 벽의 형체를 지우기 시작했다. 무릎과 허리로 뜨거운 물이 서서히 차올랐다. 살갗이 간지러웠다. 솜털이 흐느적거리며 부유했다.

짙은 수증기가 나를 고립시키면서 아득한 현기증이 일었다. 다리를 쭉 뻗었다. 물 사이를 가르는 소리에 잠시 전율했다. 얼굴에 물이 닿을 때까지 몸을 낮게 눕혔다.

몸을 일으켰다. 다시 거울을 보았다. 나 자신조차 알아보기 힘든 형체였다. 수증기에 가린 얼굴이 훨씬 커 보였다. 뜨겁게 열이 오른 몸이 마치 멀리서 오고 있는 사람의 모습 같았다.

두 시간 전에 패트릭은 나를 껴안았고 키스했으며 내 몸 속에 있었다. 하지만 뽀얀 수증기에 갇힌 순간, 그와의 거리가 아득하고 막연하게 느껴졌다.

나는 다시 물속에 몸을 담갔다. 느긋한 마음으로 복부를 바라보았다. 패트릭의 흔적들이 물에 용해되고 있었다. 그는 나의 예민한 살갗 안쪽에 어떠한 흔적도 남긴 적이 없었다. 그럴 마음조차 없었다. 물거품이 부유하는 섬처럼 떠오르고 있었다. 수증기가 두터운 층위를 형성하며 피어올랐다. 나는 로제타석 벽 사이에, 수증기가 물방울이 되어 떨어지는 고요 속에 잠겨 있었다.

욕실은 천국 그 자체였다. 그곳에서 나는 지오반니의 원망스런 자의식을 받아주고 사는 유모 신세로부터, 패트릭의 경망스러운 예찬으로부터 벗어날 수 있었다. 그곳에서 나는 다른 사내들로부터, 나를 바라보았던, 아직도 나를 바라보고 있는, 처음부터 나를 쳐다보며 다가오던 사내들 중 한 녀석(“야, 끝내주는데!” 나는 그 바닷가를 생생히 기억한다. “예쁜이, 이리 와 봐.” “불쌍한 녀석, 꺼져. 말하는 법 좀 배워, 더러운 자식아." "야, 네년은 얼마나 잘났는데……")에게서 벗어나는 느낌을 받았다. 파도 소리, 그리고 그 사이로 들리던 거친 쇳소리로부터.

나는 로제타석 공간에서 있으면 행복하다. 패트릭과 지오반니를 잊는 대신 니코를 떠올릴 수 있기 때문이다.

니코. 나의 연인이자 영원히 잃어버린 남자. 처음 만난 날, 강의실에서 그는 가늘고 긴 손가락으로 노트에 필기를 하고 있었다. 그날 우리는 미라플로레스의 오발로에서 치파(페루화된 중국 음식의 통칭—옮긴이)를 먹었고, 발레 스테이지에 모여 있는 관중을 보았다. 그날 우리는 파이타로 떠났고, 버려진 보트까지 헤엄을 쳤다. 그날 우리는 초리요스에 위치한 크루스 데 페스카도르 옆에서 얼어붙은 바다를 물끄러미 바라보며 새벽 5시까지 함께 앉아 있었다. 아직 나는 절벽 밑으로 보트들의 불빛이 깜빡거리던 하얀 새벽녘을, 허공으로 흩어지던 그의 입김을 기억한다.

나는 양손을 오므려 물을 모았다. 손바닥 안의 그 작은 물속에서 니코가 고개를 내밀고 나를 쳐다보는 것 같았다.

니코의 그것을 아는 사람은 오로지 나 혼자다.

니코의 그것은 그를 말하는 방식이다. 니코의 모든 것이다. 니코가 여전히 니코인 모든 것이다. 니코의 이미지, 검은 머리칼, 긴 턱, 황갈색 눈, 웃지 않는 미소, 항상 옆으로 새는, 진짜 미소는 흘려보내는 것 같은, 참고 참는 미소와 함께하는 방식이다. 그중에서도 미소를 감추는 니코만의 방식은 지금까지 그 어느 것보다도 내 기억에 생생하게 남아 있다.

거울 앞에 니코가 있었다. 나신, 올리브 빛 피부, 오만한 음경. 그가 욕조 안으로 한쪽 발을, 이어 다른 발을 들여놓았다. 우리가 호텔을 찾을 때마다 했던 어떤 것, 그것은 욕조에 함께 들어가 하나가 되는 것이며 서로의 뜨거운 몸을 느끼는 것이었다. 물속에서의 섹스는 둘이 함께 나누는 향료이자 판타지였다.

피우라를 여행하는 동안에도 작은 욕조에 함께 들어갔다. 우리가 깔깔거리며 그 일을 치룰 수 있었던 것은 비누 덕분이었다. 나에게 그는 한없이 고상하고 좋은 사내였으며, 나는…… 나는 마냥 행복했다. 어느 날 나는 마리아 에우헤니아에게 니코와의 문제는 내가 그를 너무 사랑하는 거라고, 그래서 그를 버렸다고 말했다. 니코와 함께 있는 것을 더 이상 견딜 수가 없었다. 언젠가는 나를 버릴 거라고, 그래서 내가 먼저 그를 버린 거라고 생각했다. 아마 그랬을 것이다.

나중에…… 나중에 그는 비행기 문 뒤로 사라졌고, 프랑스로 떠났다. 내가 그를 찾은 것은 몇 개월 후였다. 그의 소식을 아는 사람은 없었다. 그의 누이는 주소를 가르쳐주지 않았다. 세상은 넓고, 내가 모르는 사람들로 가득 차 있었다. 니코, 그가 욕조 속에 함께 있다. 호리호리한 체격, 그윽한 눈길, 길고 탄탄한 팔. 오로지 나를 향하지만, 비켜가는 미소. 그의 미소는 나의 미소였다.

다시 물속에 잠겼다. 나도 모르게 눈물이 뺨을 타고 흘러내렸다. 그대로 눈물에 빠져들었다.

거기, 욕실의 고독 속에 나는 그와 함께 있었다. 니코, 나는 그를 바라보며 울었다. 패트릭과 함께 있을 때도 내가 배신한 사람은 지오반니가 아니라 니코였다. 니코에게 죄를 졌다는 생각이 들었다. 아, 그를 버린 날, 나는 그에게 말했다. 더 이상은 함께할 수 없다고. 그날을 떠올리면서 나는 수증기 사이로 예리한 못처럼 꼿꼿한 날을 세우는 두려움을 보고 있다. 두려움이란 두려움이라고 말하는 방식에 있었다. 나의 두려움은 니코와 함께해야 하는, 유명인으로 살아야 하는, 그로 인해 나 자신이 주인공으로 변하는 것에 대한 두려움이었다. 두 사람의 삶, 같은 층위에서 함께하는 두 사람의 일상들, 대화들, 계획들, 느슨해진 양심들과의 친밀함, 긴 침묵들, 자식들, 여행들, 통속적인 말들……. 한 여자가 맡을 수 있는 삶. 하지만 나는 그러한 삶을 받아들이기가 두려웠다. 깃발에 이름이 펄럭이는 삶이 두려웠다. 차라리 머리를 숙이며 살고 싶었다. 차라리 다른 남자가 제공하는 찌꺼기를 받아들이기를 원했다. 지오반니가 숨 쉬고 있는 어둠 속에 익숙해지는 것을, 지오반니를 원망하면서 사랑을 정당화시키는 것을 원했다. 그와 함께 영위하는 단조로운 현실에 익숙해지기를 원했다.

나는 나의 기대로부터 살아남았다. 언젠가 당신을 만날 수 있으리라. 니코, 당신에게 그렇게 말할 수도 있으리라. 아니, 그게 아닐지도. 아니, 그런 말을 안 할지도 모르리라. 아니, 나는 늘 그랬듯 지나치게 거만하거나 지나치게 두려워하리라. 두려움. 두려움이란 고개를 숙이는 것이고, 불쌍한 남자를 안아주는 것이고, 나를 떼놓는 것이다. 나에게 두려움이란 다시 말해 상냥한 내연남과 함께 잊어버린 과거를 되살리는 것이고, 집에 돌아가 아들을 가만히 안아주는 것이다. 나는 당신에게 레베카가 돌아왔다고 얘기해주고 싶어. 난 당신에게 한 번도 그 애에 대해 얘기한 적이 없었어. 전화를 한 그 애를 만났다는 이야기도 안 했어. 당신에게 그 이야기를 안 한 이유는 그것이 나를 부끄럽게 만들고, 그런 나를 아는 당신을 부끄럽게 만들기 때문이야. 당신이 그 애를 알고 나를 아는 것이 부끄러웠기 때문이야. 하지만 지금은 말할 수 있을 것 같아. 니코, 당신에게만은.

뜨끈한 수증기가 안개처럼 주위를 둘러싼다. 커다란 거품이 인다. 형태도 없는 고독이 나의 안식처에 흐르고 있다.

욕실의 고독이란 여자의 마지막 권리가 아닐까. 그곳만큼은 남자들의 자의식에 편승해서 만족해야 하는 의무가 없는 곳 아닐까. 욕실은 남자들을 섬기지 않고, 남자들에게 예쁘게 보여야 할 필요가 없고, 남자들의 시중을 들지 않아도 좋은 곳이다.

침묵의 특권. 욕실의 침묵 속에서 나는 보호받고 있었다. 니코에 대한 기억들에 맞선 채, 지오반니와의 어려운 일상에 맞선 채, 패트릭으로 인한 부끄러움에 맞선 채. 그곳에서 나는 나 자신의 기억들과 유리한 협상을 이끌어 내는 중이었다.

내 몸은 나를 보호하고 있었다. 나는 물속에 쭉 뻗은, 여전히 군살 없이 매끈한 몸을 바라보았다. 쭉 뻗은 팔과 다리, 갑작스런 노화를 예방해 온 섬세한 얼굴. 불현듯 무방비 상태에 놓인 기분에 젖어들었다. 서글픔 같은…….

몇몇 남자들이 내 몸에 들어왔지만, 아무도 내 영혼에는 들어오지 못했다. 그랬기에 나의 원망과 나의 두려움을 아는 이는 아무도 없었다. 무엇보다 나의 두려움을. 지오반니도, 패트릭도, 니코조차도.

그곳은 나의 유령이 떠돌아다니는 요새다. 그들은 요새 주변을 돌아다닐 줄은 알았지만 그곳에 머물지는 않았다. 나는 그들을 더 관찰하기 위해, 실은 그들을 골려주기 위해 요새 안으로 물러났다.

때때로 나는 나 자신을 남에게 맡길 만큼 성숙하지 않았다고 생각한다. 남자에게도, 친구에게도, 아버지에게도 마찬가지다. 어쩌면 생전의 어머니가 유일했을 것이다. 오로지 그녀뿐이었다. 그리고 세바스티안. 어쩌면 나는 사람들 속에 숨어 있는 내 고독의 시녀를 찾고 있는지도 모른다. 나는 나를 발견한 사람과 감히 내 몸을 주고받을 용기가 없다. 나는 아무 곳에나 머무는 것이 두렵다. 모든 비난에 노출되는 것이 두렵다. 내가 만일 누군가에게 나를 맡기면, 내가 만일 누군가를 알게 되면, 만일 내가 누군가에게 진실을 털어놓으면 그것은 심각한 위험에 노출된 것이다.

나의 고통 속에 묻힌 보물, 어머니의 죽음, 일에 대한 불확실성, 늙음에 대한 절망, 세바스티안의 미래에 대한 두려움, 아버지를 향한 달콤한 앙심. 혹시 난 누군가를, 그 작은 지옥을 보여줄 누군가를 찾아서는 안 되는 것일까. 나는 누군가에게, 이러한 이야기를 할 수 있는 누군가를 찾을 수 없을까. "나는 혼자예요. 나는 슬퍼요. 나는 오로지 니코를, 엄마를, 내가 설명할 수 없는 어떤 고통을 생각하고, 나는 곧 늙는다는 걸 생각해요. 하지만 나는 세바스티안에게 어떤 존재인지 모르겠어요." 혹시 나는 누군가에게 나를 맡기고 싶지 않은 것일까. 누군가에게 나의 모든 것을 제공하고, 누군가에게 나 자신을 몽땅 잃어버리고 싶지 않은 것일까. 마치 거대한 밀림 속으로 들어가듯 어떤 남자의 영혼을 탐사하고 싶지는 않은 것일까. 영원히 낯선 사내의 검고 뜨거운 품에서 나 자신을 잊어버리고 싶지는 않은 것일까. 하지만 두려움 때문에 아무도, 어느 누구도…….

욕실 밖에서 전화벨이 울렸다. 초인종이 울린다.

나는 돌아가야 한다. 밖으로. 소리가 계속된다. 저쪽에서 나를 찾고 있다. 이 시간에 신문사에서는 첫 번째 지면을 편집 중이다. 컴퓨터 키보드가 끊이지 않는 플라스틱 망치질 소리처럼 실내를 울리고 있다. 삶이란 지나치게 축적된 세부사항들이다. 삶은 저들끼리 혼합되고, 저들끼리 쳐다보는 한 묶음의 세부사항이며, 모든 우리 사이에 놓여 있는 정보 덩어리다. 우리의 생물학적 의무는 정보 덩어리를 낙관적으로, 일종의 즐거움으로 여기면서 기꺼이 떠맡는 것이다. 우리를 위해서가 아닌, 우리를 둘러싸고 있는 이들을 위한 것이다. 물론 우리를 위한 것이기도 하다. 우리의 조직은 우리에게 견딜 것을 지시한다. 내가 물속에 몸을 담근 채 생각하는 것은 아무것도 중요하지 않다.

나는 욕실에서 나갈 것이다. 어떤 이들은 내가 신속하게 내 자리를 찾아갈 것을 기다리고 있다. 자동차들은 앞으로 나아가고, 어떤 이들은 전화를 하고, 어떤 이들은 가방을 든 채 거리를 걷고, 어떤 이들은 신문을 사고, 나이 어린 거지들은 곡예를 하며 자동차 앞으로 다가가고 있다. 욕실 저쪽에는 내가 앉아서 국제 뉴스 모니터를 켜는 공간이 있고, 거기에는 느릿느릿한 편집실 교정자들이 있고, 패트릭을 찾아가는 일이 있고, 집으로 돌아가는 일이 있고, 가혹한 한 줌의 시간이 공존하고 있다. 그러나 지금 나는 물거품 속에 머물러 있다. 하얀 수증기가 피어오르는 곳에, 내 몸의 형체도 드러나지 않는 곳에.

나는 다시 전화벨 소리를 듣는다. 세바스티안이 누군가에게 "욕실에 있어요"라고 대답한다.

여전히 물이 떨어진다. 나는 수도꼭지를 올린다. 나는 그대로 물속에 잠긴다. 침묵 속으로 사라진다.

*

세바스티안과 지오반니와 함께 저녁을 먹었다. 쌀밥과 생선튀김에 검붉은 빛깔의 치차 음료를 곁들였다. 후식으로 루쿠모 아이스크림을 내놓았다. 라디오에서 데디 양키의 음악이 흐르자 세바스티안이 뮤지션에 대해 장황한 설명을 늘어놓았다.

8시에 지오반니와 함께 텔레비전 영화를 보았다. 「오만과 편견」의 최근 버전이었다. 다아시 역을 맡은 배우는 매력적이었다.

10시에 세바스티안을 잠자리로 보냈다.

그날 밤 긴 꿈을 꾸었다.

6시에 떨면서 잠에서 깨어났다.

다시 잠을 청했다.

잠시 후, 지오반니가 들어왔다.

"왜 그렇게 많이 자?"

"몇 년 동안 이렇게 자 본 적이 없었잖아." 내가 씩 웃었다. "어젯밤에 목욕을 해서 그런가 봐. 당신은?"

"좋아. 기분이 아주 좋아. 골프나 치러 갈 생각이야."

그가 외출한 뒤에 식탁에 앉아 세바스티안과 아침을 먹었다. '라디오 필라르모니아'를 켰다.

"세바스, 오늘 수업이 뭐니?"

세바스티안이 인상을 썼다.

"생물."

"생물 선생님은 어때?"

"꽉 막혔어. 요전에 어떤 애가 이상한 질문을 했거든."

"뭐라고?"

"어떤 사람이 식물인간이 되면 왕국이 바뀌느냐고 물었어. 물론 기대했던 답은 동물의 왕국이었고."

"뭐? 선생님은 뭐라고 대답했는데?"

"자기 노트를 한참 들여다보더니 모르겠다는 거야. 답답해. 그치, 엄마?"

하루 중 가장 좋아하는 시간이나 다름없었다. 지오반니는 골프를 치고, 모차르트의 콘체르토가 흘러나오고, 세바스티안은 나와 함께 아침을 먹고……. 세바스티안은 음식을 후다닥 먹어치우는 한창 때의 나이다. 아이 앞에는 요구르트, 꿀, 시리얼 접시가 놓여 있었다. 나는 멜론 조각도 먹으라고 성화를 부렸다.

"멜론은 싫어."

"좋아, 그럼 사과를 먹어."

집에서 과일 대부분은 내 몫이 된다.

세바스티안을 등교시키고 식탁에 앉았다. 먼저 멜론을 먹고, 다음에는 그라나디야(시계풀)를 먹었다. 망고도 하나 먹었다. 마지막으로 레몬과 밀감과 딸기까지 먹었다. 피트니스클럽에 갈 준비가 끝났다.

*

신문사 복도에서 드라고가 기다리고 있었다.

"이런, 베로니카. 미녀가 납셨구먼. 당신한테 전화를 하던 중이라는 거 알고 있을 텐데."

"타토, 안녕하세요."

"이따 점심 함께하면 어떻겠소?"

그는 마치 본격적인 레이스를 암시하듯 한 손을 들어 올렸다.

"할 일이 많아요. 허리케인이 뉴올리언스로 이동 중이라 대기하고 있어요."

"태풍이라면 바로 나요." 그가 자신의 가슴에 손을 갖다 대며 말했다.

나는 그제야 그가 단추 구멍에 백장미를 꽂고 있다는 것을 눈치 챘다. 그 모습이 흡사 엄청나게 커다란 마네킹 같았다. 애절하기도 하시지. 사랑하는 나의 타토.

"지옥으로나 꺼지시지요." 내가 씩 웃었다.

나는 기분이 한결 나아졌지만, 그는 그 웃음을 즉각 돌려주었다.

"좋소, 좋다고. 당신이 원한다면 내 지금 당장 지옥으로 가겠지만 그런 걱정일랑은 마시오. 나는 금방 돌아올 거고, 돌아와서도 점심을 먹자고 할 테니까. 게다가 지옥은 한 발짝도 안 되는 가까운 곳에 있소."

나는 즉답을 피했다.

"미안해요."

"아니오, 걱정 마시오. 그건 그렇고, 혹시 요전에 나한테 전화했던 사람이 누군지 아시오? 당신 친구였소. 레베카라고. 내가 그 친구의 부친과 잘 아는 사이라는 거 당신도 알고 있소?"

"부친을요?"

"그렇소. 아주 특별한 사내였소. 나쁜 사람이 아니라 위대한 신사였지요. 이해할 수 없는 타입이지만. 아무튼 당신 친구한테도 그렇게 말해줬소."

"어떻게 아세요?"

"아주 오래전에 알았소. 우린 함께 노를 저으러 레가타스 클럽에 다녔어요. 지금 왜냐고 묻는 거요?"

그는 자못 심각한 눈빛으로 나를 쳐다보았다. 과거를 이야기한다는 것에 긍지를 느끼는 모양이었다.

"아무것도 아니에요. 레베카는 어디서 봤어요?"

"상공회의소 칵테일파티였소. 자기소개를 합디다. 당신 이야기도 하고. 두 사람이 함께 콜롬비아를 여행했다던데, 그렇소?"

"같이 여행한 게 아니라 비행기에서 우연히 만난 것뿐이에요."

"나야 같이 여행했다니까 그랬나 보다 할 수밖에."

"다 거짓말이에요."

"좋아요, 베로. 그렇다고 칩시다. 자, 언제 같이 점심을 하겠소? 나야 오전엔 여기 있는 사람이니까."

그는 어느 때보다 고무되어 있는 것 같았다.

그를 똑바로 쳐다보았다.

"지금 내가 하고 싶은 말이 뭔지 알고 싶어요?"

"무슨 말이든지."

"당신은 바보예요. 하지만 상냥한 바보, 그게 바로 당신이에요."

"좋아요. 난 좋은 뜻으로 받아들이겠소. 칭송, 아니오?"

"물론, 아주 위대한 칭송이랍니다."

나는 몸을 돌렸다.

*

신문사 사무실을 가려면 다른 사무실들과 통하는 긴 복도를 지나야 했다. 본래 신문사는 건물 두 채를 구입해서 복도를 통해 연결한, 창문이 거의 없는 통합 건물이었다. 긴 복도에서는 사람들이 마주 보며 걸어오다 서로 인사를 주고받았다. 벽은 하얀색에 거친 느낌을 주는 재질로 마감되고, 바닥에는 인조 로제타석이 깔려 있었다.

그날 복도는 텅 비어 있었지만, 그 상태는 오래 가지 못했다. 맞은편 끝에서 한 여자가 나타났던 것이다.

하얀 블라우스와 스커트 차림이었다. 매끈하고 날렵한 몸매에 머리를 자연스럽게 풀어 내린 모습, 젊음이 발산되는 거침없는 발걸음이었다. 거리가 차츰 가까워지고 있었다. 나는 그녀에게서 눈을 떼지 못했다. 거리가 아주 가까워진 순간에 그녀도 고개를 들더니 재빨리 나를 훔쳐보았다. 일순 나는 나에게 전해지는 어떤 충격을 예감했다. 몸을 돌렸다. 그녀는 계단 쪽으로 꺾어지고 있었다.

나는 화장실에 들어가 거울 앞에서 머리를 빗었다. 빗질을 하다 예전처럼 가르마를 탔다. 그때였다. 내 눈에 공원이 보인 것은. 하교할 때면 이따금 레베카와 마주치던 공원이. 그녀를 생각했는데, 눈앞에 모라 공원이 나타났던 것이다.

*

나는 어리고, 나는 예쁘고, 나는 학교에 다니고 있다. 고등학교 2학년 겨울의 어느 날 오후이다. 가방을 메고 공원으로 걷고 있다. 베로니카. 누군가가 내 이름을 부른다. 레베카다.

지금 나는 그 애가 나의 은밀한 연인 같았다는 생각이 든다. 그 무렵 나는 레베카와 나의 관계를 알아서는 안 될 여자애들과 어울렸다. 레베카도 알고 있었다. 그녀는 나와 몰래 만난다는 것을 전제로 그 아이들과 나의 어울림을 받아들였다. 그날 우리는 모라 공원에서 만났다.

"얘, 이번 주 토요일에 우리 집에 올래?"

"그래, 토요일에 갈게. 그런데 여기서 뭐 해?"

"아무것도. 아직은 집에 가고 싶지 않아."

"그렇구나."

"난 여기, 이 공원에 있고 싶어. 가끔은 여기 와서 이렇게 있곤 해."

"하지만 춥잖아. 어서 집에 가는 게 나을 텐데."

그 애가 동의한다. 그 애가 고개를 들어 허공을 쳐다본다. 나무들이 움직인다. 나뭇가지 소리가 난다.

"이거 좀 볼래?" 그 애가 씩 웃으며 말한다.

그 애가 가방을 연다. 마리아 칼라스의 공연 실황 테이프다. 마리아 칼라스는 나에게 보물 같은 존재다. 그 애도 알고 있다.

"어디서 났어?"

"선물이야. 너 주려고. 미국에 있는 이모가 보냈어."

그 애가 나에게 건넨다. 나는 마치 황금 조각을 들고 있는 것 같다.

"고마워, 레베카."

나는 살짝 웃어준다.

"그만 갈게. 춥다. 넌 안 갈 거야?"

"아직. 난 여기 조금 더 있을래. 내일 봐."

나는 걸음을 옮긴다. 집에 도착하자마자 방으로 들어간다. 테이프를 레코드플레이어에 넣는다.

누군가가 화장실로 들어오는 소리가 들렸다. 동시에 과거의 기억이 거울 속으로 사라졌다.

*

사무실 모니터로 메일이 속속 들어왔다.

그중 세 개는 신문사 모임 소식이고, 다섯 개가 광고, 두 개가 독자들의 편지이다. 그것들을 읽는 동안 모니터에 새로운 메시지가 떴다. 레베카 델 포소, 제목이 '베로니카에게' 이다.

먼저 소식들을 읽고 그중에 어떤 것들은 답신을 보냈다. 레베카의 메일을 열어볼 순간이었다. 나는 자리에서 일어나 창가로 눈을 돌렸다. 길모퉁이에서 한 여자가 과자 바구니를 내려놓고 있었다. 사람들이 물속에서 허우적거리는 개미처럼 보였다.

자리에 앉았다. 메일을 클릭했다. 마술 공연. 레베카의 음성. 안 볼 수도 있었다. 손가락 하나만 움직이면 단숨에 사라질 터였다. 지운 다음 하던 일을 계속할 수도 있었다. 얼마든지.

모니터에 편지가 떠올랐다. 모니터 공간을 좌우로 꽉 채운 글이었다.

사랑하는 베로니카,

어떻게 시작해야 할지, 무슨 말을 해야 할지 모르겠어. 요 몇 주 동안 일어났던 일들로 몹시 속상해. 오늘은 벌떡 일어나 요즘 내가 했던 일을 곰곰이 생각해봤어. 나도 나를 모르겠어. 내가 누군지 모르겠어. 현실적으로 나는 네 사생활에 끼어들거나, 전화를 하거나, 그런 행동을 할 권리가 전혀 없어. 그건 나쁜 짓이잖아. 사실 나는 몇 년 동안 네 뒤를 캐긴 했지만 막상 내 마음이 움직인 것은 얼마 전에 네가 TV 프로그램에 출연했던 때부터였어. 이런 말을 한다는 게 부끄럽지만 사실이야. 추억이란 차츰 자라나는 어떤 일들 같아. 그렇게 생각 안 해? 결코 멈추지 않고 자라나는 거 말이야. 추억이란 살아 있는 일들이고, 그 모습이 변해가는 거야. 모르겠어, 어떻게 설명할지 나도 모르겠어. 아무튼 그때부터, 너를 다시 봤을 때부터 난 너에게 전화했고, 그래서 우리가 만나게 된 거고. 미국 대사관에서의 내 행동은 끔찍했지만, 그것에 대해 변명하지 않겠어.

사실 네가 나를 다시 만날 마음이 없다고 해도 이상하게 생각하지는 않을 거야. 네가 맞겠지. 전화를 끊거나 나를 보고 모른 척해도 네가 맞을 거야. 아, 욕이 튀어나와. 빌어먹을, 내가 왜 그랬는지, 내가 왜 네 남편에 대해서 그런 말을 했는지, 왜 그런 주제를 꺼냈는지 도통 모르겠어. 그날 내가 왜 사람들에게 나쁜 행동을 했는지조차 모르겠어. 고독, 슬픔, 분노 따위가 그런 짓을 한 사람들을 위한 변명이 될 순 없어. 그것들은 각각의 일이고, 그런 사람들에게 해당되어야 하잖아. 나에게는 그럴 권리가 없어. 나쁜 과거를 갖는다는 게 특권은 아니잖아. 물론 답장 안 해도 돼. 기대하지 않아. 이 편지를 읽으면서 내 이야기를 그냥 들어주기만 하면 돼.
난 이 편지와 함께 모든 게 지워졌으면 좋겠어. 또한 다시는 너를 찾지 않겠다는 말을 할 수 있는 용기 혹은 강직함이 생겼으면 좋겠어. 우리가 비행기에서 만났을 때, 네 옆 좌석에 앉아 있었을 때 나는 내 몸속에서 일어나는 파도를 느꼈고, 그 파도를 온몸으로 받아들였고, 그날부터 그 파도는 내 몸속에서 계속 출렁이고 있었어. 그것은 너에 대한 무엇인가를 듣고자 하는, 옛날처럼 너를 대하고자 하는 나의 욕망이야. 나는 날마다 나의 살을 뚫고 나오는 욕망을 어떻게 해야 할지 모르겠어. 무엇을 해야 할지 모르겠어. 그것은 너와 전혀 상관없는 것 같으면서도 어떤 이유인지 너를 찾고 싶고, 너와 얘기하고 싶고, 비록 너는 나에게 "날 더 이상 귀찮게 하지 마"라고 말하지만 그런 네 목소리를 듣고 싶게 만들어. 그건 내가 듣고 싶은 것이거든. 너는 그렇게 아름답지만, 난 이렇게 끔찍하고 이렇게 혐오스러울 수가 없어. 나는 무작정 먹어대는 여자야. 혹시 난 먹는 것 말고는 아무것도 아닐지도 몰라. 난 먹고, 또 먹고, 또 먹어. 왜냐고? 혹시 모르지. 음식이 나를 편안하게 해줘서 그럴지도, 내가 혼자라는 생각이 들지 않도록 해줘서 그럴지도. 모르겠어. 내가 함께 있다는 것을 느끼기 위해 무엇인가를 먹는지도.
나는 너에게 가까이 있고 싶어. 난 너 없는 이 공간의 정적보다 차라리 나를 증오하는 너의 목소리를 듣는 게 더 나아. 이 방, 이 방보다 말이지. 방은 너무 크고 너무 멀어. 나는 내가 여기 있는지도 모르고, 몇 시인지도 모르겠어. 낮 12시인데도 아침 7시가 될 수 있고, 새벽 2시도 될 수 있어. 나에게 시간이란 다 똑같아.

내가 아는 것은 넌 내가 가장 좋아하고 존경하는 사람이라는 것, 넌 내가 이 세상에서 가장 많은 빚을 진 사람이라는 거야. 나는 토요일에 우리 집에서 나누던 우리 둘의 대화를, 함께 영화관에 갔던 일을 잊을 수가 없어. 나는 네가 줬던 책들을 지금도 간직하고 있어. 보물처럼. 그게 과거의 보물이 아니고 무엇이겠어? 나 같은 사람은 고통과 고독보다는 그 옛날의 오후 시간을 기억하는 게 차라리 나아. 과장하는 게 아니야. 사실이 그렇거든. 너와 함께 있으면 가끔은 너에게 못된 짓을 하고 싶지만, 네가 없고 나 혼자 있을 때면……. 모르겠어, 내 기억 속에 넌 항상 미소를 지어주었고, 나를 위해 항상 다정한 말을 건네주었어. 나의 환상 속에서 우리는 항상 함께 있었어. 그리고 넌 그런 나를 많이 도와주었어. 나중에, 맨 마지막에 우리 사이에서 일어났던 일, 그런 일은 이제 하나도 중요하지 않아.

나는 너에 대해 아무런 권리가 없어. 우리가 누군가를 존중하고 좋아한다고 해서 그 사람에 대한 권리를 가질 수 있을까? 난 아니라고 생각해. 아니라고. 하지만 나는 아니라고 하면서도 너에게 무엇인가를 부탁하고 싶어.
나는 내가 살 만한 가치가 있다고 생각하지 않아. 실제로 난 오래 살 수 없을지도 몰라. 너도 알겠지만 몸이 나 같은 사람들은 오래 살지 못하잖아. 그래서 부탁 하나 할까 해. 딱 한 번만.
만일 네가 내 부탁을 받아준다면, 만일 네가 자선을 베푼다면 더 이상은 널 귀찮게 하지 않겠어. 부탁이란 이거야. 우리가 한 번만 더 만났으면 하는 거. 우리 두 사람만 만나는 거야. 너에게는 그게 특별한 일이 아니겠지만, 나로서는 아주 중요한 만남이 될 거야. 내일 오후 4시, 옛날에 학교가 끝나던 시간인 오후 4시에 모라 공원에서 만나고 싶어. 학교가 끝나고 네가 집으로 돌아가는 길목에 있던, 우리가 가끔 만났던 바로 그곳에서.
거기서 너를 만나는 것은 나에게 많은 도움이 되겠지. 잠시만이라도 너와 이야기하고, 가까이 있는 너를 느끼고 싶어. 혹시 너를 껴안을지도, 아주 짧게 너를 껴안아줄지도 모르지. 무척 오랫동안 나는 아무도 안아보지 못했어. 우린 아무 말도 안 해야 될지도 몰라. 그럴지도 몰라. 우리가 만나고, 우리가 포옹하고, 물론 흔한 포옹이지만, 그것은 내가 영원히 간직할 포옹이고, 나에게 쓸모 있는 포옹이 되겠지. 그러고 나서 각자가 돌아서는 거야. 작별인사도 없이, 아무 말도 없이. 그거면 충분해. 그 뒤로 너는 다시는 나에 대해, 더 이상은 나에 대해 알 수 없을 거야. 만일 답장하지 않으면 나는 네가 약속 장소에 나갈 거라고 생각하겠어. 다시 한 번 용서를 구할게. 난 지금 울고 있어. 더 이상은 쓸 수가 없어. 안녕.

레베카

*

모니터를 껐다. 복도를 두 번이나 걸었다. 보드카나 한 잔 마셨으면 했다.

모라 공원. 오후 4시.

시계를 보았다. 3시가 조금 넘은 시간이었다. 24시간 이내에 그 애는 나를 찾으러 공원으로 갈 것이다. 나는 손가락으로 테이블을 두드렸다.

모른 척할 것인가. 아냐. 답장이라도 해주는 게 나을 거야. 나는 다시 모니터를 켰다.

메일을 열었다. 그녀의 글을 다시 읽었다.

'답장' 을 클릭했다. 새로운 메일이 열리고, 기다리던 빈 공간이 나타났다.

'사랑하는 레베카' 라고 썼다가 지웠다. '레베카' 라고 썼다가 다시 지웠다. 이번에는 '소중한 레베카' 라고 시작했다. '네 편지가 나를 감동시켰어. 네가 잘못되길 바라지 않는다는 거, 너는 잘 알 거야. 난 네가 당한 일들이 전적으로 부당하다고 생각했었어. 무엇보다 그때 아이들이 했던 짓들 말이야.'

잠시 키보드에서 손을 뗐다. 완전히 부당하다. 그것도 일종의 표현이었다. 부당하다. 그것보다는 차라리 끔찍하다, 아니면 잔혹하다……. 하지만 '부당하다' 가 나왔다.

아니었다. 그게 아니었다. 나는 방금 썼던 글을 지웠다. 모니터에는 다시 하얀 공백에 커서만 깜빡거리고 있었다.

답신을 딱 한 문장으로 줄이는 것이 나을 성싶었다. '갈 수는 없지만 무척이나 널 사랑해.', 아니었다. 역시 적절하지 않았다. 차라리 첫머리부터 거리를 두는 게 나을 것 같았다. '존중하는 레베카' 라고 서두를 잡았다. '기분이 몹시 안 좋았다니 많이 미안하구나. 네 마음을 이해해. 너는 많은 미덕을 갖춘 사람이야. 나 역시 우리가 나누었던 대화를 기억하고 있어. 내가 그런 말을 했는지는 모르지만, 네가 선물한 『20세기 역사』, 그것은 나에게 신문저널에 대한 흥미를 가져다준 계기였단다. 나는 너를 많이 고맙게 생각하고, 네가 잘되었으면 하고 바라. 넌 식이요법을 통해 살을 뺄 수 있고, 사업에 전력을 기울일 수 있을 거야. 나는 네가 앞으로 잘될 거라는 걸 알아. 안녕. 베로니카.'

말도 안 돼. 말도 안 되는 소리야. 더 짧은 게 나아. 다시

쎴다. '메시지, 무척 고맙구나. 네가 한 모든 말에 감동했어. 그렇지만 너를 만나러 나가지는 못 해. 몹시 바쁘거든. 사랑해. 몸조심하고, 안녕.'

아냐, 이게 아니야. 다시 지웠다. 답장을 안 하는 게 나아. 그게 더 낫다고. 그래봤자 그 애가 뭘 어떻게 할 거야.

나는 내가 어떻게 하면 좋을지를 묻기 위해 마리아 에우헤니아에게 전화했다. 그러나 전화를 받지 않았다.

이제 어떻게 한다? 메시지를 잊어버리는 수밖에. 적어도 지금 이 순간만큼은. 적절한 생각이 떠오를지도 모르잖아. 이런 일은 언제나 다음 날에 했잖아.

*

그날 밤 집에서 와인 병을 열었다. 먼저 한 잔을 마시고 지오반니에게도 건넸다.

침대에 몸을 눕혔다. 이럴 때 두통은 일종의 기회야. 그냥 자는 거야. 약을 한 알 먹고 나자 통증이 가셨다. 깨끗했다.

꿈결에 루벤 블라데스의 음악을 듣는다. 그리고 신문사 복도에서 마주쳤던 하얀 스커트 차림의 천사 여인을 본다.

나는 몸을 일으킨다. 침실을 서성인다.

TV가 있는 방으로 간다. 나는 장식장을 뒤진다. VHS방식의 구식 비디오테이프들이 쌓여 있다. 거기에 있다. 말없이 먼지를 둘러 쓴, 비난의 눈초리를 보내고 있는 마리아 칼라스의 얼굴이.

모라 공원, 오후 4시.

13

7시에 일어나 세바스티안과 함께 아침을 먹었다. 아이가 등교했다. 시계를 보았다. 7시 30분이다. 아직 여덟 시간이 조금 더 남았다.

신문사에서의 하루는 빠르게 흘러갔다.

회의에 참석했다. 기사를 배치하고 지면 디자인을 협의했다. 나는 밀라그로스와 함께 카라바야의 해산물 레스토랑으로 갔다. 피토 카르페나와 그의 친구들이 식탁 하나를 차지하고 있었다.

밀라그로스는 연말 유럽 여행 계획을 이야기했다. 월급으로는 모자라니 숙모한테 부탁할 거예요. 런던과 파리로 가려고요. 그곳에 사촌이 살아요. 문제는 비자예요.

나는 계산서를 청구하고 시계를 보았다.

오후 2시였다.

레베카 역시 시계를 보고 있을까. 답장을 하지 않은 것은 그녀의 제의를 받아들인다는 뜻이다. 어쩌면 지금쯤 외출을 준비하고 있을지도. 아니면 외출 전에 목욕을 하고 있을지도.

그랬다. 당연히 그날 나는 가지 않기로 결정했지만, 나중에는 늦게라도 가는 것이 나을 거라고 생각했다.

사무실로 돌아왔다.

밀라그로스가 커피를 가져다주었다. 새로운 뉴스를 읽었다. 4시 전에는 모든 일을 마쳐야 했다. 서두르면 2시 30분에 기사를 송고할 수 있고, 3시에 도표화된 지면을 검사할 수 있고, 3시 30분이면 업무에서 벗어날 수 있었다. 4시에 모라 공원에 도착할 수 있을 것이다.

시간은 가능했다.

*

모니터 앞에 앉았다. 시계를 보았다. 2시 30분.

외신들을 요약했다. 3시, 원고를 송고했다. 3시 30분, 그래픽 사무실로 내려갔다. 기이한 일이었다. 지면이 시간보다 일찍 완성되었다. 교정할 것이 없었다. 인쇄를 하라고 지시를 내릴 수 있었다. 일련의 과정들이 나의 외출을 용인하는 것 같았다.

자리로 돌아왔다. 4시 25분 전. 지금 택시를 타면 4시에, 늦어도 4시 5분에 도착할 수 있었다. 레베카는 아직 그곳에 있을 것이다.

자리에 앉았다. 화장실을 쳐다보았다. 화장을 고쳐도 기껏해야 5분 더 늦어지는 것뿐이다. 화장을 안 하고 나갈 수도 있어. 어쩌면 화장을 고치지 않는 게 더 나을지도. 하지만 가야 하는지, 가지 말아야 하는지 결정을 내리지 못했다. 몸이 움직이는 대로 따를 생각이었다.

모니터를 켰다. 스페인 일간지들의 헤드라인을 살펴보다, 프랑스 일간지들 지면으로 옮겼다. 〈더 가디언 언리미티드〉로 옮겼다. 바르셀로나에 살인적인 더위가 밀어닥치고, 런던에서 노동당이 토니 블레어를 공격하는 동안 레베카는 모라 공원을 향해 걷고 있었다. 아, 레베카, 레베카, 어찌 해야 하지? 내가 뭘 어찌 해야 하냐고?

그 애는 공원에 갈 것이다. 이 순간 가장 가능성이 큰 것은 내가 가지 않을 거라고 그 애가 생각하는 거다. 나같이 정상인으로 간주되는 사람은 뚱뚱하고 기이하게 생긴 사람이 보낸 메시지를 무시한다고 생각하는 거지. 나는 원래 있던 자리를 지키고 있으면 되는 거야.

다시 시계를 보았다. 20분 전이었다. 정각에 도착하려면 화장을 고치고 밖으로 나가 택시를 잡을 수 있는 마지막 기회였다. 조금 늦을지는 몰라도 만날 수 있는 시간이었다.

나는 몸을 일으켰다. 화장실로 갔다. 마스카라와 립 펜슬을 꺼냈다. 전화벨이 울렸다.

세바스티안이었다. 학교에서 모임이 있대요. 다음 주 수요일, 오후 3시래요. 알았어, 세바스. 지금 뭐 하고 있니? 빵 먹어요.

전화를 끊었다.

*

화장실로 들어갔다. 거울을 보았다. 갑자기 추해 보였다. 얼굴이 엉망이었다.

다시 전화벨이 울렸다.

루초의 비서 일다였다.

"국장실, 호출이에요."

나는 복도로 나갔다. 편집실을 지났다. 루초의 집무실로 들어갔다. 얼마 전에 리모델링을 한 공간이었다. 카펫, 소파, 벽에 걸린 그림, 하나부터 열까지 새것이었다.

"부르셨어요?"

"당신 섹션의 독자 반응을 살펴본 결과 섹션을 확장할 생각이오. 이사국에서 아주 만족해하고 있어요. 국제부 지면의 반을 늘이고, 일요판에는 뉴스 요약을 한 면 더 늘일 거요. 어떻소?"

"아주 기쁜 소식이네요."

나는 미소를 덧붙였다.

"즉시 밀라그로스와 초안을 작성하도록 해봐요. 새로운 디자인은 이미 만들어뒀어요. 이거요."

그는 얇은 판지를 하나 빼냈다. 큰 활자에 다양한 색상이 들어간 표제와 그 옆에 사담 후세인의 커다란 사진이 보였다.

"어떻소?"

"좋은데요."

나는 두 손을 맞잡았다.

"좋소. 내가 원하는 건 방금 말한 대로 우리가 여기서 논의할 수 있는 새로운 내용들을 제시해보라는 거요."

"아주 마음에 듭니다. 고맙습니다."

사무실로 돌아왔다. 밀라그로스가 잡지를 읽고 있었다.

"밀라, 좋은 소식이야. 일거리가 생겼거든."

"그럴 리가, 믿기지 않아요."

시계를 보았다. 4시 10분 전.

"못 믿어도 할 수 없지. 섹션을 확장할 모양이야."

"월급도 더 준대요?"

"그건 모르지."

나는 모니터 앞에 앉았다. 다시 일어났다.

"나중에 봐."

"가시게요?"

"응, 금방 돌아올 거야."

모라 공원까지는 평소 시간보다 더 걸렸다.

쉐라톤 호텔 앞에 떼를 지어 사람들이 몰려 있었다. 유명한 가수를 기다리는 모양이었다. 택시가 그들 틈을 빠져나간 시간은 4시 15분이었다.

모라 공원에 도착했다. 5시 15분 전이었다. 아무도 없었다. 방금 전까지 레베카는 그곳을 서성거렸을 것이다. 저만치 나뭇가지를 치고 있는 정원사가 보였다.

"죄송해요."

"무슨 일이오?"

"여기 있던 여자 보셨나요? 덩치가 큰 여자 말예요."

"방금 전까지 여기 있었는데……."

공원 주변을 거닐었다. 거대한 나무들이 나뭇가지가 잘린 채 죽어 있었다.

나는 어떤 집 앞에서 걸음을 멈추었다. 안쪽 정원으로 흙이 깔려 있고, 창문이 닫혀 있었다.

전화할까 생각했다. 그러나 전화번호가 없었다. 사람을 보내는 거야. 아냐. 아파트로 갔는지도 모르잖아. 내키지 않았다. 아파트로 간다? 꼭 가야 하나? 아냐. 설사 간다 한들 무슨 말을 하지? 늦어서 미안하다고?

나는 다시 신문사로 돌아갔다. 9시까지 들어오는 기사

들을 정리했다. 다음 날 지면 작업을 거의 끝냈다.

그날 밤, 나는 걸어서 집으로 돌아가다가 다시 공원에 들렀다.

*

다음 날 나는 일찍 사무실에 나왔다. 모니터를 켰다. 패트릭의 메시지가 도착해 있었다.

수화기를 들었다.

"아가 님, 당신을 만나고 싶어."

"못된 거짓말이지만 믿고 싶군요."

오후 2시, 그의 맨션으로 향했다.

입구 앞에 섰다. 레베카카 역시 알루미늄 손잡이를 잡았을 거라는 생각이 들었다. 나처럼 문 앞에 서서.

올라가지 말아야 할까?

수위에게 레베카의 층수를 물었다. 위로 올라갔다. 그녀의 맨션 정문 앞에 섰을 때 다리가 후들거리는 느낌이 들었다. 하얀 문. 노크를 했다. 기척이 없었다. 다시 문을 두드렸다.

문 앞에서 10분 정도 서성거렸다. 메시지를 남길 종이도 펜도 없었다.

*

골프 가를 걸었다. 빠른 걸음으로 걸었다. 패트릭을 만나지 않았다. 그럴 마음이 없었다.

차들이 쌩쌩 내달렸다. 뒤를 돌아보면 나를 따라오는 레베카를 볼 것 같았다. 그녀의 발걸음 소리가 들리는 것 같았다. 그녀를 만나고 싶었다. 갑자기 그녀를 만나야 한다는 생각이 들었다. 한 번도 해본 적이 없는 생각이었다.

다시 돌아가 문 옆에 서서 기다려야 한다는 생각이 들었다. 이상했다. 그녀와 이야기하고 싶어하는 나 자신이 이상했다.

아, 레베카, 레베카. 그 애의 아파트는 어떨까. 약속을 지켰으면 그 애의 맨션을 구경했을까.

나는 그녀의 아파트 문 안쪽을 상상하고 있었다. 널따란 거실에 놓여 있을 가구들과 붉고, 푸르고, 파랗고, 노란 색깔의 소파들을 떠올렸다. 어린 여자애의 방 같은 곳. 어쩌면 벽에는 해가 지는 들판과 해변에 정박된 조그만 배들을 담은 그림들이 걸려 있을 것이다. 나는 거실에 푹 파묻힌 채 많은 인형에 둘러싸여 있는 그녀의 모습을 상상했다. 얼굴이 동그란, 입이 크고 양 볼에 빨간색이 칠해진 석고 인형들. 커다란 전등이 천장에 걸려 있는 아름다운 맨션. 그곳에는 자신의 몸을 책망할 거울 대신 세상의 모든 신문과 잡지를 찾아 서핑을 할 수 있는 거대한 컴퓨터가 놓여 있고, 늘 그랬듯이 많은 책들이 놓여 있거나 꽂혀 있으리라. 헤세, 피츠제럴드, 헤밍웨이……. 마리아 칼라스. 그것들은 우리 둘의 것이었다. 그 애는 검은 커튼이 드리워진 공간에서, 두터운 카펫 위에서 음악을 듣고 있으리라. 그러다가 숨을 헉헉거리며 집 안을 서성이거나 창문 사이로 밖을 내다보고 있으리라.

지금쯤 집 안에 머물고 있으리라. 커다랗고 둥그런 사물들이 빽빽하게 들어찬 공간에서, 자신만을 위한 공간에서.

나는 이웃들이 그녀의 방에서 소리를 들었다고 한 패트릭의 메일을 떠올렸다. 나는 그녀를 이해하고 있었다. 어떤 물건들은 그녀의 적이었다. 그녀의 눈에 그것들은 그녀를 똑바로 쳐다보는 살아 있는 것이었다.

그래, 그래. 고독이 주위를 향해 날을 세우게 만든 거야. 일상이란 정상적인 게 모인 박물관이잖아. 하지만 그 애는 아니야. 그 애도 일상을 일탈하고 싶은 적이 있었을까?

나는 어쩌면 그녀가 다이어트를 시도했을 거라고 생각했다. 결국은 참지 못할 때까지. 거울에 몸을 맡길 때까지, 자신을 희생물로 바칠 때까지. 그 몸이 자신의 몸이라고 낮은 목소리로 말할 때까지. 항해를 포기한 육신의 바다에는 과거의 기억들이 부유하고 있으리라. 뚱보, 안녕. 마르모트, 더 이상은 뚱뚱해지고 싶지 않아.

하지만 그 기억의 잔혹함……. 잔혹함, 강박, 기억에 대한 인내. 기억한다는 것. 살을 뺀다는 것, 굴복한다는 것. 버틴다는 것, 기억한다는 것, 쉴 새 없이 일을 한다는 것…….

그것을 말할 방도가 있을까. 기억은 집중의 영역이다. 거기 사로잡힌 죄수들은 강압적인 과정을 일상화시킨다. 그렇게 계속해야 하는 형벌에 처해진다. 얼굴은 흉터 같은 형태를 띠게 된다. 늙어가는 사람의 얼굴, 기억들로 빚은 공학 작품. 현재는 영원하다.

나는 레베카를 동정하고 있었다. 그러나 증오했다. 그러나 좋아했다. 그러나 두려웠다. 그러나 보고 싶었다. 그녀에 대해 항상 은밀한 애정을 품고 있었다. 그녀와 함께 책을 보고 싶었고, 음악을 듣고 싶었고, 영화를 보고 싶었고, 그녀의 집에서 함께 점심을 먹고 싶었다. 그래, 그래, 어쩌면 그랬는지도 몰라. 그 애에게 얘기하고 싶었고, 그 애의 얘기를 듣고 싶었어. 그녀는 살아 있는 살덩어리, 내 앞에 자리 잡기 위해 돌아온 인간의 재질로 빚어진 끔찍한 덩어리였다. 세월이란 내가 그녀를 만날 수 없는 곳을 절대로 찾을 수 없는 평원이었다.

지금쯤 맨션에 있을까. TV 앞, 바닥에 철퍼덕 누워 있을까. 혼자서, 혼자서 이 머리 저 머리를 굴리고 있을 것이다. 아, 하느님 맙소사. 혼자서 중얼거리고 있을 것이다.

아, 하느님 맙소사, 아, 빌어먹을, 빌어먹을, 하느님 맙소사. 입가에 미소를 흘리며 혼잣말로 떠벌리고 있을 것이다. 부글부글 끓어오르는 고독 속에서, 목에서 차오르는 말들을 토해내고 있을 것이다. 하느님 맙소사.

*

지오반니는 컴퓨터 게임 중이었다.

세바스티안은 방에서 헤드폰을 끼고 있었다. 아이는 인터넷에서 본 조크를 들려주었다.

쿠바 오케스트라를 마라카(빈 통 속에 열매나 돌멩이를 넣은 악기—옮긴이)로 연주할 방도를 찾고 있는 파킨슨병에 걸린 노인 이야기, 결코 볼 수 없는 사물들을 만들기 위해 투명한 여인을 찾고 있는 투명 인간 이야기…….

"하나같이 멍청한 거잖아. 공부나 해."

"아휴, 엄마도. 그냥 웃어넘기면 안 돼?"

"그래, 미안하다."

나는 아이의 방을 나왔다.

"어디 있었어?" 지오반니가 물었다.

"돌아다녔어. 영화관에 갔다가 그냥 나왔어. 기분이 엉망이야."

"전화했는데 아무도 안 받더라고."

"지오반니, 난 지금 너무 슬퍼. 정말이야. 이렇게 슬픈 적이 없었어."

그는 자리에서 일어났다. 내 어깨를 두드렸다. 나는 흐느끼고 있었다. 소리 내어 울기 시작했다.

"무슨 일이야?"

"아무것도 아니야. 그냥 내버려 둬."

"무슨 일이냐고?"

나는 주방으로 갔다. 다리가 꺾인 기분이었다. 주방에 몸을 기대고 물을 한 컵 마셨다.

지오반니가 주방 앞까지 따라왔다.

"난 지금 아무 일에나 울고 말 거야. 하지만 걱정 마."

"정말 괜찮은 거지?"

"그래. 잠시 방에 들어가 있을래."

그를 안아주었다.

서재로 들어가 전화번호부를 펼쳤다. 그녀의 이름을 찾았다. 레베카 델 포소. 이름이 없었다. 갑자기 세바스티안이 들려준 조크를 떠올랐다.

*

잠을 푹 잤지만 눈을 뜨자 목이 아팠다. 이건 아무것도 아니야.

불쑥 위안거리가 떠올랐다. 사람은 누구나가 몸속에 반복되는, 생의 마지막 날까지 함께하는 내적인 악을 지니게 된다. 그것은 우리에게 속해 있는 악이자 우리에게 한정된 악으로, 적어도 우리는 그게 그렇게 심각한 악이 아니라는 것을 알고 있다. 그게 바로 우리라는 것을.

사는 동안에 목의 통증은 많은 의사들에게 나를 데려갔다. 가장 일반적인 징후—알레르기성 후두염—로 그다지 심각한 정도는 아니라는 사실이 나를 위안하곤 했다.

정오에 편집회의를 했다. 목의 통증은 점점 더 심해졌다. 오후에 의사에게 갔다. 의사는 '알레그라 D' 나 항 알레르기 약들을 처방할 것이다.

페페 바르코 선생의 진찰실은 '리카르도 팔마 병원' 에 있었다. 나는 될 수 있는 한 그곳을 찾았다. 내 목의 통증에 유일한 장점이 있다면 그것이 의사 앞에 앉게 해주는 적절한 변명거리가 되어준다는 거다. 의사의 차분한 음성은 세상의 질서를 바로잡기 위해 만들어진 것 같았다.

진료가 끝났다. 진찰실 밖은 환자들로 붐볐다. 열 명 남짓했다. 한 아이가 엄마 품에서 자지러지게 울고 있었다.

그들 틈에서 안드레스 올라르테를 보았다. 그가 거기 앉아 있었다. 바짝 선 머리칼, 연약한 무릎, 손에는 책이 한 권 쥐어져 있다.

안드레스 올라르테, 그는 내 어머니의 옛 애인이었다.

야윈 몸과 멋진 재킷과 깊게 패인 눈과 하얀 머리는 내가 그를 기억했던 날부터 거의 바뀐 게 없었다.

두 사람은 연인이었다. 어머니 말에 따르면 그들은 대학에서 함께 공부했다. 하지만 어머니는 그분에게 지쳐 있었다.

어머니는 왜 헤어졌는지 이해할 수 없다고 말했다. 안드레스가 따분하게 만들긴 했지만.

두 사람은 짧고 다정스런 대화를 마지막으로 헤어졌다. 어느 겨울이었다. 그로부터 50년 뒤에 어머니는 세상을 떠났고, 그날 안드레스는 병원에 앉아 책을 읽고 있었다. 어린애의 울음에는 아랑곳하지 않는 차분한 모습이었다.

하루는 어머니가 그분을 소개했다. 라르코 가에서 우연히 만난 우리 세 사람은 가까운 카페로 들어갔다. 나는 그분의 다정다감한 목소리를 기억한다. 어머니를 바라보는 그분의 눈길과 두 사람 사이에 오가던 교감을 잊지 않고 있다.

그는 내가 함께 있다는 사실을 까마득히 모르고 있었다.

나는 그분이 내 어머니를 사랑했다고 생각했다.

어머니는 분홍빛 끈으로 묶어둔 편지들을 보여준 적이 있었다. 어머니가 결혼한 사실을 알았지만, 그분은 어머니에게 여러 방식으로 메시지를 보냈다. 생일축하 엽서, 성탄절 카드, 결혼식 날을 기억하는 편지. 나는 그의 메시지를 기억하고 있었다. '모든 게 잘되길 기대하면서', '가족의 안녕을 기원하며', '애정을 듬뿍 받는 축제 기간을 고대하면서.' 어머니를 불편하게 만드는 문구는 없었다. 선물에는 가끔 책도 들어 있었다.

불씨는 오랫동안 타오르고 있었다. 그는 예의를 지키면서 어머니의 결혼생활 20년 동안 정기적으로 메시지를 보내왔다. 그가 원한 것은 세상에 존재하고 있는 어머니를 기억하는 일이었다. 아버지가 그 사실을 알았을 때 어머니는 올라르테 씨가 아집이 있어서 그런 거라며 에둘렀다.

어머니가 세상을 떠난 날, 그는 일찍 상가를 찾았다. 그는 관 속에 누워 있는 어머니를 말없이 지켜본 뒤에 물러났다. 그게 끝이었다.

그날 이후 처음이었다. 나는 감히 가까이 다가갈 수가 없었다. 그는 여전히 책을 읽고 있었다. 나는 그의 얼굴을 보고 그가 일부런 그런 자세를 취하고 있다고 생각했다. 어머니의 모습을 떠오르게 만들도록. 옆모습이지만, 양미간과 입과 코가 그렇게 말하고 있는 것 같았다.

"안드레스 씨, 안녕하세요."

그가 고개를 들었다. 미소를 띠고 있었다. 그는 이미 나를 보았는지도 모른다는 생각이 들었다. 어쩌면 모른 척하고 있었는지도…….

그가 자리에서 일어났다. 내 볼에 입을 맞추었다.

잠시 대화를 나누었다. 자식이 둘이라고 했다. 첫째는 미국에서 일하고, 둘째는 이곳에 있었다. 손자가 넷이야. 상상해 봐. 의사를 만나러 왔지. 별거 아니야. 단순한 검진이거든.

그가 말하는 동안 나는 그게 마지막 만남일지도 모른다고 생각했다. 나쁜 기억이 아니길 바랐다. 차분한 남자, 조용하게 책을 읽는 남자, 체념의 미덕을 달갑게 받아들이는 남자. 자신이 좋아했던 것을 지킬 줄 아는, 자신의 기억 속에서 나의 어머니에게 충실했던 남자. 그런 남자가 이제는 손자들의 재롱에 자신의 늙음을 피신시키고 있었다.

내가 취할 수 있는 모든 애정을 표하며 작별인사를 나누었다. 꼭 껴안아드리고 싶었다. 너를 보니 무척이나 기쁘구나. 그가 말했다. 저 역시 마찬가지예요.

총총걸음으로 계단을 내려왔다. 그가 나를 지켜보고 있었다.

*

병원을 나온 뒤 나는 카미노 레알 쪽으로 빠져나가 레베카의 맨션 앞으로 차를 몰았다. 그녀가 있을 거라고 생각하며 창문을 바라다보았다.

다음 날 다시 그녀의 맨션 앞을 지나갔다. 건물 앞을 지나자마자 가속페달을 힘껏 밟았다.

*

그 며칠 사이에 마리아노 키로스의 불미스런 일이 터졌다. 오늘 이 순간까지 신문사에서 언급하고 있는 사건이다. 남자들이 마리아노에 대해 농담을 주고받는 반면, 우리 여자들은 고통스럽게 기억하고 있다. 웃고 있는 여자들도 없지 않지만.

마리아노 키로스는 우리 신문사에서 익명의 업무를 맡은 사내였다. 이른바 각 부서 사이의 배달을 담당하고 있었다. 평소 그는 테이블에 봉투를 가져다놓고 가만히 발걸음을 옮겼다. 사무실에서 그의 출현을 눈치 챈 사람은 거의 없었다. 그는 발걸음 소리도 내지 않았다. 얼마나 조심스럽게 걷는지 세상 사람들에게 용서를 구하는 사람 같았다. 나 역시 그가 테이블 앞에 다가와야 나타났다는 사실을 알아차렸다. 조심스럽게 봉투를 내려놓는 그에게 목소리를 낮추어 고맙다고 인사하면 그는 찡긋 상냥한 느낌이 밴 눈짓으로 답례했다.

그는 눈이 작고 눈썹이 두터운 데다 입술이 토끼처럼 살짝 갈라져 있었다. 태어날 때 생긴 자국이었다. 그 바람에 그는 말을 아꼈고, 그런 그를 찾는 사람들이 거의 없었다.

그에게 관심을 가져주는 몇 안 되는, 아마도 유일한 사람이 밀라그로스였다. 그녀는 인사를 놓치지 않았다. 두 사람은 짤막하지만 스스럼없이 대화를 나누었다. 축구 경기나 어느 영화배우의 결혼 이야기를 하는 도중에 마리아노는 웃기도 했다. 그의 모습을 안쓰럽게 만드는 웃음이었지만, 밀라그로스는 흔쾌히 대했다. 두 사람은 짓궂은 농담까지 주고받을 정도로 사이가 좋았다. 이따금 그는 그녀에게 편지를 가져다주면서 입술 사이에 바람이 새는 소리로 "그대를 흔중하는 사람들의 흔지"라고 말했고, 밀라그로스 역시 대꾸를 잊지 않았다. 나를 존중하는 사람들이 이렇게 많다는 건 누군가에게 편지를 보내라는 거예요.

어떤 동료들이 조롱하기도 했지만 막상 마리아노는 크게 신경을 쓰는 것 같지 않았다. 다들 함께 점심을 먹으러 나갈 때도 밀라그로스가 그를 불러야 할지 걱정을 했지만, 당사자인 마리아노는 개의치 않았다. 그는 항상 긍정적으로 그녀의 제안을 받아들였다. 점심이 끝나고 누군가가 국가나 주기도문을 암송할 것을 제안해도 불쾌한 기색을 내비치지 않았다. 그는 좌중의 농담에 끼어들었으며, 나중에는 자신이 부른 노래나 기도문의 구절을 되풀이하며 함께 웃었다. 흐늘에 계신 으리 아브지……. 그러고는 씩 웃었다.

그의 얼굴은 변하지 않았다. 그의 얼굴엔 늘 다른 사람들의 느긋한 폭력성에 동조하는 웃음이 드리워져 있었다.

밀라그로스는 그런 모순된 모습이 그가 치러야 할 이유 있는 대가라고 생각했다. 신문사에 남아 혼자 점심을 먹는 것보다는 낫잖아요.

밀라그로스는 그와 함께 점심을 먹으러 나가기도 했다. 마리아노는 영락없는 꼬마 신사예요. 하루는 그녀가 말했다. 실제로 어린애 같아요. 웃는 모습이 그렇게 귀여울 수가 없어요.

나는 그가 그녀 앞에서만 부끄러움을 타지 않는다고 생각했다.

우리는 그가 소리 나지 않게 돌아다니는 것을 습관적으로 받아들였다. 그가 편지나 서류를 가져다주는 것도 직장에서 매일 겪는 의식들 중 하나라고 생각했다.

하지만 그 의식은 지속되지 못했다. 그가 경비업체 직원과 함께 복도를 걸어가던 그날로 끝났다. 그것이 우리가 마지막으로 본 그의 모습이었다.

도대체 무슨 일이야? 우리가 그의 마지막 모습을 보기 직전에 신문사에는 남자 화장실 벽에 쓰인, 이른바 '위험 수위를 넘어선 내용의 성(性)적인' 욕설에 대한 몇 건의 고발이 접수되었다. 신문사와 계약된 황갈색 제복 차림의 경비업체 직원에 의해 이루어진 고발이었다. 관리부장에 따르면 경비업체와의 계약 내용에는 '방문객들의 행동을 감시' 하는 조항 외에도 '업무직 직원들을 보호' 하는 조항이 포함되어 있었다.

그날 경비업체 직원은 마리아노를 데리고 국장실로 향했다. 두 사람이 들어가고 문이 닫혔다. 그제야 우리는 미소를 띠며 이야기하는 다른 경비원의 설명을 통해 무슨 일이 일어났는지를 알았다. 자초지종은 이랬다.

마리아노는 남자화장실로 들어가 벽에다 물감이 묻은 솜으로 낙서를 했고, 경비업체 직원은 마리아노를 덮쳤다. '나는 로켓에 몸을 싣고 별나라로 날아가 멋진 밀라그로스의 엉덩이에서 폭발하고 싶다.' 경비업체 직원은 낙서를 하고 있는 마리아노를 현장에서 덮쳤고, 그사이에 그의 동료는 핸드폰 사진기를 꺼내 벽에 쓴 낙서를 증거물로 찍었다.

나중에 루초의 집무실에서 일어난 일은 예상했던 대로였다. 나는 그곳에서 벌어지고 있는 대화를 상상했다. 국장님, 이 양반이 화장실 거울에 추악한 낙서를 하고 있었습니다. 추악한 낙서라니? 여기 있습니다. 국장님이 직접 확인해 보시지요. 자, 봅시다.

루초는 고개를 숙이고 있는 마리아노를 똑똑히 쳐다보았다. 이게 사실인가? 일을 그만두라고 할 수밖에 없군. 다른 방도가 없어. 자네 이름이 뭔가? 마리아노 키로스입니다, 국장님. 좋아, 마리아노. 자네는 즉각 짐을 정리해서 지금 당장 회사를 떠나게. 무슨 말인지 알겠나? 알겠습니다,

국장님. 인사부장에게는 내일 통보하겠네. 아, 그리고 당신은 수고했소. 저는 업무를 수행했을 뿐입니다, 국장님. 계약서에 나온 지시 사항을 따랐던 것뿐입니다.

나는 나의 사무용 테이블에서 그 뒤에 일어난 일을 목격했다. 경비와 마리아노가 국장의 집무실에서 나오자 신문사 사무실 전체가 그를 지켜보기 위해 일손을 멈추었다. 밀라그로스는 난감한 상황을 피하고 싶었으나 하필이면 자기 자리로 돌아오는 순간에 국장실을 나오는 그들과 마주치고 말았다.

마리아노가 밀라그로스 곁을 지나칠 때 모든 사람들의 이목이 집중되었다. 우리는 마리아노가 설마 그녀 곁을 지나면서 고개를 들 거라는 생각은 엄두도 못 했다. 나 역시 그렇게 생각했다. 하지만 그것은 착각이었다. 고개를 숙인 채 그녀 곁을 지나치던 그가 고개를 돌렸다.

슬픈 눈빛도, 후회의 눈빛도 아니었다. 그의 얼굴에는 일말의 아쉬움조차 없었다. 광기로 번득이는 눈. 오로지 그녀만을 향하고 있는 그의 눈에 담긴 것은 광기였다. 그의 눈길이 꽂힌 이유는 오로지 그녀만이 그의 분노를 알 만한 가치가 있다고 생각하기 때문이었다. 마치 거리의 교수대로 향하고 있는 것 같은, 명예롭게 살아남을 기회를 구하지 않는 사형수 같았다. 분노로 굳은 그의 얼굴이 문을 지나는 순간 각인되는가 싶더니 계단 쪽으로 사라졌고,

그 길로 영원히 우리의 일상에서 사라졌다.

나는 지면을 들여다보고 있는 밀라그로스를 쳐다보았다. 우리 옆에 있던 영화와 연극 분야 담당기자인 차리토가 벽에 쓰인 낙서의 내용을 세세하게 묘사하며 호들갑을 떨었다. 밀라그로스의 멋진 엉덩이에 폭발하고 싶다는 거야. 그 문장, 어떻게 생각해. 멋진 걸. 이제 그만들 해요. 내가 나섰다. 오늘 사건은 잊어버리는 거예요. 나는 기사 몇 건을 휴지통에 던졌다. 그래요, 오늘 일은 잊기로 하죠. 밀라그로스가 내 말을 받고는 한 마디 덧붙였다. 차리토, 입 다물어. 이제 그만 방방 뜨시지. 덜 떨어진 인간 같으니…….

문제는 해결되었다. 신문사 여직원들의 이름을 갖고 낙서를 하는 일은 다시 발생하지 않았다. 마리아노의 소식도 더 이상 듣지 못했다.

하지만 거울에 낙서를 했다는 그의 오랜 습관에 관한 소문만큼은 끊이지 않고 이어졌다. 나중에는 신문사 직원들이 현장을 덮친 적도 있다고 털어놓았다. 낙서 상대가 밀라그로스이거나 다른 여자일 수도 있었을 것이다. 그는 낙서를 하면서 거울을 들여다보았으리라. 어쩌면 자신이 쓴 글을 보며 씩 웃고는 아무도 모를 거라고 생각하면서 화장실을 유유히 벗어났으리라. 결국은 판단력이 마비되었던 것이다. 그는 공공화장실을 자신의 왕실로 바꾸고, 소리 없는 언어를 자신의 사랑의 고백으로 바꾼 허망한 신이었다.

마리아노, 마리아노. 아, 하느님 맙소사.

나는 마음이 편하지 않았다. 모든 것이 부당하게 받아들여지는 기분이 들었다. 그에게 화장실은 자신의 의사를 소통할 수 있는 유일한 공간이었을 것이다. 어쩌면 그는 거울에 낙서를 하면서 자기의 마음을 이야기하고 있었으리라.

그 일이 있고 난 며칠 동안 나는 그가 떠나던 마지막 장면을 떠올렸다. 경비와 함께 걸어가던 그의 모습은 마치 석방된 죄수 같았고, 그의 모습에는 자신의 잘못을 받아들이되 굳이 후회하지는 않는 무엇인가가 담겨 있었다.

마리아노가 밀라그로스를 자신의 방종과 외설의 대상으로 삼게 만든 것은 그녀의 애정이었다. 그로 인해 그는 늦게나마 자신의 광기를, 자신이 간직하고 있던 유일한 정열을 그녀에게 쏟아 부었던 것이다. 마리아노는 밀라에게 무례하지도 않았고, 추악하지도 않았어. 나는 패트릭에게 그렇게 말했다. 그건 허구의 애인에게만 말을 건네는 한 괴물의 헌사였던 거야. 마리아노에게 무엇인가를 얘기해주고 싶어. 그 일을 이해한다고, 존중한다고 얘기해주고 싶어. 더 좋은 것을 가졌으면 해. 어쩌면 마리아노는 콜메나에 있는, 혼자 사는 허전한 아파트 방구석에 처박힌 채 밤이면 밤마다 밀라그로스를 떠올렸을지도 모른다. 그녀를 생각하며 자위행위를 했을지도, 그녀와 함께 사는 미래를 설계했을지도, 그러다 외설스런 짓을 할 만큼 그녀를 사랑하게 되었는지도 모른다. 자신의 고독한 둥지 속에 사는 사내, 다른 사람들이 웃도록 입을 여는 사내, 그러나 자신이 느끼는 것을 글로 쓸 수밖에 없는 사내.

밀라그로스는 그 일이 있고 난 지 며칠 후에야 입을 열었다. 가엾은 마리아노, 그 사람이 어디 사는지 알고 싶어요. 난 괜찮다고 말해주려고요. 하지만 인사과에 가서 주소를 물어보면 다들 분명히 오해를 할 거예요. 그래, 찾아봐. 나는 그렇게 말해주었다. 신체적인 결함이 있는데 어디서 일을 구하겠어? 더욱이 신문사 화장실에 추잡한 글을 썼다는 사실까지 알려지면 더 힘들 거야. 맞아요. 하지만 어떻게 도와야 할지 모르겠어요. 찾아보긴 하겠지만.

밀라그로스는 그 뒤에도 한참을 그에 대해 얘기했다. 가끔은 꿈에도 나타난다고 했다. "사실을 말해줬으면 좋겠어요. 지금 내 마음이 어떤지 알고 싶을 거예요. 그래요, 난 그 사람을 만났으면 해요. 그 사람 말대로 내 엉덩이에서 무엇인가가 터져버렸으면 좋겠어요."

14

다음 날 일찍 눈을 떴다. 집 앞 도로에 햇살이 가득했다. 부관비야 꽃들이 흔들리고 있었다. 담장을 따라 빨간색, 자주색, 주황색 꽃망울이 앞을 다투어 피어나고 있었다. 나는 창가로 다가가 그 모습을 사진기에 담았다.

신문사에 일찍 도착했다. 간밤에 들어온 소식이 많지 않았다. 런던의 테러 위협에 대처하기 위한 새로운 방도들이 나와 있었다.

인터넷으로 프랑스 신문들의 기사를 검색하다 문득 레베카가 선물했던 책이 떠올랐다. 『파리에서 온 우리의 성모님』. 예전에 나는 그 책을 처음부터 끝까지 단숨에 읽고서 에스메랄다의 죽음이 안타까워 펑펑 울었다.

불쑥 그 어떤 때와 똑같은 느낌이 들었다. 느닷없이 한 남자가 문 앞에 나타날 것 같은 느낌. 나는 그 남자가 꼭 올 거라고 확신하고 있었다. 호리호리하고, 고상하고, 미소를 짓지 않고, 말이 많지 않은 남자였다. 나는 유리 복도 안쪽에 서 있는 그를 보고 있었다.

껴안고, 껴안고, 그의 품에 파묻히는 거야. 상상이 겹치다 보니 이제 내가 그를 잘 알고 있는 것처럼 생각됐다. 키가 크고 호리호리한 남자, 너무 잘생기지 않은 남자, 은은하게 빛나는 남자. 공학자이거나 변호사이거나 신문기자일 수도 있지만, 그것은 중요하지 않았다. 자신의 일에 열정적인 남자, 자신의 정체성을 유지하기 위해 무슨 일이든 할 수 있는 남자.

핸드폰을 열었다. 메시지가 여러 개 들어와 있었다. 며칠이 지난 것도 있었다. 마리아 에우헤니아, 지오반니, 밀라그로스……. 하나씩 지워나갔다. 세바스티안의 것만 빼놓았다. 지우고, 삭제하고, 지우고.

밀라그로스와 점심을 먹고 사무실로 돌아왔다.

핸드폰 진동음이 감지되었다.

파출부인 카르멜라였다.

"사모님, 세바스티안이 여태 안 왔어요."

"네?"

"아직 오지 않았어요."

전화를 끊었다. 어디 갔지? 날마다 학교에서 집으로 아이를 데려다주는 게라 부인에게 전화했다.

"아, 베로니카. 세바스티안이 엄마 친구와 함께 갈 거라고 그러더군요. 친구 분이 학교로 데리러 왔다면서요."

"친구라뇨, 누가요?"

"레베카라고 그러더군요. 아드님이 그분과 함께 있다는 거예요. 그래서 난 안 갔어요. 베로니카, 아드님이 직접 한 말이에요."

전화를 끊었다. 복도를 걷기 시작했다.

레베카가 아이를 데려갔다. 레베카가 아이와 함께 있어. 분명 내 절친한 친구라고 말했을 것이다. 그리고 지금 함께 있다.

걱정할 게 없었다. 아무 일도 없을 거야. 하지만 아이와 함께 있었다. 어딘가에서 두 사람만.

나는 복도의 창문을 쳐다보았다. 경찰을 불러야 하는 일일까. 지오반니에게 그 이야기를 해야 할까. 먼저 패트릭에게 전화를 거는 거야. 레베카가 아이를 데리고 자기 집으로 갔을지도 모르잖아.

갑자기 전화벨이 울렸다.

"엄마, 나야."

심장이 다시 벌떡벌떡 뛰었다.

"응, 세바스. 어디야? 무슨 일이야?"

무엇을 먹는 소리가 들렸다.

"아무 일도 없어."

"뭘 먹니?"

"비스킷. 엄마 친구가 주셨어. 아이스크림도 먹었고."

"내 친구라니?"

"레베카 아줌마 말이야. 학교에 데리러 오셨거든."

"넌 왜 따라간 거야?"

"날 '4D'에 데려갔어. 아이스크림을 2인분씩 시켰거든. 정말 끝내주더라고."

"왜 함께 갔느냐고 묻잖니?"

"엄마 친구잖아. 굉장히 상냥하셔. 조금 뚱뚱하긴 하지만."

"세바스, 넌 바보니?"

"왜?"

"바보 천치가 아무나 따라나서니까. 너처럼 말이야."

"하지만 엄마, 요전에 친구 분 얘기를 꺼낸 건 엄마잖아."

"내가 언제?"

"피자 가게에서, 기억 안 나? 레베카 아주머니하고 같은 학교에 다녔다면서."

"내가 그랬어?"

"그래. 그리고 엄마 말이 다 맞아. 내 맘에 쏙 들어."

나는 잠시 말을 끊었다. 그런 이야기를 한 것이 기억나지 않았다. 이상한 기분이 들었다.

"그래, 뭐라고 하든?"

"끝내주는 분이었어. 엄마, 엄만 왜 그 아줌마를 우리 집에 초대하지 않아? 진짜 친절한 분인데."

"너한테 무슨 말을 했는데? 둘이 무슨 말을 한 거야?"

"전부 다. 학교 다닐 때 아주 친한 친구라고 했어."

"그게 다야?"

"응. 극장에도 가고, 서로 책도 빌려 읽고 그랬다며? 정말 친절한 분이야."

나는 한숨을 내쉬었다.

"알았어. 엄마 지금 골치 아프니까 나중에 얘기하자. 숙제해."

전화를 끊었다.

나는 밀라그로스에게 먼저 나가라고 하고는 컴퓨터 앞에 앉았다.

지오반니가 골프를 끝내고 집에 돌아왔다고 전화했다.

"TV나 볼 생각이야."

나는 아이스크림을 먹고 있는 세바스티안과 레베카의 모습을 떠올렸다. 엄마, 엄만 왜 그 아줌마를 우리 집에 초대하지 않아? 진짜 친절한 분인데.

*

11시 모임이 끝난 뒤에 시내 중심가를 돌아다녔다. 정오. 비가 내렸다. 행인들이 걸음을 어렵게 내딛고 있었다.

신체의 일부를 잃어버린 사람들처럼. 어떤 구절이 떠올랐다. 보이지 않는 표면에서 새어나오는 피 같은 안개. 어디서 들었을까, 아니면 이제 막 떠오르는 생각일까.

발길 닿는 대로 걸었다. 발걸음이 히론 이카 쪽으로 향하고 있었다.

철 격자로 된 파차다, 넓은 문, 균열이 간 누런 벽들. 과거에 자주 걷던 거리들이었다. 에스크리바노스의 레스토랑들 중 하나로 향했다. 식민지풍의 구역을 처음 걷는 것 같은 기분이었다.

낯선, 오로지 나를 위한 낯선 곳이었다.

길은 사람들로 가득했다. 흡사 전투에 패배한 원정대 같았다. 검은 옷을 입은 여자가 있었다. 양팔로 아이를 안은 여자도 있었다. 고개를 빳빳이 쳐든 여자들. 꼼짝도 하지 않는 남자들. 옷 가게들. 신발가게들. 종교용품 가게들. 라 메르세드 교회의 장엄한 파차다.

기분이 한결 나아졌다.

바닥에 균열이 간, 소음과 습기로 흐릿한 그 거리에서는 아무도 나를 모르고, 아무도 나를 기다리지 않았다. 마치 눈앞에 뻥 뚫린 어두운 구멍으로 들어가는 것 같았다.

어디 있을까. 나는 레베카를 생각했다.

핸드폰을 꺼냈다. 통화하고 싶었다. 전화는 생각날 때 하는 거야. 하지만 번호를 몰랐다. 신문사로 돌아가 편지라도 쓸까. 하지만 어색한 일이었다.

나는 담장 옆으로 걸었다.

눅눅한 회색빛 공기, 세상의 모든 표면을 덮고 있는 금속판. 보이지 않는 표면에서 새어나오는 피 같은 안개. 리마에서는 모든 사물에 회색이 첨가된다는 생각이 들었다. 노란 담들 역시 회색이고, 푸른 기둥 역시 회색이다. 태양도 회색이다. 회색은 모든 색을 대신하는 색이다. 리마에서 겨울은 자신의 정체성을 표현한다.

하지만 레베카는 달랐다. 우리와 똑같지 않았다. 어떻게 보면 나는 그녀의 해묵은 앙심에 질투심을 느꼈다. 광기는 그녀에게 세상을 와해시키도록, 그녀에게 사방의 벽을 관통하도록 강요하고 있었다. 나는 이미 상자들로 만든, 다시 말해 한쪽에 남편으로, 한쪽에 세바스티안으로, 한쪽에 패트릭으로, 한쪽에 직장으로 만든 서랍들로 만든 나의 일상을 꾸리며 스스로를 지키고 있었다. 반면에 그녀는…….

계속 걸었다. 시립극장 앞에서 걸음을 멈추었다.

항복을 거부했던 식민지 청사가 눈앞에 버티고 있었다. 파차다였을 자리에 막대기 몇 개와 판자를 지탱하는 기둥들이 보였다. 저쪽, 방이었을 곳에는 바람에 빨려든 것 같은 벽의 잔해와 돌무더기가 어지럽게 널려 있고, 그 사이를 미세한 먼지구름이 수백 년 세월의 모습을 밀고하듯 부유하고 있었다. 금방이라도 허물어질 것 같은 모습이자, 마지막까지 더 끈질기게 버틸 것 같은 모습이었다. 건물의 잔해 사이로 솟아오른 둥글고 거친 형태의 기둥이 아직은 견딜 수 있다는 욕망을 대변하는 것 같았다. 더 위쪽, 발코니 쪽에 남은 것은 방 하나와 토막토막 잘려진 막대기들이 전부였다. 그때였다. 서까래 위에 앉아 있던 비둘기 한 마리가 느닷없이 날개를 파닥였다. 마치 자기 주위에서 일어났던 장면을 목격하고 공포에 떨기라도 하듯.

건물 옆으로 플라스틱 탁자와 의자를 갖춘 조그만 카페가 있었다. 벽에는 비키니 수영복을 걸친 여인의 모습이 담긴 캘린더가 걸려 있고, 받침대 위에 놓인 유리상자 속에는 젤리와 과일들이 진열되어 있었다.

카페 안으로 들어갔다.

이상했다. 아늑한 기분이 들었다. 노란 벽에 금이 간 형태가 마치 나무가 천장을 향해 가지를 뻗고 있는 것 같았다. 모든 것이 불안정하면서 느긋한 여유가 느껴졌다. 느낌이 좋았다. 오랜만에, 아주 오랜만에 피난처를 찾은 느낌이었다. 한 번도 와 본 적이 없었지만 아주 낯익은 느낌이었다.

종업원이 다가왔다. 뭘 드릴까요? 나는 로제타석 바닥에 다리를 쭉 뻗었다.

그 순간, 내가 가장 원한 것은 레베카가 들어와서 내 옆에 앉는 것이었다. 우리는 각자 맥주를 시켰으리라. 무슨 얘기를 하지? 응, 세바스가 그러는데 네가 마음에 든대. 우리가 만난 뒤부터 무척이나 많은 일들이 생겼어. 그렇지만 못 믿겠어. 언젠가는 나 자신과, 오로지 나 자신과 함께하기 위해 혼자 산책을 나올 생각이야. 왜냐고? 왜냐하면 나는 함께 이야기를 나눌 사람조차 없는 불쌍한 바보니까. 대학 다닐 때 남자애들이 날 초대하기도 했지만 사실 난 거의 모든 초대를 거부했어. 한번은 어떤 남자애한테 행복한 존재가 되고 싶지 않다고 말했어. 멍청한 짓이었지만 왠지 그 순간만큼은 좋게 들렸어. 멋진 표현 같았거든. 여자란 젊을 때는 다 그런가 봐. 멋진 말들, 멋들어진 표현들……. 하지만 지금은 세바스가, 아버지가, 지오반니가, 마리아 에우헤니아가 곁에 있어. 난 잘 있어. 난 행복한 존재가 되고 싶어. 그래, 행복한 존재 말이야. 하지만 그게 멍청한 말이란 것도 잘 알아. 내가 말하고 싶은 건 가능한 한 좋은 것을, 그러니까 가능한 한 가장 느긋한 걸 느끼고 싶다는 거야. 그런데도 난 느긋할 수가 없어. 왜냐하면……, 왜냐하면 항상 무엇인가가 부족하거든. 그게 무엇인지는 모르지만 지나간 모든 것과 관계된 어떤 것인데, 그 어떤 것인데……. 나는 가끔 나 자신에 푹 빠지기도 해. 나는 직장에 나가고, 피트니스클럽에 들리고, 나의 믿음은 제대로 작동하고 있어. 아들, 집, 일터. 그것들은 우리 인간들이 갈망하는 기본적인 것들이잖아. 난 좋아. 난 좋다고. 최소한 나는 무서움을 훈련하는 일, 두려움을 조직하는 일, 그것들을 포장해서 보관하는 일을 배웠거든. 그런데 레베카, 너는?

그러면 그 애는 어떤 식으로 보면 나도 너처럼 그렇다고 말할 것이다. 우린 항상 똑같았잖아. 그러면 그 애는 "네가 나 같았다고?" 라고 되물을 것이다. 그래, 적어도 지금 우린 아무런 비밀 없이 터놓고 말할 수 있잖아. 여긴 우릴 보는 사람이 없잖아. 자, 레베카, 건배.

우리는 잔을 부딪쳤을 것이다. 어쩌면 그랬을지도.

하지만 모든 것은 환상이다. 이 회색빛 정오, 히론 이카의 흐릿한 카페에서 나는 혼자다. 아버지도, 친구들도, 지오반니도 없다. 레베카도 없다. 나는 혼자다. 그것은 형벌이자 특권이다. 나 자신과 함께 있다는 것은, 지금처럼 이상한 곳에서 너와 함께 있다는 것은. 나는 혼자다. 적어도 그것은 네가 가다리고 있는 것에 대한 자각이자, 네가 나를 기억하고 나를 기다리는 것에 대한 자각이다.

나는 벽을 바라본다. 비키니 차림에 긴 다리를 뻗는 금발 아가씨의 모습을 담은 캘린더뿐이다. 아무도 없다. 아무도.

*

다음 날 신문사에 일찍 도착했다.

허리케인 '카트리나'가 멕시코 만으로 다가오고 있었다.

마리아 에우헤니아에게 다시 전화했다.

"여보세요."

"잘 있었니?"

"응, 그 언니하고 통화했어."

잡음이 들렸다. 옆 사무실에서 누군가가 TV를 켜놓은 모양이었다. 최고의 대출은 직업은행에서. 당신의 미래를 보장하니 안심하십시오. 음악과 음성.

복도에서 발걸음 소리가 들렸다. 어린이들이 열을 지어 걸어가고 있었다. 온순한 양 떼 같았다. 신문사 견학을 온 아이들이었다.

"얘기해 봤어?"

"그럼. 이제 언닐 귀찮게 굴지 않지. 안 그래?"

잠시 침묵이 흘렀다. 나를 귀찮게 굴지 않는다고? 그렇다고 할 것인가, 아니라고 할 것인가. 하지만 레베카가 무슨 말을 했는지를 알아야 했다.

"좋아, 지금부터 그 미친 애가 무슨 말을 했는지 얘기해 봐."

"엄청 했지. 그 선생님들 있잖아. 마기 선생님하고 티나 선생님 말이야. 배꼽 빠져 죽는 줄 알았어. 진짜 반갑더라. 하지만 괴로웠어. 마음고생 심하게 한 것 같더라고."

"그렇겠지. 틀림없어."

"베로 언니, 그 언니가 그러는데 정말로 언닐 귀찮게 굴 생각은 없었대. 그리고 패트릭과의 일은 전혀 모르고 있는 것 같았어."

"분명히 알고 있어."

"하지만 내 앞에선 입 밖에도 꺼내지 않던 걸."

"맨션은 어땠어?"

"전체가 하얘. 장식품은 거의 없고, 멋진 양탄자만 하나 깔려 있더라."

"걔가 너한테 나하고 약속한 얘기, 안 했어?"

"안 했어."

"알았어."

"내가 그 언니 만난 게 싫어?"

"아냐, 아냐. 나도 그 애하고 얘기하고 싶지만 선뜻 전화하기가 그래. 모르겠어. 어쩐지 두려워."

"그렇다고 언니까지 편집증에 시달리지는 마. 전화하지 그래. 서로 얘길 해 봐."

"됐어, 그만 해. 혹시 전화할지도 몰라. 모르겠어, 내가 전화를 하게 될지……. 자, 그만 끊을게. 내일모레 책을 소개해야 하는데, 무슨 말을 해야 할지 모르겠어."

"무슨 책인데?"

"국제 정치를 다룬 책으로 오라시오 아르만도가 쓴 거야. 재밌기는 한데, 조금 지루해."

"내키지도 않은 책을 왜 굳이 소개하는 거지?"

"의무 같은 거야. 오라시오가 우리 신문사에 글을 쓴 데다, 특히 우리 지면에 많은 자료를 제공하거든."

"아무튼 크게 염려하진 마. 그럼, 토요일에 클럽에서 만나."

나는 손가락으로 테이블을 두드리기 시작했다.

밀라가 두 번째 커피를 가져다주었다. 기사들을 원활하게 처리하고 나서 칼럼도 하나 썼다. 재미있는 이야기를 했을까. 제발 그랬기를.

*

그날은 업무를 일찍 마감했다. 유럽과의 시차 덕분이었다. 나머지 지역에서 타전되는 긴박한 소식은 없었다. 미국과의 자유무역협정에 관한 협상은 시작되었지만 수개월이, 아니 여러 해가 걸릴지도 모른다. 나는 마감시간에 맞춰 일을 끝낼 수 있었다.

혼자 남았다. 테이블 앞에 앉아 유럽 일간지들을 보거나 단상들을 메모했다. 그 무렵 나는 이미 이 책을 쓸 생각을 하고 있었다. 그동안 지면을 스쳐간 것들을 떠올리며 노트에 적었다. 그것은 단지 나 자신을 위한 원고였다. 나는 그 원고를 차곡차곡 쌓아오고 있었다.

글을 쓰고 원고를 정리하는 동안에 간간이 집에 전화했다. 별다른 일이 없었다. 지오반니는 TV를 보고 세바스티안은 공부를 하고 있었다. 세바스티안과 잠시 통화했다. 아이가 새로운 조크를 들려주었다.

전화를 끊고 나서 다음 날 계획을 짰다.

8시였다. 차 시동을 걸었다.

*

하비에르 프라도 쪽으로 방향을 잡았다. 지금쯤 아버지가 하고 있을 일을 생각했다.

아버지를 보러 가기로 했다.

거실에 있었다. 「열정의 폭풍」을 보고 있었다.

나는 볼에 키스를 해주고 가까이 앉았다.

"친구 분들 중에서 TV드라마를 보는 유일한 분은 아빠일 거예요."

"말도 안 되는 소리. 호르헤도 이 드라마를 봐. 드라마를 존중하는 유일한 사람이 바로 나라는 건 맞는 말이지만."

아버지는 나를 쳐다보며 미소 지었다. 어느 때보다 나에게 각별한 애정을 쏟는 것 같았다. 이상하다는 생각이 들 정도였다.

"파올라가 움베르토한테 사랑을 밝힐 순간이야. 하지만 그렇게 할지는 모르겠구나."

"그래서 드라마 말고는 아무 생각도 하지 않는 거예요?"

"얘야, 그 반대란다. 난 생각이 너무 많아. 그래서 드라마를 보는 거야."

파올라가 움베르토에게 다가가고 있었다. 꽃이 만발한 정원이었다. 그녀의 입술이 떨렸다.

"이건 정말 우연이구나. 그거 아니? 이제 막 널 생각하고 있었단다."

"아, 그래요?"

"TV를 보고 있는데, 파올라라는 아가씨가 영락없이 너라는 생각이 들더구나."

"왜요?"

"모르겠다."

"왜 영락없이 저랑 똑같다는 거죠?"

"자기 자신한테는 단호한 것 같지만, 뭐랄까, 너무 예민하다고나 할까. 모든 일에 초조하거든. 너처럼 말이야."

"하! 그러니까 아빠는 아빠가 뭐든지 다 알고 있다고 생각한다, 그거예요?" 나는 씩 웃으며 물었다.

"그야 당연하지." 당신이 웃었다.

"아빠, 아빠나 저나 우린 똑같아요."

당신은 짧은 웃음소리를 냈다.

나는 TV를 보았다.

파올라라는 여자애가 움베르토에게 키스를 했다. 갑자기 달콤한 음악이 흐르면서 우유 광고가 나왔다. 아버지가 다리를 쭉 뻗었다.

"얘야, 난 나 자신이 어떤 사람인지 모르겠구나."

"아빠는 저하고 똑같아요. 자신이 체념하고 있다는 사실을 아무도 눈치 채지 못하도록 겉으로 냉담한 척하는 타입이에요."

"그렇게 생각하니?"

나는 대답하지 않았다.

잠시 침묵이 흘렀다.

"모르겠구나. 아침에 일어나 집 안을 서성거리지만, 가끔은 여기서 뭘 하는지 모르겠어. 혼자서 말이야. 그런데도 난 친구들하고 같이 카페로 가지. 하루가 끝나면 아무것도 못 느껴. 얘야, 이 아비는 진짜 무심한 사람인가 보다."

당신이 웃었다. 웃음소리에 힘이 없었다.

"TV 드라마에 감동하려면 그렇게 무심해선 안 돼요."

"그래야겠지. 한동안은 울다가, 한동안은 아무 느낌도 없거든. 하지만 TV드라마에 푹 빠져 다른 사람들의 삶을 살고 싶어. 그래봤자 진짜 사람은 아니지만 말이다."

"왜 아니죠?"

"그거야 TV 드라마 속 인물들은 조그만 짐승들 같으니까." 당신은 화면을 가리켰다. "난 저런 인물들을 보며 쉬는 거야. TV드라마를 보는 건 동물원에 가는 거나 마찬가지거든. 동물원에서 산책을 하거나, 원시적이고 기본적인 생활을 영위하는 동물들을 보면 기분이 좋아지잖니."

"동물을요?"

아버지는 웃기 시작했다. 긴 장례식 같은, 늘 그렇듯 마지막을 한숨으로 끝내는 웃음이었다.

"사람들은 동물원에 잘 가잖니. 재밌거든."

"하지만 TV 드라마의 등장인물들은 다들 잘생겼잖아요. 똑같은 줄거리고요. 예쁘고 착한 여자들이 잘생기거나 얼빠진 남자들과 사랑에 빠지거나, 그런 남자들을 놓고서 역시 예쁘고 악한 여자들과 경쟁을 벌여요. 항상 그렇거든요. 그렇죠? 그들은 좋거나 나쁠 수 있지만 하나같이 잘생겼어요. 잘생긴 사람들을 다 죽여야 할까 봐요. 그렇게 생각하지 않으세요?"

"언젠가 미국 여류작가 소설을 읽은 적이 있단다. 카슨 매컬러스의 작품인데 이야기가 아주 재밌어. 미스 아멜리아는 잘생긴 남편 마빈과 이혼하고 꼽추인 사촌 라이먼을 사랑하지. 그런데 마빈이 감옥에서 나오자 뜻밖에도 사촌

라이먼이 그를 사랑하게 된 거야. 미스 아멜리아를 버리고 말이다. 문제는 그들 모두가 서로 싸움을 벌이고, 서로를 사랑하고, 서로를 버리는 데 뚜렷한 이유가 없다는 거야. 무슨 일이 일어나든 아무런 이유가 없다는 거야. 매컬러스의 인물들은 하나같이 기형이거나, 천치이거나, 벙어리거나, 꼽추이거나 다들…… 뭐랄까, 폭력적 열정을 지녔다고나 할까. 깊이가 없는 샘물 같은 열정 말이지."

당신이 입을 다물었다. TV에서 마가린을 선전하고 있었다.

"아빠 얘기하는 모습이 꼭 제 친구 레베카랑 똑같아요."

"학교 친구였다던 레베카 델 포소 말이냐?"

"네. 요 며칠 사이에 두 번이나 만났어요."

당신이 침묵을 지켰다.

"이 아비 역시 네 엄마 얘기를 하고 있었단다."

"엄마를 못 잊는군요. 아닌가요?"

"왜 그렇게 말하는 거니?"

"몰라요, 그런 생각이 들어서요."

당신은 화면으로 눈길을 돌렸다. 느릿한 멜로디, 달콤한 목소리, 의료보험 광고였다.

"너희 엄마는 우릴 위해 살았단다. 너를 위해, 그리고 나를 위해. 우리에게 모든 시간을 바쳤어. 항상 우리와 함께했어. 워낙 오랫동안 함께해서 그런지 거기 있어도 우리와 함께 있는 거나 마찬가지란다. 넌 지금 신문사에서 좋은 자리에 있고, 아들도 있으니 그런대로 잘됐다고 할 수 있어. 너희 엄마는 날마다 날 뒷받침했지. 뒷받침했다는 말, 그게 그거란다. 난 여기 있어. 부분적으로는 그 사람 때문이지. 그 사람을 위해서. 다른 식으로는 말할 수가 없구나. 그 사람은 나한테 느낀 불쾌감을 인내로 견뎠지. 내가 나 자신을 포기하는 걸 허용하지 않았어. 아무 말 없이 묵묵히 나를 뒷받침했어. 따라서 지금의 나는 그 사람 작품이야. 나 자신, 내가 여기 갖고 있는 건 그 사람이 남겨둔 거라는 말이 더 낫겠지. 그게 요 며칠 내가 생각했던 거란다. 나와 너, 그리고 네 언니. 우리 모두는 우리 가계를 유지했던 많은 이들의 노력이 빚어낸 믿음과 에너지의 결과물이란다. 안 그러니? 우리가 항상 안녕하길 원했던, 우리가 계속 살기를 원했던 많은 죽은 자들의 결과물 말이다. 우리는 죽은 자들의 힘으로 만들어진 작품이란다. 죽은 자들, 그렇다고 생각하지 않니? 그러니까 네 엄마 같은 여자가 자기 삶을 나한테 바쳤다는 걸 생각하면 생각할수록 이상하단다. 나한테는, 적어도 나한테는 그렇단 말이다. 이 아비는 내 삶을 아무한테도 바치지 않았어. 너희한테조차. 얘야, 너도 알겠지만 나는 응당 해야 할 일을 했던 것뿐이란다. 그게 다였어."

"그렇게 생각하세요?"

"그건 분명한 거야."

잠시 대화가 끊겼다. TV 소리가 계속되고 있었다.

"모르겠어요. 하지만 전 아버지가 우리한테 무언가를 주셨다고 생각해요. 예를 들어 책이나 음악에 취미를 갖게 해 줬잖아요. 아버지는 항상 우리하고 가까이 계셨잖아요."

당신은 마치 항의의 표시처럼 양팔을 올렸다.

"아니다. 난 너희한테 아무것도 주지 않았다. 왜냐면 사실 나한텐 중요한 일이 아니었거든. 나한텐 아무것도 그럴 만한 가치가 없었거든. 알겠니? 물론 나 자신조차도……. 왜 그랬는지는 나도 몰라. 그렇게까지 중요한 게 있을 수 없다고 생각한 건 아니었지만 말이다. 다 제쳐두더라도 누군가 나를 잘 아는 사람은 내가 그럴만한 가치가 없다는 걸 알겠지. 겉으로는 무엇인가 있어 보이는 것 같은, 무엇인가를 알고 있는 것 같은 분위기를 풍길지는 몰라도 사실 나는 한 줌의 똥이야. 그건 사실이란다. 똥 중에서도 유별난 똥 말이다. 나는 남한테 좋게 보였고, 책도 좀 읽었고, 학교에서 일했지만 평가 받을 만한 일은 한 게 없단다. 나도 알고, 너도 아는 사실을 네 엄마만 몰랐던 게지. 그 사람은 날 다른 누군가로 믿었던 거야. 그걸 행복으로 알았던 거지."

당신이 가만히 웃었다.

"아빠, 그건 똥이 아니에요."

"아냐, 그건 똥이란다."

"엄마한테 많은 애정을 갖지 않았던가요?"

"내가 사실대로 말해주길 바란다면 해주마. 지금 내가 원하는 유일한 게 있다면 그건 네 엄마가 여기, 바로 내 옆에 앉아서 함께 TV를 보는 거란다. 할 수만 있다면 난 그 사람에게 용서를 구하고 싶구나. 베로니카, 너한테도, 롤라한테도. 난 그 애한테 전화할 용기조차 나질 않는구나. 베로니카, 넌 네 언니하고 네 엄마가 날 용서할 수 있을 거라고 생각하니?"

"왜 물어요?"

잠시 대화가 끊겼다. 광고 소리가 들리는가 싶더니 드라마가 다시 시작되었다.

당신은 화면을 응시하고 있었다.

전화벨이 울렸다. 당신은 나에게서 시선을 떼지 않은 채 갑작스런 동작으로 수화기를 들었다. 당신 친구 단이었다. 당신은 곧바로 전화를 끊고 화제를 바꾸었다.

"중요한 게 있다면 평정심을 유지하는 거란다." 잠시 후에 당신이 말했다. "지금 네가 염두에 둘 건 바로 그거야."

나는 아버지에게 다가갔다. 당신을 가만히 껴안았다.

"됐다." 당신이 말했다. "됐다니까."

파올라와 움베르토가 소리를 지르기 시작했다.

"그만 갈게요. 드라마가 흥미진진해질 것 같네요."

당신은 뜻을 헤아리기 힘든 눈빛으로 나를 쳐다보았다.

"얘야, 조심해라."

나는 집 밖으로 나섰다.

행복하게도 도로에는 차량이 드물었다. 금방 집에 도착했다.

거실에 들어서는 순간 다시 전화하고 싶었다.

15

모든 것이 평온하게 느껴졌다.

지오반니는 TV를 보고 있었다. 세바스티안은 방에서 학교 숙제를 하다 말고 거실까지 따라 나왔다. 손에 종이를 들고 있었다.

"이것 봐, 엄마. 이번에 경제소식 섹션에서 보낸 메일이야."

"뭘 보냈는데?"

"수수께끼. 진기한 일. 범죄 스토리도 있어."

"얘, 유치한 것만 보지 말고 뭔가 유익한 것 좀 해 봐."

"좋아, 범죄 스토리로 들어가 보자고. 엄마 친구 레베카 아줌마가 뭐라고 한 줄 알아?"

"뭐라고?"

"권총을 갖고 있대."

"권총을?"

"응, 호신용. 강도를 대비한 거래."

"뭐라고?"

"어쨌든 멋지잖아."

나는 집 안을 서성거렸다. 거실 소파에 앉았다.

그녀의 목소리를 상상했다. 어떻게 어린애에게 그런 말을 할 수가 있지? 난 강도에 대비해서 호신용 권총을 갖고 있단다.

어떻게 그럴 수 있지?

*

침대에 몸을 눕힌 채 이틀 후에 소개할 오라시오 아르만도의 책을 들여다보았다. 『해외 무역에 대한 제안: 새로운 세기를 위한 길잡이』.

책에는 예전에 신문에 게재되었던 칼럼이 많이 들어가 있었다. 덕분에 예상보다 빨리 읽을 수 있었다. 나는 한숨을 쉬며 책을 덮었다. 두고 봐, 언젠가는 당신도 수출해버리겠어. 나는 마음속으로 중얼거렸다. 오라시오, 그래야 책 내자는 말을 포기할 테니까. 당신은 전통적인 수출품이자 전형적인 내수품이야. 하긴 당신보다 못한 작자들도 부지기수지. 아, 내가 왜 당신 책 소개를 맡았는지 알다가도 모르겠어. 차라리 그날 밤에 포도주를 마시며 TV 드라마나 한 편 보는 게 나았을 텐데.

*

다음 날, 잠을 깨자마자 주방으로 내려갔다. 요구르트 병과 시리얼 봉투와 사과를 꺼냈다. TV 앞에서 먹으려고 자리에 앉았다. 다른 과일도 찾았다. 레몬 두 개가 있었다.

레베카도 그 시간에 아침을 먹을 거라고 생각했다. 그 애의 말이 떠올랐다. 음식은 나를 편안하게 해주고, 나와 함께 있다는 느낌이 들도록 만들어줘. 나는 빵과 케이크와 과자와 토르트가 담긴, 쟁반 앞에 있는 그녀의 모습을 상상했다. 밀로 만든 신하들을 말끔하게 해치우는 왕비.

권총을 정말 갖고 있을까.

나는 메일을 보낼 생각이었다. 그날 내가 공원에 갔었다는 것을 그녀가 알아야 할 필요가 있다.

소파에 앉았다. 옆에 잡지들이 놓여 있었다. 잡지를 넘겼다. 여자들. 푸르고 노란 상의에 검은 바지를 입고 머리를 길게 풀어헤친 여자들. 온몸을 호화스런 장신구로 치장하고 다리를 벌린 채 서 있거나 앉아 있는 여자들. 남자들. 여자들과 똑같은 모습의 남자들. 책장을 넘길 때마다 그들의 몸이 나를 응시했다. 잡지가 마치 성자들의 사진이 들어 있는 교리문답서 같았다. 수행의 고통, 그리고 다이어트의 성체, 그리고 체육관 성전, 그리고 성형수술의 기적, 그리고 당신도 그렇게 될 거라는, 당신도 그런 당신을 보게 될 거라는 문구…….

또 다른 잡지엔 비만 처방에 대한 기사가 실려 있었다.

지방과 싸우는 전혀 새로운 방식, 카르복시테라피아(탄화요법). 이것은 지방이 축적된 부위에 탄화물을 주입하는 방식의 요법이었다. 탄화물은 지방을 분해하고 혈관을 팽창시킨다. 지방은 피로 바뀌어 36시간에서 48시간 안에 제거된다. 걸러진 산소는 세포에 영양을 공급하여 세포들이 활력을 되찾고 신체의 이완과 손상에 대항하게 해준다. 카르복시테라피아를 주사요법으로 활용하면 살이 빠지기 시작하는데, 다이어트와 운동을 병행하는 것이 무척 중요하다. 탄화물의 주입은 허리, 복부, 허벅지에 적용된다.

리마에는 '슬림 에스테틱'이라는 센터가 있었다. 갈 수 있을까?

*

오후 3시, 사무실에 앉아 있었다. 모니터로 외신들이 꼬리를 물고 있었다. 하지만 더 이상은 집중할 수 없었다. 레베카. 무슨 말이든 하고 싶은데 뭐라고 해야 할지 답답했다. 나는 내 앞에 놓여 있는 비만 치료요법 스크랩을 핸드백 속에 넣었다. 어쩌면 멍청이일지도 몰라. 하지만 그래도 그렇지, 어린애한테 그런 걸 가르쳐줘선 안 되는 거 아냐?

외신들이 차곡차곡 쌓여갔다. 그 애와 얘기를 할 필요가 있어.

밀라그로스는 박스 기사를 쓰고 있었다.

"밀라."

"네?"

"기분이 말이 아니야. 오늘 마감 좀 해줄래?"

"걱정 마세요."

나는 자리에서 일어났다.

"나 갈게. 늦게 돌아올지도 몰라. 일이 생기면 핸드폰으로 연락 줘."

"그럴게요."

*

시동을 걸었다. 모터 소리에 흠칫 놀랐다. 산혼 쪽으로 천천히 차를 몰았다.

예상했던 시간 안에 골프 가에 도착했다.

길을 건넜다. 문 앞에 섰다. 수위가 앉아 있었다.

벨을 눌렀다. 누구세요? 그녀의 목소리였다.

"나, 베로니카."

일순 침묵이 흘렀다.

"지금 내려갈게." 그녀가 말했다.

기다렸다.

자동차들이 거리를 내달리고 있었다. 길 저편으로 푸르른 필드가 보였다.

그녀가 나타났다. 검은 정장이었다. 하얀 끈으로 머리를 묶고 팔에 핸드백을 걸었다. 계단을 내려오는 경쾌한 발놀림이 나를 깜짝 놀라게 만들었다. 살이 많이 빠진 것 같았다.

"안녕."

그녀의 얼굴에 흡족한 표정이 스쳐갔다.

"널 보러 왔어."

"그래?"

"그래."

그녀의 눈이 반짝였다.

"못 믿겠는데. 남자 친구를 만나러 왔겠지."

"아냐, 널 보러 온 거야. 요전 날, 공원에 갔었어. 조금 늦었는데, 가고 없더구나."

"정말 공원에 왔었다고?"

나는 고개를 끄덕였다. 그녀는 나를 뚫어지게 쳐다보고 있었다.

"정원사한테 물어보니 막 갔다더라."

"지금은 왜 온 거지?"

나는 어깨를 흠칫했다.

"모르겠어. 그냥 온 거야. 며칠 전부터 오고 싶었는데, 사실은…… 그래, 그게 잘 안 되더라."

그녀는 고개를 숙였다. 길바닥을 내려다보았다. 나를 향해 고개를 돌렸다.

"지금 공장에 가는 길이야."

"그럼 그렇게 해. 나야 그날 공원에 갔었다는 말을 하고 싶었는데……. 그래, 며칠 내로 한번 만나지 뭐. 그럴래?"

"지금 같이 가면 안 되겠니?" 그녀가 한 손을 들어 올리며 물었다.

"가다니, 어딜?"

"공장. 공장이 어딘지 알아두고, 우리 이야기도 하고. 왜, 할 일 있어?"

"아니."

"그럼 같이 가."

"내 차로 갈래?"

"아냐. 이곳에 기사가 있어. 필라시오스 씨라고, 그 사람이 데려갈 거야."

주차된 차를 보았다. 리무진이었다.

"가지 뭐."

16

운전기사는 옛날 영화에서처럼 챙이 달린 모자를 쓰고 있었다. 녹색 재킷에 굵은 단추가 인상적이었다. 그는 나에게도 정중하게 인사했다. "부인, 안녕하세요."

나는 사치스런 커버가 입혀진 뒷좌석을 보며 방금 전까지 기사가 청소를 했을 거라고 생각했다.

레베카와 나는 미니바가 설치된 뒷좌석에 앉았다. 그녀가 위스키 병을 꺼냈다. 얼음 용기도 구비되어 있었다.

"한잔하기엔 너무 이른 시간이야." 내가 말했다. "생수 마실게."

"그러렴."

나는 예기치 못한 환대에 마음이 누그러져 있었다. 그녀는 생수까지 챙겨주었다. 나는 건배를 제안하고 싶었다. 레베카, 우리의 만남을 위해 건배. 하지만 맹물과의 건배로 족했다.

"공장은 어디 있어?"

"로스 올리보스. 자주는 아니지만 일주일에 한 번은 가야 돼. 오늘은 너랑 같이 가게 돼서 기뻐. 네가 우리 공장에 가게 될 거라고는 꿈도 못 꿨어."

"나도 그래. 난 우리가 다시 만날 줄 몰랐어. 상상조차 못했지. 세월이 흘러도 너무 많이 흘렀잖아."

잠시 침묵이 흘렀다. 우리를 실은 차는 마이크로버스들 사이에서 길을 트고 있었다.

나는 다리를 쭉 뻗었다. 추웠다. 바닥으로 차가운 바람이 들어오고 있었다.

"이유는 모르지만 내가 널 다른 식으로 생각한다는 거 알아?" 그녀가 중얼거렸다. "사실 요 며칠은……."

"왜?"

"널 생각할 수 있어서 좋아. 예전과는 달라졌거든."

"예전에는 어땠는데?"

"그건 모르겠어. 하지만 지금은 기분이 좋아. 게다가 이렇게 날 만나러 오다니 아주 기뻐."

"됐어. 고마워할 거 없어. 내가 오고 싶어서 온 거니까."

"요즘은 널 생각하는 게 나 스스로에게 위안이 돼. 요전에 공원에서 만나면 그 말을 하고 싶었는데."

차가 건널목 앞에서 신호를 기다렸다.

차량 행렬이 꼬리를 물고 있었다. 백미러가 부르르 떨

렸다.

“이렇게 반가운데 무슨 말을 해야 할지 모르겠어.”

“그런 말은 안 해도 돼.”

차가 속도를 냈다. 하비에르 프라도를 달리고 있었다. 그녀가 눈을 감았다.

“괜찮아?”

그녀의 팔을 살짝 건드리며 물었다.

“그래, 괜찮아. 잠시 리마를 떠난다고 생각했어.”

차가 라 마리나 가를 향했다. 신호등이 연달아 파란불로 바뀌고 있었다. 뒤에서 보는 운전기사의 자세가 거만하게 느껴졌다.

간판들이 서 있는 지저분한 아스팔트 평지가 나왔다.

아늑한 감동이 일었다. 이렇게 함께 가고 있다니. 불쑥 나 자신이 오랫동안 보지 못한 좋은 친구 같다는 생각이 들었다.

멀리 대형 마켓 간판이 보였다.

“공장은 어떻게 세운 거야?”

“부지를 구할 기회가 있었지. 그래서 매입했어. 무엇보다 사람들이 좋고 일을 많이 해. 현지 출신을 고용해서 그런지 아주 잘나가.”

“몇 명이나 되는데?”

“지금은 80명 정도. 기능, 디자이너, 영업, 관리 파트로 나뉘어져 있어. 일에 비해 직원은 많지 않지만 다들 부지런해서 임금을 많이 줘. 지금은 하루에 천 벌을 생산하는데 엄청나게 불어나고 있어. 나로서는 대만족이고."

엄청나게 불어나고 있어. 그 말이 재미있었다. 이럴 때는 뭐라고 대답하지? 그러니까 공장을 살찌게 만들고 있다는 뜻이잖아. 아, 이렇게 어이없는 표현이라니. 불쾌한 농담은 마음속에 간직할 수밖에.

"왜 그런지 그 이유는 모르지만, 난 항상 사람들의 착한 심성을 믿었어." 그녀가 말했다. "우리 엄마가 나한테 가르쳤던 거야."

"너희 엄마가?"

"그래, 내 엄마. 나의 유일한 친구. 난 엄마를 무척 많이 생각해."

"기억나. 우리한테 엄청나게 큰 점심을 만들어주셨잖아. 치즈와 잼을 넣은 빵. 난 그걸 잊을 수 없어."

"맞아, 당신은 쟁반 위에 마음을 표현했던 것 같아. 그런가? 난 그렇게 보였어."

"요즘은 어떻게 지내셔?"

"오래전에 돌아가셨어. 엄마도 죽고, 이모들도 죽었어. 난 그 집을 팔았어. 그래, 난 혼자 남았어. 간간이 무덤을 찾아가서 기도를 해. 고마워하고, 비난도 해. 나한테 몹쓸 짓도 하셨거든."

"몹쓸 짓이라니?"

차가 건널목 앞에 섰다. 노란 막대기를 든 사내가 다가왔다. 턱수염을 기르고 손에 초콜릿 상자를 들고 있었다. 레베카가 동전을 집었다.

"엄마는 상상의 세계에서 살았어. 착하고 온순한 아이가 되길 바랐던 엄마는, 두꺼운 옷을 입히고 규칙대로 살라고 가르쳤어. 이모들 영향을 받았던 거야. 엄마는 아빠한테 버림을 받은 뒤부터 거의 넋이 나간 채 무슨 문제든지 기도하면 풀린다고 생각했어. 그런 사람들 있잖아. 그래서 내가 로사리오 기도를 하길 바랐고, 그 바람에 내 비만 문제에는 신경도 안 쓴 거야. 난 엄마가 왜 그 문제를 심각하게 받아들이지 않았는지 모르겠어. 하지만 내가 엄마를 사랑할 수밖에 없을 만큼 엄마가 나를 좋아했다는 거, 그건 너도 잘 알 거야. 항상 나와 함께했고, 숙제를 도와주었고, 다정스런 이야기를 해줬어. 너, 그거 알아? 항상, 엄마가 항상 아름다운 이야기를 해줬다는 거. 지금까지도 여기에—그녀는 가슴에 손을 갖다 댔다—남아 있는 아름다운 이야기를. 아, 엄마가 보고 싶어. 그리워. 많이, 많이, 아주 많이."

투명한 벽 같은 차창 너머로 날품장수들이 차량 사이를 돌아다니고 있었다.

"너희 부모님은?"

"엄마는 돌아가셨어. 아빠는 지병이 있지만 그런대로 괜찮아."

"너희 엄마가 돌아가셨다고?"

"그래, 벌써 5년이나 지났는데도 아직도 생각나. 난 엄마가 몸이 아팠을 때가 가장 평온했다고 기억해. 언젠가 그러시더라. 죽는 건 나쁜 게 아니라고."

잠시 침묵이 흘렀다.

차가 차량들 틈에서 꼼짝도 못했다. 클랙슨 소리 때문에 귀청이 떨어질 것 같았지만 의자에 팔을 기댄 레베카는 느긋했다.

"리마의 교통체증은 심각해." 나는 어색한 침묵을 깨트릴 요량으로 빈말을 했다.

레베카의 핸드폰 벨이 울렸다. 잠시 무슨 말을 중얼거렸다.

일순 나는 실수를 범했다는 생각이 들었다. 괜히 따라나선 건 아닐까. 함께 있는 게 좋긴 하지만, 무슨 일이 일어날지는 아무도 모르잖아. 지금 어디로 가는 거지? 공장이란 게 어떤 곳일까? 신문사에서 찾고 있진 않을까?

갑자기 무슨 소리가 들렸다. 레베카가 전화를 끊었다. 차량 행렬이 움직이기 시작했다.

"이제 얼마 안 남았어." 그녀가 말했다.

*

차가 철문 앞에 도착했다. 제복을 입은 사내가 문을 열었다.

차가 정원으로 들어갔다. 안쪽으로 나무 몇 그루와 목초지가 있었다.

그제야 다소 안도감이 느껴졌다. 그사이 나는 원한 것을 이룬 셈이었다. 그녀에게 모라 공원에 가지 못한 나의 미안함을 이야기했고, 덧붙여 부모들의 안부까지 주고받았으니 말이다. 나는 차분해졌다. 마치 그녀의 집에, 아니 토요일 오후에 그녀의 방에 있는 것 같은 느낌이 들었다.

핸드폰 벨이 울렸다. 밀라그로스가 다급하게 조언을 구하더니 당장 신문사로 돌아올 수 있겠느냐고 물었다.

그 순간 내가 원한 것은 레베카와 함께 머무는 것이었다. 다시 만나고도 싶었다. 하지만 당장 돌아가야 했다. 돌아가서 밀라그로스를 도와야 했다.

차에서 내려 정원을 걸으면서 그쯤에서 돌아서야겠다고 마음먹었다. 다시 만나 반가웠다는 인사를 할 참이었다. 아직은 할 말이 많았다. 다음 주쯤 점심에 초대할 수도 있었다. 나는 나 자신에 대해 깜짝 놀랐다. 상당히 유감스러운 일이나 후회하는 일이 아니고서는 점심에 초대할 생각까지 해본 적이 없었다. 게다가 나는 마음속으로 야릇한 즐거움까지 느끼고 있었다.

우리의 만남은 모든 것을 제쳐두고 행복한 결말이 될 참이었다. 공장 건물을 향해 걸으면서 그녀에게 가까이 다가가 며칠 전 모라 공원에서 못한 포옹을 해줄 생각을 했다.

그녀가 마치 나를 세우기라도 하듯 한 손을 들어 올렸다.

"내 사무실로 가기 전에 공장을 구경시켜줄게."

그녀가 앞장서서 걷기 시작했다. 큰 덩치에도 불구하고 보폭은 길고 걸음은 단호했다. 뒤를 따라 갈 수밖에 방도가 없었다.

우리는 알루미늄 문이 있는 쪽을 향해 걸음을 옮겼다. 주변에는 작은 축구장, 2단 계단, 나무 몇 그루, 매점, 화장실을 갖춘 평지가 있었다. 마치 학창 시절의 교정을 본떠 만든 것 같았다.

공장 안의 통로를 지날 때 그녀는 명주실의 색깔에 대해 설명했다. 공장 직원도 두 명 소개했다.

우리는 기계들이 옷감을 만들어내는 공정을 지켜보다가 계단을 올라 사무실로 들어갔다.

테이블, 컴퓨터, 전화기를 갖춘 사무실은 생각보다 넓지 않았다. 장식장에 책이 몇 권 놓여 있고, 단출한 벽에는 그녀의 모친 초상화가 걸려 있었다.

그녀가 사무용 테이블에 앉았다.

"뭐 좀 마실래? 차, 커피 아님 다른 거?"

"아냐, 됐어."

"난 여기서 커피만 마셔." 그녀의 말이 갑자기 빨라졌다. "먹는 건 입에 대지도 않아."

그리고 씩 웃었다.

"첼스에 갔던 때가 기억나는구나. 내가 닥치는 대로 먹었잖아."

나는 미소로 동의했다.

"날 골리기 위해 먹었겠지, 안 그래? 내 기분을 상하게 만들려고."

그녀는 달갑잖은 표정을 지었다.

"난 항상 먹고 싶은 만큼 먹어. 게다가 아주 신경질이 났거든."

"신경질이 났다고?"

"그래, 널 만나서 그런 거야. 다음 날엔 거의 입도 대지 않았어. 다이어트를 시작할 생각이야. 하지만 여기선 안 해. 여긴 아니야."

"떠날 거니?"

"모르겠어. 두고 봐야지. 사실 미국으로 가고 싶은 생각이 굴뚝같아. 이번에는 거기서 오래 머물 거야. 다시 돌아올지 모르겠어."

"하지만 거긴 외롭지 않아?"

그녀가 씩 웃었다. 방금 나는 바보 같은 말을 하고 말았다. 그녀는 어디를 가나 혼자였다. 그녀는 새로운 고독을 위해 이 나라 저 나라로 돌아다니는 거나 다름없었다.

"거긴 친구도 둘이나 있어. 대학에서 만났지만."

"우리 아빠도 한때 내가 미국으로 가길 바라셨어. 하지만 늘 반대를 위한 반대를 했던 나는 여기 남았지. 내가 국제부 기자가 된 건 그런 이유였는지도 몰라. '떠났어야 했는데' 하는 생각을 하면서."

"너희 아빠는 어떠시니?"

"TV 소설에 푹 빠져 지내셔. 작가가 안 된 걸 남의 탓으로 돌리는데, 그게 당신 스스로에게 위안이 되나 봐. 누군가에게 잘못을 전가하며 위안을 삼는 거지."

"남에게 잘못을 전가하는 건 남자들한텐 평범한 일이야. 우리 여자들은 잘못을 자기 탓으로 받아들이지만, 남자들은 다른 사람들한테 돌리거든. 두고 봐, 그렇다는 걸 알게 될 테니까."

잠시 침묵이 흘렀다. 그사이 기계소리가 들렸다.

전화벨이 울렸다. 전화기를 잡는 그녀의 손이 떨렸다. 잠시 무슨 말을 하는데, 어떤 지시를 내리는 것 같았다. 그녀가 수화기를 내려놓았다.

나는 이제 그 이야기를 해야 한다는 생각이 들었다.

"그때 일어났던 일에 대해 얘기 좀 해주겠니?"

그녀가 의자에 몸을 기댔다.

"뭐?"

"내가 하고 싶은 말은…… 레베카, 그게…… 그래, 나도 잘 모르겠어. 모든 게 워낙 급히 지나가는 바람에 도대체 뭐가 뭔지 알 수가 있었어야지."

그녀가 나를 똑바로 쳐다보았다. 결국은 내가 꺼내고 말았던 것이다.

잠시 침묵이 흘렀다. 창밖으로 작업복 차림의 사람들이 움직이고 있었다.

"난 수없이 그때의 일을 떠올리고 또 떠올렸어." 그녀가 말했다. "지금 이 순간에도 똑똑히 보고 있는 것 같아. 지금도 내 귀에는 그 음악이 들려. 이런 음악이었지?"

그녀는 루벤 블라데스의 노래를 읊조리기 시작했다. 나는 의자에서 뒤로 물러나는 느낌을 받았다. 더 들을 수가 없었다.

"그래, 그냥 해 보고 싶은 말이었을 뿐이야. 우리 화제를 바꾸는 게 낫겠어."

그녀는 고개를 숙였다. 긴 침묵이 흘렀다.

"하지만 넌 아직 나한테 아무 말도 안 했어."

"안 했다니, 뭘? 내가 무슨 말을 해주길 바라는데?"

그녀가 바닥을 보았다.

"신문사 일은 어때? 한 번도 얘기한 적 없잖아."

나는 내심 안도의 한숨을 돌렸다.

"좋아. 적어도 재미를 느낄 수 있는 일이야. 날마다 새로운 소식이 있으니까. 세상의 모든 뉴스와 다 연결되어 있으니까. 거길 떠날 생각도 하지만 어떻게 할지 모르겠어. 아무튼 아무 때도 집을 나선 뒤에 갈 곳이 있다는 건 좋은 거잖아."

"그게 바로 어렸을 때 내가 하고 싶었던 거야. 그거 알아? 어떤 공간을 갖는다는 거. 하지만 집을 나갈 수는 없어서 나 자신의 공원에 조그만 집을 만들었어. 난 학창 시절에 이런 생각을 했지. 정원에 집을 지어야 한다고. 그곳은 내가 잠시 머물 수 있는 곳이어야 한다고. 그러다 나만의 집을 지을 계기가 생겼지, 난 날마다 엄마를 졸랐고, 결국 엄마는 날 목재소로 데려갔어. 나는 정원에다 철사로 판자들을 엮어 벽을 세우고, 조그만 집을 만들었어. 베로니카, 넌 내가 집에 돌아올 때마다 그 집에 들어갔다는 사실만큼은 몰랐을 걸. 거기엔 내 인형들이 있고, 조그만 주방이 있고, 조그만 탁자와 그릇들이 있고, 나도 있었어. 꽤나 큰 집이었거든." 그녀가 빙긋 웃었다. "난 내 덩치에도 불구하고 그 안에 들어가 지낼 수 있었어. 난 거기서 엄마가 갖다 주는 우유도 마셨어. 그건 나 혼자만의 집이자 세상에서 유일한 나만의 공간이었어. 지금도 난 맨션에 나뭇조각 몇 개를 간수하고 있어. 조금은 멍청한 짓이지."

그녀가 아래를 내려다보았다.

"하지만 날 행복하게 해줬어." 그녀가 덧붙였다.

"그 안에서 뭘 했어? 느낀 게 뭐야?"

"세상을 여행하고, 언젠가는 그곳에 초대할 친구들이 많이 생길 거라는 꿈을 꿨지. 넌 내가 친구들 이름까지 지었다는 거 알아? 에스테반, 다니엘, 페드로. 아, 그리고 세바스티안. 이름들이 참 강하지. 물론 나야 전혀 알지 못하는 사내들이지만."

"하지만 넌 내 아들 세바스티안은 알잖아. 학교에서 데려갔다며. 너한테 전화할 때 욕을 퍼부을 뻔했지 뭐야. 얘, 너 때문에 엄청나게 놀랐잖아."

"그랬구나. 미안해. 세바스티안은 대단한 아이야. 우린 아주 재밌게 지냈어. 학교에 들렀더니 그 애를 다 알더라. 다른 생각이 있었던 건 아냐."

누군가가 사무실 옆을 지나가다가 창문으로 안쪽을 들여다보았다. 잠시 말을 끊었다.

"우리 애가 그러던데, 권총을 가지고 있다며."

"아, 그거. 강도에 대비한 호신용이야."

"그랬구나."

"하지만 베로니카, 그런 아들을 둔 널 축하해."

"나랑 잘 어울려 다녀. 하지만 다 크면 어떻게 해야 할지. 그때 가면 난 필요 없겠지 뭐. 하긴 벌써 날 뛰어넘는데."

"애 아빠랑은 어때?"

"좋아, 아주 좋아."

"그러니까 네 가족은 다 좋다는 거구나."

그녀는 안쓰러운 표정으로 나를 쳐다보았다.

"그래, 너도 알다시피 난 패트릭과 문제가 있어. 지오반니와도 그렇고. 패트릭을 포기하고 지오반니와 차분하게 살고 싶어. 하지만 지오반니와 같이 살 수 있을지 장담은 못해. 요즘 깨달은 건데, 난 불확실한 상태에서 결혼한 거야. 난 그 사람이 영원히 날 버리지 않을 유일한 사람이 될 만큼 날 사랑한다고 생각했어. 웃기지도 않지. 그런데 지금은 내가 그를 버릴까 생각중이야."

"패트릭은 버릴 수 없고?"

"난 힘을 키워야 해."

"왜 못 버리지?"

"버릴 거야. 지오반니와도 헤어질 거고. 당분간은 혼자 지낼 거야."

"난 네가 그럴 수 있다고 생각 안 해."

"그렇게 생각 안 한다고? 왜?"

잠시 침묵이 흘렀다.

"넌 항상 너를 원하는 남자만이 아니라 그 이상이 필요했으니까."

사무실 가까이에서 기계 소리가 났다. 마치 무엇인가를 찧는 소리 같았다.

"그렇게 보여?"

나는 이미 떨고 있었다.

"아, 미안해. 그렇게 말해선 안 되는데. 하지만 넌 너한테 필요한 무엇인가를 알고 있어. 남자들이 널 원한다는 거. 그런 거 같지 않아?"

"아냐, 그건 사실이 아냐. 왜 그런 말을 해? 그래, 난 엉터리야. 그건 사실이니까. 하지만 나한테 필요한 유일한 남자, 내가 좋아하는 유일한 남자는 내 아들이야."

"그렇겠지. 그렇지만 말뿐이잖아."

"남자들이 나한테 접근하긴 해. 하지만 난 몰라. 딱 한 사람, 니코. 난 니코를 제외하고는 아무도 사랑한 적이 없어."

"니코하고는 무슨 일이 있었는데?"

"그 사람을 포기했어. 내가 너무 원했거든. 두려웠던 거야. 방금 말했지만 난 엉터리잖아."

전화벨이 다시 울렸다. 그녀는 받지 않았다.

"내가 남자랑 함께 있어본 적이 없다는 거 알아? 난 애인이 없었어. 아니 남자친구조차 없었지. 난 남자를 곁에 둔 적이 없어. 내 자체가 조롱거리니까. 반면에 넌 남자들한테 에워싸여 지냈어. 그렇지만 넌 남자를 원해. 만일 남자들이 네가 필요 없다고 하면, 넌 무엇을 해야 할지도 모를 걸."

"그렇지 않아." 나는 목소리를 높였다. "그건, 그래. 아,

나도 모르겠어."

"뭘?"

"뭐랄까, 난 로맨스 없이 사는 건 견딜 수가 없어. 누군가와 로맨스를 꿈꾸는 거. 그게 부질없는 환영이고 멍청한 짓이라는 것도 알아."

그녀는 창 쪽으로 고개를 돌렸다. 어디선가 기계음이 들려오고 있었다.

"그건 나도 이해해."

그녀는 다시 나를 쳐다보며 덧붙였다.

"그렇지만 그게 배신자처럼 행동하는 널 위한 변명은 될 수 없어."

그녀의 말이 귓전을 울렸다. 배신자.

그녀를 쳐다보았다. 아주 차분해 보였다.

나는 자리에서 일어났다.

"그렇게 멍청한 말이나 들으려고 여기까지 온 게 아냐."

끓어오르는 분노로 온몸이 마비되는 것 같았다.

"미안해, 베로니카. 방금 내가 무슨 생각을 했는지 모르겠어. 난 단지……."

모든 것이 허물어지는 느낌이 들었다. 속이 무너지면서 현기증이 일었다. 한 번 터지기 시작한 말이 최대 속력으로 입술에 닿았다. 나는 말의 속사포를 가동하기 시작했다. 그 애가 나에게 배신자라고 한 것은 어찌 보면 맞는 말이었다. 어쩌면 그래서 내가 그렇게까지 격분했는지도.

"네가 한 말에는 관심조차 없어." 나는 소리쳤다. "나한텐 아무것도 아니라고. 그러니 똥이나 처먹지 그래." 그리고 한숨을 쉰 다음에 덧붙였다. "이 똥만 가득 찬 뚱보야."

내가 그렇게 퍼부어대는 동안 그녀는 차분하게 나를 주시하고 있었다. 나는 몸을 돌려 사무실을 나갔다. 계단을 내려갔고, 정원을 가로질러 정문을 벗어났다. 나는 거리 한복판에 서 있었다.

나는 떨면서 손을 들었다. 차가 여러 대 지나갔다. 한참을 걸었다. 서너 블록 지나서 택시를 잡았다. 차에 들어서자 맥이 빠졌다.

의자 등받이에 머리를 기댔다. 빌어먹을. 내가 왜 그런 식으로 반응을 한 거지? 이 나이가 되도록 친구의 비난을 감수하거나 허심탄회한 대화를 나눌 만한 능력이 없단 말인가. 나는 스스로 앞뒤가 꽉 막히고, 충동적이고, 엉터리라는 것을 증명하고 말았다. 늘 그랬듯이 나는 그렇게 행동했던 것이다.

눈을 감았다. 무엇을 기억하고 말 그런 지각조차 없었다. 레베카와의 관계는 그렇게 끝난 거라고 생각했다.

신문사에 도착했다. 택시비를 지불하려고 핸드백을 열었을 때 비만 치료에 관한 책자를 보았다. 그것조차 까마득히 잊고 있었다.

밀라그로스가 안도하는 기색이 역력한 모습으로 나를 맞이했다.

"아, 제때 도착하셨군요. 이제 막 엄청난 소식들이 들어오고 있어요. 광고도 더 많이 받았고요. 우리가 이래서 다른 지면을 차지한 거예요. 체첸에 또 반란이 일어났대요. 서둘러야 해요."

17

다음 날, 나는 애써 무거운 꿈을 털어내며 일찍 일어났다. 먼저 피트니스클럽으로, 다시 집으로, 집에서 신문사로 갔다.

그날 밤 오라시오 아르만도의 책을 소개할 예정이었다.

나는 팔에 책을 끼고 사무실로 들어섰다. 종일 소개서를 작성하고, 지면을 채울 리스트를 뽑았다. 워싱턴의 시위, 중동에서 일어나는 폭력의 물결, 뉴올리언스를 강타한 태풍. 밀라그로스가 나를 도왔다. 덕분에 11시 이전에 소개서 작성을 끝냈다. 뿌듯했다.

그녀의 음성이 귓전을 맴돌았다. 너는 배신자야.

*

나는 모니터에 무엇인가를 쓰기 시작했다. 지금도 간직

하고 있다.

> 과거는 조사관이다. 그들의 매복은 정기적이고 반복적이다. 과거는 마술처럼 체현된다. 과거는 섬유질 손을 지닌 그림자다. 과거는 당파성이 없다. 나이가 없다. 종이에 하얀 여백을 가져다준다. 우리는 과거를 거부한다. 하지만 과거는 달콤하고 느릿하고 청정한 음성으로 주장한다. 돌아가라고.

*

방금 썼던 글을 파일로 보관했다.

나머지 아침 시간은 여느 날처럼 흘러갔다.

11시 회의에서 피토 카르페나가 새로운 시집이 나올 거라고 말했다. 『공기의 암초(Arrecife de Aire)』. 시 제목에 소리와 개념의 게임이 함축되어 있다고 열을 올렸다. 감이 잡혀요? 그가 큰 소리로 물었다. '공기의 암초.' a와 a가 각각의 i들과 한데 어울리고, 그것들이 조그만 모터처럼 사이에 위치한 rr을 밀어내는데, 그게 바로 음향을 내는 암초라는 겁니다. 어떻습니까?

스포츠 섹션의 아나 루이사가 축하했다.

회의는 일찍 끝났다. 다들 서둘러 자리에서 일어났다.

피토가 다가왔다.

“베로, 오늘 점심 어떻소?”

“다음에 하죠.” 나는 미소를 지었다. “오늘 밤에 책 소개를 하거든요.”

*

오후에 소개서를 검토했다. 다음 날 지면에 들어갈 뉴스도 저장했다. 지오반니에게 전화했다. 6시 30분에 옷을 갈아입고 상공회의소로 갔다.

청색 정장. 베이지색 조끼에 은목걸이를 늘어뜨렸다. 나쁘지 않아, 다 나쁜 건 아니야. 크리스티안의 팔을 잡고 들어섰던, 프로모션 축제에서 착용한 의상과 비슷했다. 그즈음에는 거의 모든 옷이 청색 계열이었다. 그 뒤에 바뀌었지만.

한참을 거울 앞에 서 있었다. 하이힐, 무릎 치마, 가운데 가르마. 학창 시절로 돌아간 기분이 들었다. 마치 세월을 뒷걸음질 쳐서 대학 입학식에 가기 위해 옷을 입는 것 같았다. 난 여기 있어. 이미 도착했거든. 난 입학생이야.

대중 앞에 나서기 전이면 항상 그렇듯 가벼운 초조감을 느꼈다.

소개문은 여섯 쪽, 12분 내지 15분 정도의 분량이었다.

초대된 사람들이 지루하게(어떤 식으로든 지루하지만) 느끼지 않을 정도였다. 주빈이 오라시오라는 사실을 생각하면서 차분해졌다. 긴장을 풀고 한번에 끝낼 수 있었다. 나에게 주어지는 상은 초청 인사 테이블에 놓여 있을 한 컵의 물이 전부였다. 물론 오라시오의 호의였다.

상공회의소에 도착했다. 강당은 텅 비어 있었다.

그들은 예약된 살롱으로 안내했다. 저자인 오라시오 외에 경제학 교수 단테 카브레라, TV방송국의 경제학자 하이메 사얀도 만났다. 두 사람 역시 나와 함께 책을 추천할 예정이었다. 상공회의소 회장 페드로 구빈스가 우리를 맞이했다. 테이블에 커피, 비스킷, 주스가 나왔다. 벽 저쪽으로 사람들이 입장하는 소리가 들려오기 시작했다.

하이메 사얀은 큰 입이 얼굴을 지배하는 동안(童顔)으로 정렬한 병사들처럼 가지런한 치열이 인상적이었다. 그는 일화도 꺼내고, 농담도 하고, 정부 관리들의 은밀한 이야기도 풀어놓아가며 대화를 이끌었다. 후보들에 대한 앙케트 결과가 나왔는데, 끝까지 한 편의 서스펜스 소설이더군요. 내가 말했다. 우연을 중요하게 평가하는 이는 아무도 없어요. 단테가 의견을 내놓았다. 후보자가 유세 중에 병에 걸리면 후보직을 사퇴할 수도 있는데, 이런 의미에서 우연은 가끔 결정적입니다. 하지만 그런 일은 결코 일어나지 않아요. 상공회의소 회장 구빈스가 말했다. 후보들은 선거가 끝날 때까지는 절대 죽지 않는 불사신이니까요.

다과는 계속되었다. 그날 좌담에서 일치한 것은 루루데스 플로레스가 대통령에 당선될 거라는 의견이었다.

정치에서 기후로 화제로 넘어갔다. 기후에 관한 각각의 의견들을 주고받고 나서 출판 기념회에 대해 이야기했다.

넥타이를 맨 앳된 청년이 다가와서 단상으로 나갈 시간이라고 통보했다. 우리는 열을 지어서 계단을 통해 단상으로 올라갔다. 단상 위에는 푸른 천이 깔린 테이블이 놓여 있고, 테이블 위에는 네 개의 마이크와 물이 준비되어 있었다.

나는 자리에 앉은 뒤에 청중을 둘러보았다. 가득 열을 이루고 있는 그들의 머리가 검은 구름 같았다. 어떤 이들은 다소곳하거나 미소를 띠고, 어떤 이들은 저자나 저자의 친지들처럼 들뜬 모습이었다.

나는 흠칫 놀랐다.

레베카. 그녀가 마지막 줄에 앉아 있었다. 바로 옆에는 체구가 작은 남자가 보였다.

어색하지는 않았다. 사실 그녀를 보면 반가울 거라고 생각하던 참이었다.

나는 행사가 끝난 뒤에 이야기할 수 있을 거라고 생각했다. 할 말이 있었다. 어제 일로 마음이 상하지 않았으면 했다. 만나서 이야기를 해야 했다. 칵테일 시간에 술도 한 잔

마실 수 있었다.

겉모습이 좋아 보였다. 긴 머리, 붉은 정장, 은목걸이 차림에 하얀 신발을 신었는데, 차분한 분위기를 풍겼다. 아름답다는 느낌이 들 정도였다. 단상 아래로 내려가 인사를 나눌까 하는 생각이 들기도 했다.

그녀가 나를 보았다. 좌중을 눈으로 휘익 둘러보고 나서 다시 나를 바라다보았다. 붉은 의상이 빛났다.

무엇보다 풍성한 머리칼이 눈길을 끌었다. 그녀의 어깨 위를 쓸어내리는 머리가 술이 풍성한 커튼 같았다.

페드로 구빈스가 연단으로 올라갔다. 그는 오늘 우리와 함께해준 신사숙녀 여러분과 특별한 친구들에게 인사했다. 이 자리가 무엇보다 정부의 정책 결정과 시장의 성과, 다시 말해 정치와 경제 관계에 대한 전반적인 검토의 장이 되었으면 한다고 말했다.

청중의 이목이 상공회의소 회장에게 집중된 것과는 달리 레베카의 시선은 나를 향하고 있었다.

나는 준비한 연설문을 다시 읽으면서 물로 목을 축이다가 간간히 그녀를 살폈다. 그녀가 고개를 숙였다. 거리가 떨어져 있어서 정확한 것은 아니지만, 웃고 있는 것처럼 보였다.

나는 컵에 담긴 물을 다 마신 뒤에 테이블보를 적신 물 자국을 응시했다. 통로 사이로 그녀의 하얀 신발이 보였다.

구빈스는 말하는 도중에 오케스트라 지휘자처럼 한쪽 손을 들어 올렸다. 자, 그러면 지금부터 초청 인사들을 소개하겠습니다. 먼저 국제 정세와 무역 분야의 위대한 석학, 오라시오 아르만도 박사님을 모시게 되어 영광으로 생각합니다. 또한 이 자리에는 하이메 사얀 박사님, 단테 카브레라 교수님, 일간지 〈엘 우니베르살〉의 기자 베로니카로스 님이 함께했습니다. 이 자리를 빛내 주신 여러분께 감사드립니다.

하이메 사얀의 차례였다. 모든 나라의 미래는 그들의 수출에 달려 있습니다. 그가 말을 시작했다. 불확실성의 세계에서 수출은 우리에게 얼마 남지 않은 확실한 것 가운데 하나입니다.

갑자기 이상한 빛이 레베카의 눈 위로 떨어지는 것 같았다. 그녀는 양손을 무릎 위에 올린 채 가만히 앉아 있었다.

나는 핸드백으로 눈길을 가져갔다. 비행기에서 처음 만난 날, 손으로 이 잡듯 안을 뒤지던 핸드백과 똑같은 것일까?

나는 레베카가 핸드백에 권총을 넣어두었다고 생각했다. 어쩌면 내가 마이크에 다가가는 순간, 그녀는 총을 든 손을 뻗어 나를 향해 방아쇠를 당길지도 모른다. 논리적으로는 충분히 가능한 일이고, 어쩌면 그것이 우리 이야기에 어울리는 마지막 장면일지도 몰랐다.

나의 의심은 그녀가 핸드백을 열고 무엇인가를 빼내는

순간 확실해지는 것 같았다.

그러나 권총이 아니었다. 그녀가 꺼낸 것은 조그만 케이스였다. 콤팩트였다. 그녀는 얼굴에 콤팩트를 톡톡 찍어 바르기 시작했다.

하이메 사얀이 말을 끝냈다. 극히 짧은 추천사였다. 감사합니다, 오라시오 박사님. 이 책은 무척이나 중요하고 무척이나 유용한 저서입니다. 우리 페루 역시 감사를 드릴 것입니다.

청중이 차분하고 의례적인 박수("넥타이를 맨 남자들은 절대 박수를 많이 치거나 세게 치지 않아." 언젠가 세바스티안이 한 말이었다)를 보냈다. 단테 카브레라가 마이크 쪽으로 바짝 다가갔다. 그는 발음을 질질 끌었다. 그의 입에서 열정적인 목소리가 돋보이는 대중연설이 거침없이 흘러나왔다. 이 책은 우리에게 미래를 위한 필수불가결한 참고서로 사용될 것입니다. 이 책은 엄청나게 유용한 도구로써, 오늘의 세계는 정치와 경제가 뗄 수 없는 통합 상태에 놓여 있다는 사실을 우리에게 가르쳐주고 있습니다. 그 부분에서 카브레라는 손가락을 마주 낀 양손을 강당의 천장을 향해 들어올렸다.

레베카가 그를 바라보고 있었다. 체구가 작은 사내가 몸을 일으키더니 자리를 벗어났다. 아마도 그는 이미 무엇인가를 예감했는지도 몰랐다.

나는 눈을 내리깔고 샤프연필을 꼭 쥐었다. 연필로 원을 계속해서 그렸다. 파도 모양이었다. 그것은 그녀를 보지 않기 위한 고전적인 핑계거리였다. 티나 선생님 수업시간에 노트 정리를 하며 딴전을 피웠던 것처럼.

단테 카브레라의 연설이 5, 6분 정도 진행되고 있었다. 나는 그의 말(저자 오라시오 아르만도 박사가 단지 정부와 시장 간의 좋은 관계만이 아닌, 보다 깊은 관계를 어떻게 연구했는지, 그것을 인용하는 것도 흥미로운 일일 것입니다)을 하나도 놓치지 않고 다 붙잡았다. 그는 그 부분에서 한쪽 손을 들고 호흡을 정지했다. 잠시 뜸을 들이더니 빠른 속도로 말을 쏟아냈다. "정부와 시장의 관계는 다시 말해서 현대사회의 뇌와 심장의 관계입니다." 그의 말이 계속되었다. 여러 번 끝날 것 같은 이야기는 극적인 톤으로 새로운 말을 토해내면서 다시 이어졌고, 그때마다 각각의 단어가 허공에서 돌게끔 지탱해주기라도 하듯 손가락을 허공에 대고 돌렸다.

학창 시절의 급우 앞에서 연단에 나설 시간이 차츰 가까워지고 있었다.

단테 카브레라의 마지막 말을 내뱉었다. "그간 가장 등한시된 페루인들이 이 책의 주요 수혜자가 될 것임을 믿어 마지 않습니다." 그리고 박수를 받았다.

페드로 구빈스가 나를 호명했다.

나는 자리에서 일어나 연단으로 다가간 다음, 청중을 똑똑히 바라보았다.

순간이나마 레베카를 주시했다. 미동이 없었다. 나는 시선을 옮겼다.

상투적인 인사말로 시작했다. 이런 자리는 영광이며, 친구인 오라시오 아르만도의 책을 소개하는 것은 기쁨이라고 말했다.

준비한 원고 첫 장을 읽었다. 행복하게도 나의 목소리는 마치 입에 착착 달라붙은 듯이, 나를 격려하듯이 흔들리지 않고 술술 흘러나왔다.

나는 원고에 집중했다. 눈을 들어 레베카를 보았다. 그녀는 여전히 미동이 없었다.

일순 나는 그녀의 시선이 내가 아닌 막연한 곳을 향하고 있었다는 사실을 깨달았다. 잃어버린 시선. 그 모습이 교정에 앉아 벽을 바라보고 있던 학창 시절의 모습과 똑같았다. 막연한 곳에 고정된 눈길, 한쪽으로 처진 고개, 쭉 늘어뜨린 다리까지…….

나는 원고를 읽어나갔다.

첫 단락을 읽을 때 레베카가 자리에서 일어났다. 그녀는 자리를 벗어나고 있었다. 연단 쪽으로 다가오고 있었다.

손에 핸드백을 든 채 강당 한복판 통로를 걸어왔다. 하얀 구두가 긴 보폭과 확고한 걸음걸이로 다가오고 있었다.

나는 온몸이 텅 비어버린 듯한 느낌을 받았다.

얼른 원고로 피신했다. 나는 원고에 머리를 처박고서 곁눈질로 강당을 훔쳐보았다. 거구의 옆모습이, 거구에 매달린 팔이, 거구의 발을 지탱하는 하얀 구두가 계단을 밟고 올라오고 있었다.

*

그 순간, 강당에 침묵이 흘렀다. 모든 참석자들의 눈길이 그녀의 모습을 좇고 있었다. 레베카는 연단 옆에서 걸음을 멈추었다. 경비원이 다가갔다. "부인, 자리에 앉아주십시오. 이러시면 안 됩니다." 그러나 그녀는 그를 한쪽으로 밀쳐버리고, 불과 몇 센티미터를 사이에 두고 내 앞까지 다가왔다.

나는 고개를 들었다.

바로 옆에 땀으로 범벅이 된 그녀의 눈이 보였다. 그녀의 얼굴에서 발산되는 미미한 온기가 느껴졌다.

갑자기 그녀가 나의 한쪽 어깨를 잡았다.

나는 그녀의 손아귀에서 빠져나오려고 했다. 그러나 동작이 너무 늦었다.

나는 그녀의 입술을, 내 입에 닿은 그녀의 입술을, 나를 감싸 안고 있는 그녀의 양팔을 감지했다. 그녀는 나에게 입을 맞추었다. 길고 촉촉한 입맞춤이었다. 그녀의 피부가 내 몸속으로 들어오면서 숨을 쉴 수가 없었다. 그녀의 양팔 안에 사로잡힌 내 몸이 간지럼을 느끼면서 그녀 쪽으로 꺾였다. 순간 나 자신이 온통 무너져 내리는 느낌이 들었다.

나는 그녀의 입술을 피해 뒤쪽으로 몸을 뺐다. 목을 길게 내뺐다. 그녀의 입술이 떨어졌다. 우리를 바라보고 있는 무수한 얼굴들로부터 버림받았다는 느낌이 들었다. 눈앞에 보이는 천장이 무시무시한 지옥 같았다. 으스스 한기가 밀려들었다.

그녀는 거칠게 손을 뿌리치며 경비원을 떼어냈다. 짧은 순간이지만 그녀의 향수와 소금기에 숨이 막혔다.

그녀는 양손으로 나의 목을 움켜쥐고 머리를 갖다 댔다. 내 목에 이가 박히는 자극이 느껴졌다. 성대 돌출부에서 좌우 쪽이었다. 그 부위에서 발산되는 고통이 나에게 비명을 내지르게 했다. 동시에 나는 그녀의 머리칼에 질식되고 있었다. 순간 육신이 떨어져나가는 느낌을 받았다.

나는 다리가 꺾인 상태에서 바닥으로 떨어졌다. 바닥에 추락할 때까지 걸린 시간은 많아야 2초 내지 3초 정도였을 것이다. 나는 숨을 토해냈다.

거친 양탄자가 내 얼굴을 때렸다. 내 눈은 열려 있었다. 나는 허공으로 뿜어 나오는 피를 보았다. 붉고 끈적끈적한 액체가 바닥에 조그만 웅덩이를 만들었다. 내 귀에 누군가가 다급하게 외치는 소리가 들렸다. 앰뷸런스와 의사를 부르는 소리. 그사이 통통한 발은 내 시야에서 사라지고 있었다.

18

상공회의소에서 들것에 실려 구급차로 옮겨졌을 때 우리의 추억이, 우리 두 사람의 만남에서 미루어졌던 이야기가 되살아났다. 사이렌과 도로에 파인 구덩이가 나의 골수를 때리는 동안 그 이야기의 에피소드들이 꼬리를 물고 이어졌다. 레베카와 나, 우리 사이의 일이 선명하게 재생되고 있었다. 엄격한 감독이 시간을 지체해서라도 필요한 장면을 세세한 부분까지 되살려낸 것처럼. 무려 25년 동안 거의 잊고 지낸 일이었지만, 혈관 속에 잠들어 있던 당시의 소리와 장면들이 구급차의 사이렌이 들리고 응급처치가 부산하게 이루어지는 와중에 새록새록 되살아났다.

*

교실에서 크리스티안을 보았던 날 아침, 내 친구들의 삶과 나의 삶은 그 자리에서 결말이 났다.

크리스티안은 전학 온 아이였다. 그는 고등학교 마지막 학년을 우리와 함께 보낼 예정이었다. 티타와 도리스 그리고 나, 우리는 맨 처음 크리스티안을 보았을 때부터 그에게 가까이 다가갈 수 있는 방법을 머릿속으로 궁리했다. 훤칠한 키, 검은 머리, 에메랄드 같은 푸른 눈. 그는 정원에서, 하교 길에서, 밤에 벌어진 마라톤 같은 전화에서 우리 대화의 유일한 화두로 변했다. 얼마나 멋지고 잘생겼는지, 우리는 날마다 그 아이를 볼 수 있는 것을 행운으로 여겼다.

크리스티안은 티타 앞에 앉았다. 티타는 간간이 얼굴을 손으로 감싸며 낮은 소리로 외쳤다. 아, 내가 왜 이러지? 그 아이의 마음을 사로잡고 싶어. 티타만 그런 것이 아니었다. 그 남학생 뒤쪽에 앉은 나 역시 눈길이 떨어지지 않았다. 교정에서 우연히 가까이 다가오면 몸 둘 바를 몰랐다. 사실 외모 외에 특별한 것은 없었다. 그와의 대화는 우스꽝스럽기 짝이 없었지만(나는 분명히 기억하고 있다), 염두에 둘 만한 것이 아니었다. 그는 체육에 두각을 나타냈고, 학교 축구대표 공격수로 활약했다.

그해에 우리는 축구 경기를 보러 갔다. 축구에 문외한인 내 눈에도 탄탄한 체격과 강력한 다리는 어떤 축구 경기에서든 90분을 견딜 수 있을 것처럼 보였다. 한번은 그가 골을 넣었다. 크리스티안이 헤딩한 공이 골네트를 가르면서 상대편 골키퍼가 바닥으로 쓰러졌다. 순간 우리는 환호성을 질렀고, 어떤 여학생들(티타와 도리스)은 경기장 안으로 뛰어 들어갔다. 물론 나는 아니었다.

아, 크리스티안. 얼마나 잘생기고 얼마나 민첩했던가. 얼마나 멋졌던가. 승리자이자 악당이었다. 왜 내가 사랑했던, 혹은 사랑했다고 생각한 첫 번째 남학생이 크리스티안이었을까. 크리스티안이 자신의 삶에서 배운 교훈은 딱 하나였다. 가장 잘생긴 사내는 여자들에 관한 모든 권리를 갖는다. 그는 픽션에 등장하는 주인공이었다. 말하는 것도, 걷는 것도, 웃는 것도 멋지고 확신에 차 있었다. 그런 행동이 아들의 귀에 대고 똑같은 말을 반복하는 모친의 사악과 요사함 탓이라고 말하는 사람도 있었다. 그렇게 말한 여자는 그의 발치에 무릎을 꿇은 첫 번째 여자였다.

크리스티안은 인디애나폴리스의 어느 무덤에 누워 있다. 그곳에서 그는 새 자동차를 좋아하는 어떤 여자애와 결혼했다. 스물다섯 살의 나이에 갓 구입한 6만 달러짜리 자동차와 함께 저세상으로 갔다. 우리는 나중에 그 소식을 들었다.

25년 전인 1980년만 해도 크리스티안은 죽음과는 거리가 멀었다. 결코 죽지 않을 불사조 같았다. 잘생긴 얼굴, 훤칠한 키, 살인적인 미소는 영원히 보존해야 할 전형적인 인간의 모습 같았다.

우리는 때때로 교정 계단에 앉아서 점심을 먹었다. 나는 환희와 두려움에 젖은 채 그를 좋아하고 있다는 사실을 깨달았다. 1학기 방학이 끝나고 대학 입시를 준비하는 동안 그는 종종 우리 집에 나타났다. 엄마와 아빠는 달갑지 않는 눈치였지만 내 마음은 자연스럽게 그에게 기울어졌다.

하루는 그와 입을 맞추었다. 첫 키스였다. 11월의 첫날인 '모든 성자들의 날'이었다. 우리는 미라플로레스 방파제를 향해 걷다가 살라사르 공원에 자리를 잡고 앉았다. 온몸에 소름이 돋아나는 입맞춤이었다.

"오늘 일은 비밀로 해줘." 내가 말했다.

나는 그 비밀이 오래 가지 않을 것이란 사실을 알고 있었다. 졸업 축제가 다가오고 있었다. 크리스티안과 내가 파트너가 되는 것은 당연한 일이었다. 우리의 관계는 축제에서 우리가 껴안은 모습을 통해 알려질 터였다. 그때까지는 부모님과 마리아 에우헤니아만 아는 사실이었다.

레베카 역시 우리 모두처럼 크리스티안을 흠모하고 있었다. 나는 레베카 같은 여자애도 남자에게 현혹될 수 있다는 사실에 의아했다. 크리스티안이 주말에 우리 집을 찾아올 때부터 나는 레베카를 거의 만나지 않았고, 레베카에게 그 이유도 말하지 않았다. 레베카가 나에게 전화를 했지만, 나는 그때마다 이런저런 핑계를 대며 거절했다.

졸업 축제를 일주일 앞둔 날, 교정에서 레베카가 다가왔다. 굉장히 흥분해 있었다. 머리카락이 뺨을 가리고 있었다.

"비밀 이야기 하나 해도 돼?"

"그럼. 무슨 일인데?"

그 애는 양옆을 살펴보고 입을 열었다.

"축제 때 누가 날 초대한 줄 알아?"

"누군데?"

"크리스티안."

"크리스티안?"

"아, 난 감동 먹었어."

할 말이 없었다. 기가 막혔다.

"크리스티안이 널 초대했다고?"

"믿기지 않지?" 그 애가 미소를 지으며 말했다. "아니 믿을 수 없는 것까진 아니겠지?"

"언제 초대했는데?"

"오늘 아침, 1교시가 시작되기 전에." 그 애가 목소리를 낮추며 소리쳤다. "내 말이 믿겨져?"

"아니." 나는 단호하게 대답하고 나서 이렇게 덧붙였다. "하지만 잘됐구나."

그녀는 다시 미소를 보내며 재빨리 뛰어갔다.

나는 어안이 벙벙했다. 그러나 금방 농담이란 것을 이해했다. 크리스티안은 레베카를 초대하는 것이 재미있는 일이라고 생각했다. 바보 같은 급우를 골려줄 심산이었다.

그날 밤 나는 나를 만나러 온 크리스티안을 비난했다.

"하지만 도망친 걸 어떡해." 그가 말했다. "나한테 달라붙는 모습이 참 멍청하게 보이더라구. 그래서 골려줄려고 초대했는데, 뚱보가 덥석 믿어버린 거야. 그래봤자 자기만 손해지 뭐."

"그 애한테 사실이 아니라고 말해. 나랑 함께 가자, 응? 사실대로 얘기해줘."

"알았어. 두고 보지 뭐. 별로 중요하게 생각하지는 않았을 걸."

별로 중요하게 생각하지 않는다고? 천만에.

사흘 후, 교정에서 레베카가 축제 때 입을 옷을 주문했다고 말했다. 나는 모른 척하며 축하해주었다.

"잘됐다, 얘." 나는 거듭 축하했다.

"엄마가 귀고리하고 목걸이도 주셨어. 나한테 너무 잘 어울려. 우리 할머니 거였대."

"좋겠다."

"이번 주 토요일에 우리 집 올래?"

"아니, 이번 주는 안 돼. 다음 주에 갈게."

교정에서의 만남을 떠올리는 지금, 나는 내가 그녀의 기쁨을 증오하기 시작했다는 것을 알고 있다. 나는 그녀의 괴팍한 성격에 화가 치밀었다. 뚱보야, 넌 크리스티안이 너 같은 애한테 눈길을 줄 거라고 생각하니? 레베카, 그

얘는 지금 나랑 같이 있어. 이제 너도 곧 알게 될 걸. 하지만 그 애들이 널 갖고 장난을 치다니. 분명해. 장난을 친 거야. 못된 녀석들. 이건 말도 안 돼. 이건 불행한 일이야. 크리스티안한테 가서 따질 거야. 그리고 너한테 사실대로 털어놓으라고 얘기할 거야.

우리 모두는 축제에서 각각의 파트너들을 알고 있었다. 레베카만 몰랐다. 그녀는 그 일에 대해서도 모르고 있었다. 그녀는 레크리에이션 시간에 관람석 계단에 앉아 있었고, 가비와 나와도 거의 대화를 나누지 않았다. 우리는 파트너 명단을 만들었지만 그녀는 모르고 있었다. 나는 그녀가 단테 카브레라나 다른 남학생들과 갈 것이라 생각하고 말았다.

축제 전의 뜨거운 열기 속에서 마지막 학창 시절은 끝날 것 같지 않았고, 레베카는 축제에서 크리스티안의 파트너가 될 거라는 착각에 사로잡혀 있었다. 그녀는 교정에서 친구들에게 에워싸여 있는 크리스티안에게 환한 미소를 지으며 다가가 "파티복을 준비했어" 혹은 "목걸이도 할 거야"라고 말했다. 크리스티안 역시 미소를 지으며 "응, 그래"라고 대답하고는 남학생들에게 돌아가서 낄낄거리며 웃었다.

졸업 축제는 라 몰리나에 있는 티나의 집에서 열릴 예정이었다. 둘레만 1킬로미터에 달하는 집이었다. 그 안에 테라스가 딸린 저택과 거대한 살롱과 울창한 정원이 있었다.

축제일이 다가오고 있었다. 토요일이었는데, 나는 지난 월요일부터 레베카가 미리 그 사실을 알도록 해야 했다. 그건 너하고 남학생들이 저지르는 무자비한 횡포야. 나는 내 남자친구인 크리스티안에게 말했다. 적어도 목요일까지는 그 사실을 통보해야 한다고 생각했다. 그러나 목요일이 지나가고, 졸업일인 금요일도 지났다. 크리스티안은 레베카에게 이야기했다고 말했다. 함께 안 간다고 했더니 뭐래? 내가 물었다. 크리스티안은 그녀가 알았다고 대답했다면서 딴 데를 바라보았다.

나는 레베카가 납득하지 못할 거라고 생각했다. 하지만 그게 사실이냐고, 그렇게 대답했느냐고 확인하지는 않았다. 그럴 엄두가 나지 않았다.

그 와중에 축제일에 눈을 뜬 레베카는 크리스티안의 손을 잡고 파티에 갈 거라고 생각했다. 더욱이 하루 전날, 그녀는 크리스티안에게 다가가 "내일 오후 9시야?"라고 물었고, 그는 9시라고 분명히 대답했다.

나는 티타와 크리스티안 덕분에 자초지종을 알았다.

티타가 결국은 레베카에게 전화했다.

"애, 레베카. 너 대체 왜 그러니? 네가 바보 아니고서야 어떻게……?"

"내가 왜?"

"크리스티안은 베로하고 같이 축제에 갈 거야. 걔들은 서로 좋아하고 있거든. 그것도 몰랐어?"

"그건 사실이 아냐, 티타. 아니라고."

"사실이라니까."

"아냐. 베로는 나한테 그런 말 한 적이 없어."

레베카가 수화기를 내려놓았다. 나는 그들의 통화 내용을 이틀 뒤에 들었다.

*

축제일 밤, 크리스티안은 10시에 나를 데리러 왔다. 먼저 그는 9시에 레베카의 집에 들렀다. 그는 멋진 용모에 조끼를 매치한 정장 차림으로 나타나 혼을 빼놓는 미소를 지으며 자동차(그의 아버지가 그날 밤을 위해 특별히 내준 자동차였다. 그는 그때까지 우리 반에서 운전을 할 줄 아는 유일한 학생으로, 그것 역시 그의 전설의 일부였다) 문을 열고 기다렸다. 레베카는 캐러멜 색의 옷차림에 할머니가 남긴 귀고리와 진주 목걸이로 장식하고 향수까지 뿌렸다. 목적지까지 10분 내지 15분 정도 걸리는 드라이브 시간에 그녀는 대학에서 경영학을 전공할 거라고 이야기했다. 크리스티안은 그저 웃기만 했다. 그런데 차가 미라플로레스의 방파제 근처에 이르자 그녀는 왜 라 몰리나 쪽으로 가지 않느냐고 물었다. 크리스티안이 처음으로 그녀를 향해 고개를 돌렸다.

"레베, 이런 바보 같으니. 넌 진짜 꼴통이구나."

그녀는 그를 쳐다보았고, 미소를 지었고, 다시 그를 쳐다보았다.

"크리스티안, 그게 무슨 말이야?"

크리스티안이 가속페달을 힘껏 밟으며 바하다 데 아르멘다리스 쪽으로 차를 몰았다. 어쩌면 그 순간에 레베카는 크리스티안이 해변에 차를 세우고 키스를 할 거라고 생각했는지도 모른다. 하지만 아니었다. 그럴 상황이 아니었다.

자동차는 바하다 끝까지 달렸다. 크리스티안은 즉석 음식을 파는, 오래된 가게가 있는 바닷가에 차를 세웠다.

"저길 봐. 햄버거 가게 보이지." 그가 말했다. "아무래도 너처럼 뚱뚱한 애는 이곳에 내려주는 게 나을 거야. 너 같은 뚱보가 원하는 건 먹는 거지 힘들게 춤추는 게 아니잖아. 자, 어서 내려."

그 계획은 오스왈도의 머리에서 나온 것이었다. 일단 바닷가로 데려가. 그리고 음식이나 실컷 먹도록 햄버거 가게가 있는 곳에 내려줘. 걔가 원하는 건 춤이 아니라 먹는 거라고. 아, 쌍. 되게 재밌겠는 걸.

역시 골이 텅 빈 크리스티안은 오스왈도의 지시를 따랐

다. 자신을 위해, 아니 친구들이 계획한 장난질을 자축할 기회를 성취했던 것이다.

"왜? 왜 그런 말을 하는 거야?"

"어서 내려. 야, 뚱보. 어서 내려. 어서 내리라니까."

그는 자동차 문을 열어주었다. 레베카는 햄버거 가게 앞에서 내렸다. 소금기를 머금은 바닷바람이 확 안겨들었다. 그녀는 거기 서서 어둠속으로 사라지는 자동차를 바라다보고 있었다.

*

그 일이 있고난 지 30분 후에 크리스티안은 나를 데리러 왔다. 역시 멋졌다. 딱 어울리는 정장, 푸른 눈, 감미로운 목소리까지 졸업 파티의 이상적인 파트너였다. 나는 다시 그 사실을 레베카에게 밝혔느냐고 물었고, 그는 그렇게 했다며 나를 속였다. 그는 천연덕스럽게 그렇게 말하고는 재빨리 화제를 돌렸다.

우리가 축제에 도착했을 때 파티가 시작되었다. 레베카에 대한 문제를 따지고 말고 할 겨를이 없었다. 거대한 저택이었다. 큰 그림들이 걸린 높은 벽과 꽃으로 장식한 크리스털 테이블을 갖춘 살롱에다 정원에는 천막과 풀장을 갖추고 있었다. '페드로 나바하' 음악이 흘러나오고 있었다.

루벤 블라데스의 목소리가 우리를 맞이했다. 티타, 도리스, 우고, 오스왈도 역시 각각의 파트너와 함께 와 있었다. 그곳에는 어른들(대저택 주인으로 보이는 배가 불뚝 나온 데다 머리가 벗겨진 어른은 살롱의 소파에 앉아 있었다)과 티나 선생님도 참석했다. 어른들은 위스키 잔을 들고서 관대한 미소를 지었지만, 우리는 어른들을 의식하지 않은 채 이야기꽃을 피우고 춤을 추었다. 어떤 아이들은(나는 감히 그렇지 못했다) 가까운 나무 뒤에서 마리화나를 피우기도 했다.

나는 크리스티안과 내가 축제 파트너 이상의 파트너란 것을 모두가 알 수 있게 만들기로 작정했다. 나는 첫 곡부터 양팔을 그의 목덜미에 걸치고 음악이 끝날 때까지 그의 가슴에 밀착했다. 다들 우리를 바라보고 있는 것 같았다. 동시에 모든 여학생들은 크리스티안이 나의 남자임을 확인했다.

잠시 후, 크리스틴은 나를 정원으로 데려가 어설픈 고백("난 너를 너무 생각하고 있어.", "넌 정말 예뻐.", "난 우리가 영원히 함께 있으면 좋겠어.")을 풀어놓기 시작했다. 순간 나의 마음이 부풀어 올랐다. 그의 고백에 상응하는 최고의 답례를 허용할 참이었다. 그사이에 다시 「페드로 나바하」가 연주되고 있었다.

그때 이상한 일이 일어났다. 그가 나에게 입을 맞추려는

데 누군가가 들어오고 있었다.

레베카였다. 풀어헤친 머리에 캐러멜 색 옷은 잔뜩 더럽혀져 있었다. 그녀는 가짜 파트너에게 버림을 받은 뒤에 대담해졌고, 그 이유를 알기 위해 택시를 타고 나타났던 것이다.

레베카는 휘둥그레진 눈으로 크리스티안과 나를 쳐다보았다. 마치 유령을 보고 깜짝 놀란 사람 같았다. 그녀의 눈에 공포의 빛이 흐르고 있었다.

나는 목이 부르르 떨리는 느낌에 사로잡혔다. 크리스티안에게서 떨어지려는 순간, 그는 나를 껴안더니 입술을 들이댔다. 제지할 수 없었다. 눈을 감았다. 그의 입술을 느꼈다.

천막 쪽에서 웅성거리는 소리가 들렸다.

"저길 봐." 도리스가 말했다. "레베카잖아. 레베카, 레베카, 암소처럼 거대하고 뚱뚱한 레베카."

나는 정원에서 레베카에게 몰려가는 아이들을 보았다. 급우들 열댓 명이 즉흥적인 충동으로 움직이고 있었다. 대부분이 자기 주량을 초과한 상태였다. 레베카는 재수가 없었다. 그녀를 보호해줄 가비는 파티에 참석하지 않았다. 나는 티타가 레베카의 손을 잡고 무도장으로 끌어당기던 장면을 생생히 기억하고 있다. 아이들이 몰려들었다. 나는 정원에서 그 광경을 지켜보고 있었다.

"재밌겠는 걸." 크리스티안이 말했다.

우리 모두는 레베카를 에워싼 채 원을 그렸다. 다들 박수를 치고 여학생들이 후렴구를 반복해서 선창하기 시작했다. "춤을 춰. 뚱보야. 춤을 춰……."

레베카는 거의 움직이지 않았다. 형언할 수 없는 비참함과 두려움에 사로잡힌 채 어쩔 줄 모르고 좌우를 살폈다. 치마 섶에 검은 얼룩이 묻은 것으로 봐서 먼 길을 걸어오다가 더럽혀졌거나 택시 바퀴에 짓눌린 자국 같았다. 나 역시 그들 틈에 끼어들었지만 박수를 치거나 노래를 부르지는 않았다.

돌연 한복판에 서 있던 레베카가 움직였다. 그 애는 양팔을 앞으로 내밀며 길을 터달라고 티타에게 다가갔다. 그러나 티타는 그 애를 한복판으로 밀어 넣었다. 레베카가 오스왈도에게 다가갔으나, 오스왈도 역시 밀어 넣었다. 레베카가 나를 바라보았다. 엄청 크고 빛나는 눈이 나를 향하고 있었다. 나는 원을 그리고 있는 아이들을 쳐다본 다음 그 애를 한복판으로 밀어 넣었다. 나는 나를 뚫어지게 쳐다보며 뒤로 물러서던 레베카의 모습을 기억하고 있다.

우리 모두가 일시에 움직임을 멈추었다. 티나 선생님이 부모님들과 살롱에 있다가 우리가 떠드는 소리를 듣고 밖으로 나왔고, 우리 사이에 끼어들면서 소리를 질렀던 것이다.

"그만 해! 이게 무슨 짓들이야?"

우리는 노래와 박수를 멈추고 본래대로 되돌아갔다.

내가 다시 레베카가 있던 곳을 향해 고개를 돌렸을 때 그 애의 모습은 보이지 않았다.

실제로 그날 밤에 파티에 있었던 우리 중에서 그 애가 나가는 모습을 본 사람은 아무도 없었다. 마치 세상이 누군가를 삼켜버렸으면 하는 바람이 처음이자 마지막으로 우리의 눈앞에서 일어난 것처럼 감쪽같이 사라진 것이었다.

그 일이 있고난 후 긴 정적이 감돌았다. 나머지 축제 시간이 그렇게 흘러갔다. 음악은 여전히 계속되었지만 삼삼오오로 모여 시간을 보냈다. 자정이 지나자 커플들이 플로어로 나가 춤을 추면서 분위기가 되살아났다. 나는 더 이상 크리스티안과 춤을 추지 않았다. 그때부터 네 시간 정도 거의 말없이 함께 시간만 흘려보냈다. 크리스티안과 나의 만남은 그 해 여름의 마지막 무렵에 끝났다. 이듬해에 나는 대학에 들어갔다.

그날 밤 나는 누군가가 이렇게 말하는 소리를 들었다. "뚱보가 들어와서 모든 걸 망쳐놓기 전까지만 해도 끝내주는 분위기였잖아."

*

다음 날, 오후 2시에 잠에서 깨어났다. 크리스티안, 티타, 오스왈도와 함께 루린에 있는 치차론(돼지 껍데기 요리—옮긴이) 전문 레스토랑으로 갔다. 나는 간밤의 일이 너무 끔찍한 게 아니냐고 물었다.

"그렇긴 해도, 아주 심한 편은 아니었어." 티타가 말했다. "누가 걔더러 그렇게 멍청하라고 했니?"

그날 저녁에는 티타에게서 전화가 왔다.

"레베카가 지금까지 집에 돌아오지 않았대. 걔네 엄마가 걱정된다며 우리 집에 전화했어."

밤에 티타가 다시 전화했다.

"찾았어. 바닷가에서 발견했대."

"뭐라고?"

"세상에, 우리 집에서 바닷가까지 어떻게 갔을까? 그 거리가 얼만데?"

"모르지, 난 애들이 그러고 난 뒤에 한참을 찾아다녔어."

"애들이라니, 넌 어떻게 그렇게 말할 수 있니?" 티타가 따졌다. "그러는 게 아냐. 얘, 너도 같이 있었잖아. 너도 우리하고 같이 박수치는 거, 난 다 봤거든."

나는 수화기를 내려놓았다.

얼마 후에 사람들은 해양경비대가 레베카를 발견했다고 말했다. 그 애가 바닷물로 뛰어들었는데, 한 해양경비원이 구출했다는 것이다. 월요일에 그 애의 엄마가 그 일을 따지러 학교로 갔다. 여교장은 무척 유감스런 일이지만 학생들을 처벌할 수 없다고 말했다. 엄밀하게 따지자면 학생들은 이미 졸업을 한 뒤였다. 그 애의 엄마는 문을 박차고 나갔다. 그게 내가 들은 이야기였다. 그 이야기는 거의 25년 동안, 그러니까 콜롬비아에서 리마로 돌아오는 비행기에서 그 애를 만날 때까지, 그 애에 대해 내가 알고 있던 유일한 이야기이자 마지막 이야기였다.

*

우리는 왜 한 번도 그날에 대해 이야기를 꺼내지 않았을까. 왜 그런 언급이나 암시조차 던지지 않았을까. 그날의 일을 꺼내려고 할 때마다 두려움이 나를 마비시켰지만, 나는 그녀 역시 그날의 일을 피하거나 저절로 비껴 나가는지는 이해할 수가 없었다.

그날 밤에 얼굴을 마주 보았을 때 나는 그 애가 걸어 다녔던 길을 생각했다. 아무도 그녀의 자리를 대신할 수 없었다. 그녀와 고통을 함께 나누는 것은 불가능했다. 우리 모두는 기억의 이편에 살고 있었다. 그녀가 차지할 수 있는 것은 저편의 공간이었다. 집을 나가는 것, 여행을 떠나는 것, 정원을 찾는 것, 거리로 들어가고 방으로 들어가는 것, 마이애미 해변으로 가는 것, 자신의 회사를 경영하는 것, 이 나라에서 저 나라로 옮기는 것, 자신의 삶과 다름없는 타인의 삶에 대해 터무니없는 관심을 기울이는 것. 그녀는 맹목적으로 움직였다. 시간의 흐름은 그녀의 편이었다. 그녀는 학교로부터 피신하는 데 성공했고, 급우들의 손아귀에서 영원히 벗어났다.

멀리서 과거의 소식들이 도착하고 있었다. 세월 역시 자신을 순환시키면서 희생자들을 조롱하고 있었다. 뭐랄까. 과거란 느긋한 시간의 흐름이랄까. 단조로운 일상의 음악이랄까. 오스왈도는 아침부터 위스키로 온몸을 흠뻑 적시고, 티타는 고독의 주름살이 빛나는 이마를 드러낸 채 영화관을 찾아다녔다. 크리스티안은 새로 구입한 자동차와 함께 산산조각 난 몸으로 세상을 떠났다. 반면 레베카는 끈질기게 견뎌냈다. 살아 있었다. 나는 그녀에게 연민을 느꼈다. 멀리, 창 저쪽으로 가로등 불빛이 흔들리고 있었다. 음악에 맞추어 흔들리는 것 같았다. 춤을 춰, 뚱보야, 춤을 추라니까.

19

들것에 나를 눕혀 구급차로 데려가고, 구급차에서 나를 빼내 응급 침대에 눕히는 순간까지 나는 이름도 모르는 사람들을 보았다. 응급 침대를 밀고 가며 연방 진정하라고 말하는 남자 간호사와 응급실 당번 의사였다. 의사는 조직이 손상되고, 기관지가 심각한 타격을 받았다면서 상처가 경동맥까지는 미치지 않았지만 수술이 필요하다고 말했다.

병실에서 의사 페페 바르코를 보았다. 그는 내 손을 잡아주면서 상처 부위를 세밀하게 들여다본 다음, 마취의사를 불렀다. "손상된 조직이 제자리를 찾기 위해선 수술을 해야 합니다. 베로니카, 경동맥은 다치지 않았으니까 걱정 말아요. 모든 게 잘될 거요."

상공회의소 회장 구빈스가 상처 부위에 생수를 붓고 손수건으로 틀어막은 것이 천만다행이었다. 가장 중요한 건 적절하게 압박을 가해 출혈을 막은 겁니다. 그들이 말했다. 구급차가 제시간에 도착해서 천만다행이었어요. 충격과 통증이 나를 차분하게 놔두지 않았지만, 나는 한 번도 죽을 거라고 생각하지 않았다.

모든 것이 빠르게 지나갔다. 봉합수술이 끝났다. 남은 것은 신속한 회복과 상처의 흔적을 제거하는 성형수술이었다. 나는 병원 마지막 층의 병실에 있는 하얀 철제 침대에 몸을 눕혔다. 경동맥을 건드리지 않았어요. 누군가가 그 말을 반복했다. 천만다행이지요. 모든 게 말끔하게 지워질 겁니다.

어둠 속에 혼자 남았다. 급박했던 상황은 저만치 물러난 뒤였다. 사람들은 내가 하루 종일 잠들었다고 말한다.

깨어나 보니 병실이 비어 있다. 병동 복도를 오가는 발걸음 소리가 이 모든 게 꿈이 아니라는 것을 증명해주었다. 병실은 비어 있어. 차라리 그게 나아. 이 순간에는 아무도 안 보는 거야. 누가 나한테 거울을 보여주면……. 아냐. 안 보는 게 나아.

간호사가 들어와서 기분이 어떠냐고 묻는다.

*

의사들은 '혐기성(嫌氣性) 균'을 제어하고자 항생제가 들어간 혈청주사를 놓았다. 통증, 경악, 수치심으로 다리가 떨리는 증세가 빛이 들어오면서 다소 완화되었다.

*

그날 맨 처음 병실을 찾은 사람은 세바스티안과 지오반니였다. 아버지(우셨나 보다)도 왔다. 그들은 붕대를 감고 있는 내 모습을 보았다. 그렇게까지 위급하지는 않았대. 나는 그들에게 최선의 표현을 골라가며 말했다. 엄마 친군 좋은 사람 같았는데. 세바스티안이 말했다. 도대체 무슨 일인지 모르겠어. 지오반니가 방점을 찍었다. 반드시 그 여자를 붙잡아야 해.

신문사 동료들이 찾아왔다. 밀라그로스, 차치, 피토 카르페나(그는 헌사를 적은 시집을 가져다주었다). 루초도 다녀갔다. 오후에 한꺼번에 몰려드는 바람에 병실은 축제 분위기였다. 음악만 빠졌다.

그들이 돌아갔다.

다음 날, 밀라그로스가 내가 회복될 때까지 내 업무를 맡을 거라고 말했다. 국제부의 섹션 지면 확장을 보류하기로 했다는 소식도 덧붙였다.

신문사 담당 변호사가 다녀갔다. 우연의 일치였지만 변호사 이름이 크리스티안이었다. 빼빼한 체격에 피부가 하얗고 머리가 짧았다.

"도움을 드리고 싶습니다." 그는 가방에서 폴더를 꺼냈다. "그 여자를 상대로 소송을 준비할 생각이에요."

"아니에요, 크리스티안. 이번 일은 없던 걸로 해주세요."

"신문사에서 경호요원을 배치할 수도 있어요."

"아뇨, 바보 같은 짓이에요."

"알겠습니다. 좋으실 대로 하시지요."

그가 병실을 나섰다. 상공회의소 회장 구빈스가 문안을 왔을 때도 똑같이 대답했다. 레베카를 상대로 법의 심판을 요구하는 것은 생각해본 적이 없었다. 학창 시절의 동기생이 심각한 정신질환을 앓고 있었다는 소문이 돌았다. 다른 소문도 없지 않았다.

레베카의 향방이 궁금했다. 그날은 어떻게 되었을까. 집으로 돌아갔을까.

병원에 들어온 지 사흘 만에 패트릭이 나타났다. 정해진 방문시간보다 훨씬 이른 시간이었다. 예기치 못한 그의 용기가 나를 감동시켰다. 나는 그를 맞이하기 위해 상체를 일으켰다. 그가 '봉봉사탕' 통을 내려놓았다.

"아가, 안녕. 아아, 그 여자가 그랬다면서."

"응."

"기분은?"

"좋아. 며칠 내로 퇴원할 거야."

"다행이군."

그는 나의 손을 잡았다. 다행히 입은 맞추지 않았다.

"소식 들은 거 있어?" 내가 물었다. "계속 거기 살 거래?"

"아니."

"아니라니?"

"떠났어. 그날 밤 열쇠를 맡겨두고 떠났다는 거야. 부동산업자가 벌써 집을 보겠다는 사람들을 데리고 들락거리고 있더군."

"그런 식으로 떠났다고?"

"그 여자는 잊어. 자, 내가 가져온 봉봉사탕이나 하나 먹어 봐."

나는 다시 새로운 소식을 기대했지만, 그는 더 이상 아는 것이 없었다.

패트릭의 방문은 짧았다. 아가, 난 사우나나 가야겠어. 그가 말했다. 와줘서 고마워. 내가 대답했다. 얼굴이 창백해 보여. 사우나 갔다 오면 괜찮아질 거야. 그는 병실 앞에서 뒤돌아보며 작별인사를 보냈다.

지오반니는 날마다 병실을 찾았다. 얼굴이 좋아 보였다. 들를 때마다 잡지와 책을 가져다주었다.

그 기간에 나는 그 사람과 무척 가까워진 느낌이 들었다. 우리 부부에게 가장 좋은 순간이란 역시 만나고 헤어지면서 인사를 나눌 때였다. 그는 병실에 나를 혼자 놔둬야 한다는 상황을 진정으로 슬퍼했다. 병실을 나설 때마다 내 얼굴을 감싸며 키스했고, 집에 돌아가자마자 전화로 다시 안부를 물었다.

병실에 있는 동안에 우리 사이가 가까워진 것이 나중에 헤어지자고 요구하는 데 적잖은 힘이 되어주었다고, 나는 생각한다. 의외로 그는 격려까지 해주며 내 결정을 덤덤하게 받아들였다. 물론 나중의 일이었지만.

지오반니나 지인들은 도대체 무슨 일이냐고 물었다. 그때마다 나는 레베카가 학창 시절 친구라고만 대답했다. 그 애가 문제가 있긴 하지만, 우리가 이해해야 돼. 그런 여자를 어떻게 이해해. 다른 사람은, 예를 들어 경찰은 이해하겠어? 왜 고소를 안 하는 거야?

대부분은 나에게 말 못할 속사정이 있을 거라고 생각하며 병실을 나섰다.

그 사고에 대한 뉴스는 스스로 제어되었다. 한 신문사 기자가 기사화했지만, 다른 일간지들은 보도를 자제했다는 사실을 나중에 알았다. 물론 소문은 리마 전체에 퍼졌으며, 특히 레베카에 대한 무수한 가십거리가 구체화되고 있었다. 그 일로 티타가 나를 찾아와서는, 여학생 동기들이 한두 마디씩 거든다고 말해주었다.

*

병원은 인사를 하고 주사를 놓는 간호사들의 바쁜 일과를 지켜보는 곳이다. 병실 복도에서 진한 알코올 냄새와 비누 냄새가 흘러들어온다. 벽 저편에는 소음이 있고, 길을 걷거나 대화를 나누는 사람들이 있다.

나는 젤라틴과 수프가 담긴 쟁반도 받는다. 잡지를 가져오는 사람들의 방문을 받아들인다. 나는 잘 견디고 있다. 의사들은 나의 회복 속도에 놀라는 눈치다. 성형수술로 상처 자국도 차츰 옅어지고 있다. 신문사에서는 밀라그로스가 업무를 대신하고, 지오바와 세바스가 집을 잘 꾸려가고 있다. 세바스티안이 병실에 들어서면 나는 반가워서 상체를 일으킨다. 우리는 많은 이야기를 나눈다. 아이의 공부를 봐 줄 만큼 회복되어 있다.

담당 의사인 페페 바르코가 날마다 검진을 온다.

"죽일 수도 있었어요. 알아요? 힘이 더 가해졌으면 경동맥이 끊어졌을 거고, 테플론 관으로 대체했을 겁니다. 그래야 길을 가다 죽는 일은 없을 테니까요."

이상한 생각이 든다. 어떻게 보면 나는 레베카에게 목숨을 빚진 셈이다. 의사에 따르면 그 애는 나를 죽이지 않기로 결정했다는 것이다.

언제든 어디서든 이렇게 여유를 느껴 본 적이 없었다.

나는 읽고, 쓰고, TV를 본다. 또한 많은 것들을 기억한다.

나는 또 침묵에 감사한다. 혼자 있을 때면 내가 침묵을 지배할 능력의 소유자라는 생각이 든다. 나 자신과 함께 있을 수 있다.

혈청주사를 제거했다. 아프지는 않지만 환부에 쿡쿡 찌르는 통증이 전해진다. 붕대도 풀고 가제로 대체했다.

간혹 그녀의 이가 살점을 파고들던 순간을 떠올린다. 그럴 때마다 왠지 느긋한 기분에 빠져든다. 이상하다. 이해가 안 되지만, 사실이다.

혹시 이해하고 있는 것은 아닐까.

나는 레베카의 출현이 무질서한 삶에서 일어나는 불의의 급습 같은 것이었다고 생각한다. 예전에는 그녀와 비슷한 사람들 곁을 지나게 되면, 그들을 외면하고 지날 수 있는 사방을 검은 벽으로 가린 다리를 찾았다. 누군가가 자신의 힘이나 억지를 믿고서 나를 위협하면 나는 정중한 표현을 갖추며 그 자리를 벗어났다. 혹은 나의 두려움과 신중함을 지켜줄 만한 피신처나 나의 명예를 지켜줄 적당한 보호자를 찾았다. 나는 항상 나의 고상함과 나의 아름다움을 염두에 두었다. 이유는 모르지만 여전히 마음에 담아두고 있다. 나는 저속한 사람들에게서, 답답하고 가난한 사람들에게서 일정한 거리를 두고 있었다. 언제나 그랬다. 그런데 하루는 그들이 나를 붙잡았다. 그들은 레베카의 모습으로 나에게 돌아왔다. 그들은 정면을 직시하지 않으려는 나의 눈에 지옥을 기억하게 만드는 모의에 가담했다. 그들은 무시무시한 다리 중간에 나를 세워놓고는 뒤를 돌아보거나 아래를 내려다보게 만들었다. 그래서 지금 나는…….

*

하루는 타토 드라고가 나타났다. 알아보기 힘들었다. 말쑥한 옷차림, 생기가 도는 얼굴로 활짝 웃었다. 베로니카, 어서 회복해야지요. 그는 잡지들을 내려놓으며 말했다. 알다시피 점심 약속이 있잖소.

처음이었다. 그와의 만남이 그렇게 부드럽게 지나간 것은. 그는 병문안을 짧게 마치는 센스까지 보여주었다.

그날 오후는 혼자 남았다. 거의 움직이지도 않았다. 몸을 일으키고 두 다리로 선다는 것이 두려웠다. 하얀 유리창이 벽처럼 느껴졌다.

몸을 일으켰다. 창가로 다가갔다. 점처럼 작아 보이는 차량들이 거리에서 움직이고 있었다. 저기, 다리 위에서, 보도에서 사람들은 어떤 신앙의 힘으로 움직이는 존재처럼 앞을 향해 걸어가고 있었다. 과거는 뒤가 아니라 내부에 있으며, 어떤 일들로부터 나오는 베일이며, 안개 속으로 흩어지는 피다.

간호사가 병실에 들어와 나를 쳐다보았다. 그녀가 물었다. 거기 서서 뭐 하세요?

*

담당의사 페페 바르코는 날마다 병실에 들른다. 그를 보면 기운이 솟는다. 그는 내가 곧 퇴원할 거라고 말한다.

나는 잠이 들고, 잠을 깬다. 커튼 저쪽이 흐릿하다. 늦은 오후이거나 이른 아침이다. 모포 속의 어둠.

마리아 에우헤니아가 나타난다. 나는 상체를 일으킨다.

"어쩜, 아직도 내가 죄를 지은 것 같아. 어떻게 이렇게 만들 수가 있지? 언닐 지켜줄 사람은 나야."

"그래. 하지만 이제 괜찮아. 2주일에 한 번씩은 테니스를 칠 수 있을 테니까."

"다행이야."

"그 애 소식은 못 들었니?"

"아니, 내가 어떻게 알겠어?"

마리아 에우헤니아가 돌아갔다. 나는 침대를 빠져나와 복도로 나선다.

레베카가 걸어오는 소리가 들리는 것 같다. 나는 침묵에 귀를 기울인다. 아무도 없다.

*

그날 밤 그 애가 보고 싶었다. 거기 있었으면 싶었다. 이해할 수 없는 일이다.

느닷없이 모든 것이 분명해진다.

이유는 모른다. 하지만 나는 이번 일이 졸업 파티 때 일어난 일과 연관이 있을 거라고 생각한다. 우리 몸속에 아무 때나 들어오는 바이러스가 존재하듯, 그날 이후 나의 잠재의식 속에는 그날 밤의 음악과 아이들의 목소리와 손뼉 치는 소리가 자리했다고 믿는다. 현실로 되살아나면서 모든 것이 명확해지는 그날의 악몽들.

그것을 이야기할 방도가 있을까? 나는 인생이 나에게 인생 자체의 속성을 취하도록 허용했다고 생각한다. 아버지가 나를 무시하도록, 레베카 앞에서 크리스티안이 나에게 키스를 하도록, 지오반니가 나와 결혼하도록, 패트릭이 자신의 맨션으로 나를 데려가도록 허용했다고 나는 생각한다. 그 날 나는 내키지 않은 축제에 웃으며 참석했다. 나는 모두에게 나는 무관하다는 것을 동의해주길 요구했다. 그것은 다른 범죄보다 더 위선적인 범죄행위였다. 이제 내가 모른 척했던 나의 죄악들이 유령의 목소리로 되살아나고 있었다.

나는 레베카와의 만남을 기억한다. 음악을 듣고, 대화를 나누고, 책을 빌려주고, 영화를 보고, 함께 외출했던 만남을. 25년 뒤, 우리는 다시 함께했다. 비행기에서의 재회, 카페에서의 만남, 미국대사관에서의 만남과 광기 어린 행동, 공원에서 만나자는 메일까지. 모든 것은 텍스트이자 어떤 소설의 장면이었다. 그 소설에서 우리는 잃어버렸던, 다시는 만나지 못할 거라고 체념하는 순간에 극적으로 재회한 자매였다.

나는 방 안을 서성이다 다시 몸을 눕힌다.

저녁 5시 30분이다. 환자 방문시간은 6시까지다. 오늘은 더 올 사람이 없을 것이다. 나는 다시 몸을 일으켜 앉는다. 잡지를 펼친다.

어디선가 소리가 들린다. 병실 위로 회색빛이 감돈다. 문이 열린다. 누군가의 옆모습이 나타난다. 그 몸이 허공으로 들어선다. 레베카.

20

하얀 옷이다. 숱이 많은 머리, 눈에 두려운 빛이 서려 있다.

꽃다발. 마치 어린애를 안듯이 양팔 사이에 꽃다발을 안고 있다. 그녀가 침대로 다가와 선다. 가만히 나를 바라본다.

꽃다발을 침대 위에 내려놓는다. 나는 꽃다발을 탁자 위로 옮긴다. 꽃병을 가져다달라고 간호사를 부를까 생각한다. 바보 같은 짓이다.

나는 아무 말도 하지 않는다. 그런 식으로 시간이 얼마나 흘렀는지 모른다. 우리 두 사람이 서로를 마주 본 채로. 그녀가 고개를 숙인다.

그녀의 얼굴이 변한다. 불과 몇 초 사이에 창백한 얼굴이 타오르는 붉은 빛으로 바뀐다. 양 볼이 넓어진다. 눈이 커진다.

요 며칠 사이에 은근히 기대하고 그만큼 두려워한 순간이다.

나는 나를 추스르고자 한다. 그녀가 눈치를 챈 모양이다.

"간호사는 부르지 마. 딴생각은 없어. 그것보다는……."

그녀는 침대 가장자리에 걸터앉아 웅크린 자세를 취한다. 잠시 침묵이 폭발한다. 그녀가 양팔로 머리를 감싸며 울고 있다. 어둠에 잠긴 그녀의 몸이 들썩인다. 나는 마치 우는 것을 본 적이 없는 사람처럼 그녀를 바라본다. 그녀가 손으로 얼굴을 훔치고 기침을 자제하며 자신을 추스른다.

"베로니카, 내가 왜 그런 짓을 했는지 모르겠어." 젖은 음성이다.

우리는 일정한 거리를 두고 떨어져 있다. 그녀가 퉁퉁 부은 눈으로 나를 쳐다본다. 나는 힘이 솟는다. 행복에 가까운 느낌이다.

"그래, 어쨌든 난 여기 있잖아." 나는 농담으로 받는다. "넌 나한테 며칠 쉴 수 있는 휴식을 줬잖아."

그녀가 한숨을 내쉰다.

그녀가 몸을 일으킨다. 걱정이 앞선다. 이럴 때 누가 들어오면 어떡하지? 복도에서 발걸음 소리가 들린다. 친구들이나 신문사 동료일 수도 있다. 레베카는 별 반응이 없다. 발걸음이 가까이 다가오고 있다. 문 열리는 소리가 들린다. 옆 병실 문이다.

"오래 머물고 싶지 않아서 이 시간에 찾아온 거야." 그녀가 바닥에 시선을 고정시킨 채 말한다. "오후 6시에 면회 시간이 끝난다는 거, 알고 있어."

"그래."

"네가 어떤지 보고 싶었어. 용서도 구하고, 그게 다야."

"난 괜찮아."

*

그녀가 고개를 들었다. 고통스런 눈빛이었다.

"신문에서 책 소개를 한다는 기사를 봤어. 네 이름도 있더구나. 그래서 널 보러 갔지. 그 전날 네가 속이 상해 가버리기도 했고. 아니, 그러지 않았는지도 모르지만."

"그래서 날 보러 그곳에 왔다는 거야?"

"너를 보겠다는 생각뿐이었어. 아무 말도 하지 않고, 그냥 보기만 하려고. 나중에 네가 연단에 서서 말을 하는데, 너무 좋아 보였어. 우리를 스쳐갔던 모든 것을 떠올리며 가까이 다가갔어. 그때 내가 무슨 생각을 했는지는 모르겠어. 네가 누구인지도 몰랐어. 처음에는 가까이 있었는데, 갑자기 네가 바닥에 있었어. 피를 흘리면서. 그 뒤에 내가 뭘 한 줄 알아? 무작정 달렸어. 라르코를 달리고 또 달렸어. 바다로 갔어. 등대 근처에 있는 바다. 바다에 뛰어들려고 했는데, 그러지 못했어."

그녀는 핸드백을 뒤졌다. 검은색 권총을 꺼냈다. 총신이 길었다.

"이걸 사용했으면 훨씬 쉬웠겠지. 하지만 이 순간까지도 주저하고 있어."

나는 무기에 시선이 고정되어 있었다. 진짜 권총을 그렇게 가까이서 본 적이 없었다.

"레베카, 그것 좀 치워 주겠니?"

그녀는 권총을 핸드백 속에 넣었다. 나는 안도의 한숨을 내뱉었다. 그녀가 다시 침대 가장자리에 걸터앉았다.

"거기서 빠져나가는 대신 날 도왔으면 더 좋았을 텐데."

"엄청 많은 사람들이 돕고 있었어." 그녀가 눈물이 그렁그렁한 눈으로 씩 웃었다. "도망쳐야 했어. 내가 했던 짓을 더 이상 지켜볼 수도 없었어."

"역시 졸업 파티 때처럼 그랬던 거야. 그때도 넌 바닷가로 도망갔잖아."

"맞아, 그때도 그랬지. 하지만 이번에는 내가 끔찍한 짓을 저질렀어. 어떻게 그런 짓을 했는지 이해가 안 돼. 모르겠어."

그녀가 계면쩍은 웃음을 흘렸다. 마치 많은 기억들이 떠오르기라도 하듯.

"아, 졸업 파티." 내가 운을 뗐다.

"맞아, 우린 그 얘길 해본 적이 없었어." 그녀가 고개를 저었다. "믿지 못하겠지만, 난 그 얘길 다시 꺼낼 엄두가 안 나."

"레베카, 물어볼 게 있어."

그녀는 침대 가장자리에 걸터앉은 채 다리를 가볍게 흔들어대고 있었다. 그녀의 이마 위로 머리카락 한 묶음이 흘러내렸다.

"뭘?"

"그날 밤 라 몰리나에 있는 티타네 집까진 어떻게 왔어? 그리고 왜 가버렸던 거야?"

"알고 싶었거든."

"알고 싶다니, 뭘? 레베카, 크리스티안하고 아이들이 원한 건 널 골려주는 건데, 눈치 채지 못했어?"

"알고 있었어. 하지만 무조건 가고 싶었어. 이유는 나도 몰라. 무슨 말이든 해명을 듣고 싶었어. 네가 거기 있는지 확인도 하고 싶었고……. 그냥 집으로 돌아갈 순 없었어. 집으로 돌아가고 싶지 않았어. 엄마한테, 우리 엄마한텐 무슨 말을 할 수 있었겠어?"

병실 문이 열렸다. 간호사가 물 한 컵과 약을 가져다주었다. 페페 바르코의 처방이었다. 내가 약을 먹는 동안에 레베카는 딴 데를 쳐다보았다.

잠시 말이 없었다.

"그런데 어떻게 도착했어?"

"택시를 탔어. 쉽지는 않았어. 택시가 길을 잃었거든.

축제장 앞에 내렸지만 들어가지 않고 밖에서 한참을 머물렀어. 무서웠거든. 그래도 들어가기로 결심했어."

졸업 파티장의 이미지들이 떠올랐다. 풍선과 무대가 보이고 루벤 블라데스의 음악이 들리기 시작했다.

"파티장에 들어올 때는 아무 일 없었니?"

"그 집 어른들이 상냥하게 맞아주었어. 내 파트너가 누구냐고 묻기에 여기서 만나기로 했다고 대답했지. 정원에 들어서는 순간, 크리스티안과 너를 봤어. 난 바보처럼 아무것도 모르고 있었던 거야. 난 티타 말을 믿지 않았어."

"티타가 한 말은 사실이었어."

"너 그거 알아?"

"뭘?"

"크리스티안이 죽어서 기쁘다는 거. 너무나 기뻐."

"그래?"

그녀는 고개를 끄덕였다. 크리스티안의 죽음을 확인하고서 세상의 복수에 고마워하는 것 같았다. 크리스티안은 그녀를 조롱했고, 나중에는 자동차 사고로 죽었다. 호리호리하고 날렵한 몸뚱이는 산산조각 나버렸다. 그는 우연의 희생물로 죽음의 판결을 받았던 것이다. 그는 세상에 야유와 조롱("너처럼 뚱뚱한 애는 이곳에 내려주는 게 낫겠어. 뚱보가 원하는 건 먹는 거지, 춤이 아니잖아. 어서 내려.")을 남겼지만, 지금은 비슷한 비난조차 할 수 없었다. 그는 인디애나폴리스 어딘가에 잠들어 있었다. 반면에 레베카는 여기, 나와 함께 있었다. 웃고 있는 것 같았다.

"삶은 온통 우연들의 집합체야." 그녀가 판결하듯 말했다. "우린 우연이란 게 우리 편으로 도착할 때까지 기다려야 돼. 나는 늘 그 순간을 생각했어."

창밖으로 소음이 커지고 있었다. 그 시간에는 하비에르 프라도 가는 온통 소음 천지였다. 사무실에서 퇴근한 사람들, 집으로 돌아가는 사람들을 실은 차량이 열을 짓고 있었다. 대로변의 건물 벽을 울리고 벽에 반사된 소리들이 병실 창문까지 들려왔다.

"누군가의 죽음에 대해 기뻐하는 건 옳지 않아."

"그런 의미에서 넌 무척 기독교인답구나." 그녀가 웃었다. "그런 네 기독교주의가 그날 밤에는 어디 있었지?"

그녀는 한쪽 손을 들었다. 마치 모든 반론을 무시하리라는 제스처 같았다.

"넌 아직 그 얘기를 끝내지 않았어." 내가 다시 화두를 고쳐 잡았다.

"무슨 얘기?"

"어디로 사라졌어? 다들 바닷가에서 나타났다고들 했거든."

나는 그들이 했던 이야기를 듣고 있는 것 같았다. 그들에게 들은 이야기를 그대로 재생할 수 있다는 생각이 들었다.

그녀가 몸을 일으켰다. 소파에 앉았다. 다시 일어났다. 병실 안을 서성거리기 시작했다.

"티나 선생님이 소리쳐서 너희 포위망이 뚫리자마자 난 곧장 파티장을 빠져나갔지. 할 수 있는 한 최대한 빨리. 나는 뛰기 시작했어. 내가 원하지 않은 유일한 것, 그건 너희 중에 누군가가 변명을 하는 거였어. 나는 도망치고 싶었어. 무조건 도망치고 싶었어. 거길 빠져나가고 싶었어. 가능한 한 너희한테서, 특히 너한테서 최대한 멀리 떨어져 있고 싶었어. 그게 내가 원했던 거였어. 그래서 거리를 달렸어. 공포에 사로잡힌 채 달리고 또 달렸어. 쉬지 않고 달렸어. 달리면 달릴수록 더 달리고 싶어졌어. 그렇게 달려 몰리센트 로를 지났고, 라울 페레로 가를 지났어. 달리고 달리면서 내 왼쪽으로 거대한 고양이 같은 형체를 봤어. 마치 나를 뒤쫓고 있는 것 같았어. 거리를 쏜살같이 달리는 자동차들이었어. 나한테 욕설을 퍼부어대더군. 순간 나는 그 차들이 나를 덮치면 좋겠다고 생각했어. 다음 날 학교에서 조문을 올 거고, 내 옆에 있을 아이들. 그건 내가 꿈꾸던 장면이었어. 모두가 내 시신 옆에서 후회하고, 비통해하고, 벌을 받을 테고. 얼마나 멋진 장면이었을까. 하지만 어떤 차도 나를 덮치지 않았어. 한참을 뛰는데 막다른 언덕이 나왔어. 나는 벼랑을 오르기 시작했어. 부랴부랴 쉬지 않고 뛰어 올랐어. 온몸이 먼지투성이였어. 마침

내 언덕에 올랐고, 거기서 걸음을 멈추었어. 나는 거기 남아 있었어. 베로니카, 내가 왜 그곳에 남아 있었는지 알아? 언덕 위, 가장 높은 곳에서 리마 시내의 불빛이 보였거든. 나는 빛들의 흔들림과 그 뒤로 방치된 건물들을 보았어. 그 빛에 담긴 침묵의 의미를 깨달았어. 그거 알아? 멀리 내 눈에 보이는 광경이 마치 나의 운명을 얘기하는, 무수한 별이 떠 있는 밤하늘 같았다는 거. 내 운명은 내가 그곳에 도착할 것을 이미 알고 있는 것 같았어. 그리고 그 빛들은 마치 사악한 분노를 발산하는 것 같았어. 언젠가는 내 몸을 불태울 것 같았어. 나는 어둠 속으로 들어가 어둠 속에서 머물고 싶었을 뿐인데, 그 빛들은 나를 비추기 위해, 아니 내 몸을 비추기 위해 반짝이고 있었어. 그래서 난 그곳에 머무를 수밖에 없었어. 사실 나는 바다로 가고 싶었어. 크리스티안이 나를 데려다놓았던 곳까지 가고 싶었어. 하지만 그러지 못했어. 다리가 아파서 그대로 주저앉고 말았어. 어떤 자동차가 빨간 불을 깜박이며 내 앞에서 정지할 때까지. 믿을 수 없었어. 내 앞에 자동차가 나타난 거야. 어떤 여자가 차에서 내리더니 무슨 일이냐고 물었어. 내가 처음 본 건 그 여자의 발이었어. 먼지 구덩이 위를 밟고 있는, 샌들을 신은 여자의 발. 그 발가락이 얼마나 굵던지 난 결코 잊지 못할 거야. 알아? 그 여자의 발이 먼지구덩이 위를 걷고 있었어. 난 절대, 절대 잊지 못할 거야. 나한테는 보물 같은 장면이었으니까. 누군가가 나를 그렇게도 다정스럽게 대한 것은 처음이었으니까. 세상에, 낯선 사람이 그렇게 다정하게 대해줄 수 있다니. 그랬기에 그 여자가 무슨 일이냐고 물었을 때 나는 목에 무엇인가 걸리는 느낌이 들면서 목을 놓아 울기 시작했던 거야. 그 여자가 내 옆에 앉았는데, 난 그때가 내 인생에서 가장 행복한 순간이었다고 생각해. 오죽했으면 모르는 사람 앞에서 대성통곡을 했을까. 그 여자는 말없이 일어나더니 자동차를 도로변에 세워놓았어. 그러고는 다시 내 곁에 앉았어. 머리가 반백이고 긴 옷에 샌들 차림이었어. 무슨 일이 있었는지 더 이상 묻지 않고 그냥 앉아 있기만 했어. 난 그 여자를 껴안았어. 내 눈물로 그 여자 어깨를 적셨어. 한참 뒤에 나는 그 여자의 자동차에 앉아 있었고, 그 여자는 운전대를 잡고 있었어. 그 여자가 어디로 가느냐고 묻기에 바다로 데려다달라고 대답했어. 바다로 가고 싶었거든. 그 여자는 더 이상 묻지 않았어. 그 여자는 나를 바다가 아닌 말레콘 데 미라플로레스에 내려주었어. 그 여자는 나한테 몸조심하라고 말했어. 나는 자동차가 떠나는 걸 지켜봤어. 그날 밤에 나를 그곳에 데려다 준 여자는 누구였을까? 그 여자가 내 목숨을 살려준 거야. 하지만 나는 크리스티안이 날 내려놓았던 곳으로 돌아가고 싶어서 바다로 내려갔어. 행복했어. 얼음장처럼 차가운 물이 몸에 닿는 순간, 그렇게 행복할 수가 없었어. 내가 느낀 그날의 행복은 내가 결정한 게 아니라 저절로 일어난 거였어."

"그래서 해양 경비대가 널 살렸던 거구나."

"아냐. 그건 다 지어낸 이야기야. 그 여자였어. 그 여자가 날 구한 거야."

"그 여자가?"

"그래. 그녀가 내 힘을 빼버렸거든. 내 몸에서 필요한 힘을 다 제거해버린 거야. 그 여자였어. 그 여자는 애정이 무엇인지를 보여줬어. 그 여자의 목소리를 잊을 수 없어. 몸조심해라는……. 그래서 난 죽을 수가 없었어. 물에서 빠져나와 모래사장에 누웠어. 그 상태에서 잠이 들었어."

"엄마는 뭐라고 하시든?"

"처음에는 거짓말을 했지만, 나중에는 다 밝혔어. 엄마는 당신의 방식대로 날 도와주셨어. 오하이오에 이모가 계셨거든, 난 그곳으로 갔어. 미국에 있는 동안 공부를 했고, 나중에는 유럽으로 갔어. 내가 리마로 돌아온 건 한 해 전이야. 이제야 엄마 얘기를 하지만 사실 난 내 마음을 다해서 엄마를 기억하고 있어. 나는 엄마한테 내 인생에도 좋은 순간들이 있었다고 얘기하고 있어. 나는 여행을 했고, 돈을 벌었고, 친구들도 생겼어. 내가 우리 학교 동기인 가비를 간혹 만났던 거, 알아? 걔는 아주 잘나가. 하지만 그 애를 본 지도 꽤 오래되었어. 왜 그런 줄 알아? 난 날 잘 알아. 정신과의사가 다 얘기해줬거든. 난 나이 어린 여자애나 마찬가지야. 난 내 충동을 조절할 수 없었어. 보통 사람들처럼 성장할 수도 없었어. 그게 내가 안고 있는 문제야. 난 사회생활을 할 수 없고, 어떤 그룹에도 들어갈 수 없었어. 그래서 항상 따로 떨어져서 혼자 사는 거야. 그런데…….”

긴 침묵이 흘렀다.

“나도 그렇다고 생각해.” 내가 침묵을 깼다. “정말이야. 가끔은…….”

“그만 해.”

“가끔은 나도 그런 느낌이 들어. 내가 어느 그룹에도 속해 있지 않고, 진정한 친구도 없고……. 그래, 그래도 난 가족이 있구나. 맞아, 그건 그래. 근데, 정신과의사는 그렇게만 말해?”

“내가 다 이해해야 한대.”

“이해를 해야 하다니, 뭘?”

“학교에서 일어났던 일. 의사가 말하길 너희가 그런 짓을 한 건 너희 눈에는 내가 아주 이상한 여자애고 내가 그 애들과 달라서 그렇다는 거야. 너희는 잘못이 없어. 아무도. 역시 네 말이 맞았어. 난 나 자신이 누군지를 깨달아야 해. 난 너희와 다르니까. 하지만 나 역시 정상적인 사람이야. 지나치게 엄격하고 지나치게 외로운 교육을 받긴 했지만 나도 정상적인 여자야. 난 외로워, 아주 외로워. 그렇지만 나도 너희와 똑같은, 너희 중 한 명이야. 그 시절에 내가 원했던 유일한 건 짝을 갖는 거였어. 남자를 갖는 거였어. 자식을 갖는 거였어. 누군가와 함께 살 수 있다는 것을 느끼는 거였어. 집에 도착해서 누군가와 함께 있는 거였어. 나를 기다리는 사람이 있다는 걸 아는 거였어. 그게 다야. 나는 그런 일이 결코 일어나지 않는다는 것도 알았어. 그랬기에 그럴 가능성에 대해 생각조차 안 했어. 하지만 그건 중요하지 않아. 별로 중요하지 않아. 세상에는 우리가 자긍심 혹은 자신에 대한 확신이라고 부르는 믿음이 있어. 그것이 널 견디게 하는 것이자 일이나 친구와의 관계에 대해 확신을 갖게 만드는 거야. 그건 마음속을 단단하게 세울 수 있고 외부의 충격을 견디게 할 수 있어. 덕분에 테이블 앞에 앉아 어떤 프로젝트를 위한 아이디어를 작성할 수 있고, 직장 상사의 지시를 받아들일 수 있고, 누군가한테 전화를 해서 밖으로 초대를 할 수 있고, 집에 도착하고 거울 앞에서 옷을 입어볼 수도 있어. 물론 여자는 엄청난 가치를 지녀야 하고, 가끔은 거울 앞에 당당할 만큼 무모하고 경솔하기도 해야겠지. 거울을 보고, 또 거울을 보기 위해선. 오랫동안 자신을 들여다볼 수 없다는 거, 너도 알고 있겠지? 그럴 수 있는 사람은 아무도, 아무도 없어. 세상에서 가장 아름다운 사람도 그럴 수 없어. 잠깐 쳐다볼 수는 있어도 오랫동안은 아니야. 하긴 그건 각자의 일이지. 자기 다리가 자기 몸을 지탱해주느냐, 못하느냐 하는 문제니까. 세상에 내놓을 만한 다리를 지닐 수 있느냐, 세상을 견딜 수 있느냐 하는 문제니까. 아무튼 나는 소위 자긍심이라고 할 만한 거 하나를 찾아냈어. 내가 찾아낸 건 나 자신이 아니라 엄마였어. 엄마에 대한 추억이었어. 베로니카, 요즘 내가 널 찾아다니고, 널 그렇게 화나게 만들었다면, 그건 왜냐하면 넌 내가 말하고 싶은 것 이상을 들어줄 수 있는 상대였기 때문이야. 25년 전, 축제의 밤에 일어났던 일에 대한 걸 함께 얘기할 수 있는 상대였기 때문이야. 학교에서, 정원에서, 복도에서, 교실에서 일어났던 일을 얘기할 수 있는 상대였기 때문이야. 다들 나한테는 관심이 없어. 다들 내가 정상적인 삶을 사는지조차 알고 싶어하지 않아. 그런 나한테 그날 밤 도대체 무슨 일이 일어났는지를 얘기해줄 수 있는 그런 상대가 바로 너였기 때문이야. 그런데 왜? 도대체 왜 나만 이렇게 다른 거지?"

거리에서 클랙슨 소리가 들려왔다.

"모르겠어."

그녀가 고개를 끄덕였다. 그녀의 머리가 문 쪽으로 향했다.

간호사가 들어왔다. 나에게 약을 가져다준 간호사였다.

"미안하지만, 면회 시간이 끝났답니다."

"알겠어요." 내가 대답했다.

그 순간 나는 레베카의 몸이 정지되어 있다는 사실을 깨달았다. 꼼짝도 하지 않았다. 그녀의 몸에서 움직임에 대한 가능성이 순식간에 빠져나간 듯한 모습이었다. 나는 그녀가 죽었다고, 금방이라도 바닥으로 쓰러지고 말 거라고 생각했다.

"너는?" 그녀가 느닷없이 물었다.

그녀는 소파에 앉았다. 의자에 등을 기댔다. 땀을 흘리고 있었다. 나는 그 순간처럼 그녀를 간절히 원한 적이 없었다는 생각이 들었다.

새로운 소음이 우리 사이를 끼어들었다. 누군가가 병실로 들어왔다. 수간호사였다. 나이가 많고 머리가 백발이었다.

"미안하군요. 우리 간호사가 면회시간이 끝났다고 통보했을 텐데요. 병원의 규칙이랍니다. 환자 분은 곧 퇴원하실 거예요."

레베카가 몸을 일으켰다.

"사실은 작별인사를 하러 왔어."

"작별이라니?"

"난 이미 떠날 준비를 다 해놨어. 여길 떠날 거야."

"어디로 갈 건데?"

"오늘밤에 떠나면 다시는 돌아오지 않을 거야. 그 말을 하러 왔어. 이제 다시는 못 만나겠지."

그녀가 몸을 돌렸다. 순식간에 그녀의 모습이 문턱 저쪽으로 사라졌다. 나는 열려 있는 병실 문을 쳐다보았다. 보이는 것은 맞은편의 하얀 벽이었다. 복도가 썰렁하게 보였다. 나는 무슨 일이 일어날지 알고 있었다. 그녀는 병원을 나설 것이고, 근처에 있는 공원을 향해 걸어갈 것이고, 계획했던 대로 권총을 머리에 갖다 댄 채 방아쇠를 당길 것이다. 어쩌면 그녀는 모라 공원까지는, 로스 올리보스에 있는 공장까지는, 자기 집 거실까지는, 자신의 추억을 영원히 지우기 위해 바닷가에 도착할 때까지는, 마지막 순간까지는 기다릴지도 모른다. 나는 그녀가 병실에서 권총을 보여준 것은 다른 이유가 없다고 생각했다. "난 이미 떠날 준비가 되어 있어. 여길 떠날 거야."

그제야 나는 혼자라는 느낌이 들었다. 침대에서 영원히 길을 잃은 채 내가 무엇을 하고 있는지, 내가 어디로 움직이고 있는지조차 모르는 고독에 빠져 들었다. 고개를 들었다.

그 애의 이름을 불렀다. 다시 또 불렀다. 그 애의 이름을 부르고 있었다. 레베카.

*

얼마나 지났을까.

문이 열린다. 그녀다. 마치 처음으로 만난 것 같다.

나는 나에게 다가오도록 침대를 빠져나간다. 그녀가 있는 곳을 향해 가는 긴 여정 도중에 쓰러질 뻔한다. 하지만 그녀가 나를 부축하고 나를 침대에 눕힌다.

창가가 어두워지고 있다. 오후의 마지막 빛이다. 그녀가 머리맡에 앉는다. 나는 그녀의 팔에 머리를 기댄다. 그녀의 팔을 잡는다. 그녀가 무엇인가를 흥얼거리고 있다. 그 소리가 자장가처럼 들린다. 나는 그녀의 팔에 안긴 채 누워 있다. 누군가가 문을 열고 들어오면 성모마리아가 딸을 재우고 있는 모습을 보게 될 것이다.

바로 그 순간이다. 망각의 25년 세월 동안 내 심장에 가둬두었던 말이 흘러나온 것은.

"날 용서해줘."

그녀가 뭐라고 대답한다. 속삭이고 있다. 나는 아직도 그녀의 속삭임을 듣고 있는 것 같다. 그녀의 속삭임을 듣고 있다. 영원히.

| 서평 |

애증 어린 두 여인의 엇갈린 초상화

베로니카는 자신의 삶에 만족하는 여자이다. 조용한 남편, 끔찍하게 사랑하는 아들, 좋아하는 직업, 거기다가 일주일에 한 번씩 삶의 일탈을 제공하는 은밀한 정부까지 두고 있다.

권위 있는 신문사 국제부 기자인 그녀는 콜롬비아 보고타로 해외 취재를 떠났다가 돌아오는 비행기에서 학창 시절의 동기동창인 레베카를 만난다. 그런데 베로니카가 그녀를 지나치려고 하는 반면, 학창 시절부터 뚱뚱했던, 거대한 고래를 연상하게 만드는 풍만한 레베카는 25년 전에 끝난 만남을 되찾고자 한다.

그날 이후, 레베카는 집요하게 베로니카에게 매달린다.

전화를 하고, 직장으로 찾아오고, 미친 여자처럼 행동한다. 그녀가 거구의 몸으로 공개석상으로 나타나 헛소리를 지껄일 때마다 베로니카는 당황해한다. 그런데 베로니카가 레베카 앞에 무방비 상태에 빠지며, 결코 잊을 수 없으면서도 잊고 싶은 일을 떠올리는 데는 이유가 있다. 학창 시절 뚱뚱한 레베카를 끊임없이 괴롭히던 급우들의 잔혹함과 비난을 피하기 위해 레베카와 은밀하게 만났던 두 사람만의 관계 때문이다.

여기까지는 은밀한 이야기에 심리공포소설의 요소를 혼합하고 있는 불안한 이야기의 시작이다. 1인칭(베로니카) 시점으로 서술되는 이 이야기에서 독자는 작가의 능숙한 필치 때문에 때때로 잘못을 저지른 베로니카의 입장이 되기도 한다.

뜻하지 않은 25년 만의 추궁. 이를 통해 베로니카는 과거 이야기의 실체적 진실과 비겁한 부부 생활에 처해진 자신의 삶에 직면한다. 그녀는 처음으로 자신의 주위를 돌아보고, 마치 생전 모르는 나라를 대하는 느낌에 빠져든다. 늙음에 대한 공포, 자신의 미모를 유지하려는 노력. 그러나 그녀의 모든 두려움은 그녀의 오랜 친구의 현실과 부닥치게 된다.

베로니카가 잘못을 했다면 레베카는 비참함과 고독 속에 고통스럽게 살아왔다. 그녀의 고통은 처음에는 느리고 더디지만, 나중에는 무지막지한 용암을 분출하는 화산처럼 모든 것을 파괴하고 싶어한다.

두 여자 사이에는 외면과 침묵, 한 여자에게는 두려움이, 다른 여자에게는 비난이라는 관계가 설정된다. 그들 사이에는 어느 누구도 먼저 밖으로 꺼내기 힘든, 그들만의 사건이 있다. 우정과 순수함을 파괴시킨 25년 전 어느 날 밤에 일어난 사건이.

'고래 여인의 속삭임' 이라는 소설의 충격적인 제목에서부터 독자는 등장인물을 해부하는 작가 알론소 꾸에또의 예리한 필체에 사로잡힌다. 베로니카는 1인칭 화자가 되어 자신의 내면에 감춰진 어두운 곳을 보여준다. 독자는 베로니카의 말과 행동을 통해 그녀의 감정들을 알게 된다. 두 인물은 어지러운 콤플렉스와 힘을 지닌 인물들이다.

대개 문학작품이 그러하듯 『고래 여인의 속삭임』은 집단적 무의식을 깊게 파고드는 이야기를 발산한다. 독자는 즉각적으로 주인공들과 동화된다. 독자는 레베카가 되고, 동시에 베로니카가 되는데, 이는 두 인물이 정직과 현실에 충실한 인물들이기 때문이다.

여기 적용된 공포에 대한 장치는 스포이트 같은 형태, 즉 품위 넘치는 히치콕의 메커니즘을 통해 독자들로 하여금 거의 강박적인 흥미를 유지하게끔 만든다. 이 소설에는 서정에 가까운 과거의 회상을 느닷없는 악몽이나 과도한 전조로 변화시키는 설정은 없다. 알론소 꾸에또는 일상적인 공포를 이야기하며 비극과 전조와 예고 등으로 미미한 공포를 대신하지만, 그로 인해 독자는 결론에 이르기까지 텍스트에서 눈을 떼어낼 방도가 없다.

작가 꾸에또의 이야기에는 상냥한 측면도 없지 않다. 이 소설은 무엇보다도 우정에 관한 이야기이다. 그들의 우정은 배신이라는 틀 속에서 끈질기며 감동적이다. 그것은 해묵은 모든 것을 씻어내고 본래의 것을 되찾을 수 있는 우정이다. 이 작품의 마지막 장면은 가장 가슴 아프면서도 가장 참다운 우정을 회복시킨다.

『고래 여인의 속삭임』은 인물과 감동을 다룬 소설이다.

고통과 공포를 다룬 소설이다. 침묵과 죄의식을 다룬 소설이다. 작가의 필력과 능숙함과 아름다움으로 진실을 이야기하는 놀라운 소설이다.

출처: 〈카사 데 아메리카Casa de Amréica〉

25년 만의 속삭임

『고래 여인의 속삭임』은 두 여인의 해묵은 상처를 되살려내서 그들의 상반된 삶과 내면을 양파껍질 벗기듯 하나하나씩 풀어내는, 남성이 여성의 속성을 현미경 대듯 들이댄 페미니즘 소설이다.

베로니카(주인공이자 내레이터)는 의미 없는 남편과 끔찍하게 아끼는 아들에다 내연의 연인까지 둔, 자신의 일과 현실에 만족하는 미모의 40대 여성이다. 권위 있는 신문사의 국제부 기자인 그녀는 콜롬비아 취재를 다녀오던 도중, 비행기 안에서 고교 시절 동기인 레베카를 만난다. 예전이나 다름없이 거대한, 고래를 연상하는 몸집의 레베카는 미혼에다 백만장자로 변해 있다.

25년 만의 우연한 재회. 그런데 두 사람의 만남이 어색하다 못해 수상하다. 베로니카는 썩 유쾌하지 못한 학창 시절을 떠올리며 대수롭지 않게 넘어가려는 반면, 레베카는 의도적으로 자신을 피하는 베로니카의 주변을 집요하게 맴돌기 시작한다. 그때부터 이야기는 그들의 과거와 현재를 오가며 전개된다.

도대체 두 여인 사이에 무슨 일이 있었을까. 결론부터 말하면 레베카는 엄청난 체구 때문에 외톨이로 지내다 졸업파티 때 결정적인 모욕을 당했고, 그녀는 자신을 그렇게 만든 그들을 상대로 보복에 나섰던 것이다. 여기서 독자들은 다소 의아해할 것이다. 학창 시절에, 혹은 사춘기에 누구나 겪을 수 있는(혹은 그럴 수도 있다고 이해하는) 일을 갖고서 복수를 꿈꾸다니……. 하지만 복수에 대한 레베카의 일념은 병적이다 못해 무시무시하다. 이 작품이 페미니즘을 넘어 싸늘한 공포를 안겨주는 '공포심리소설' 장르로 분류되는 것도 그런 이유 때문이다.

그런데 고래 여인의 복수극 상대가 하필이면 왜 베로니카였을까. 대답은 의외로 단순하다. 고래 여인은 자신을 모욕한 급우들보다는 궁지에 처한 그녀를 외면한 베로니카의 이중성을 추궁했던 것이다. 이 부분에 대해 독자는 레베카의 상처가 개인에 따라, 다시 말해 가해자 쪽과 피해자 쪽의 시각차나 그 상처를 받아들이는 입장에 따라 얼마든지 다를 수 있음을 새삼 깨닫게 될 것이다.

작가 알론소 꾸에또는 부모와 남편에게 억압받는 존재로 살아온 여성의 세계를 위대한 문학적 테마라고 말한다. 그는 남성들의 내적 세계보다 더 복잡하고 풍부한 여성의 내면성에 주목하는 한편, 그들의 현실적인 주제, 즉 완벽한 몸을 향한 맹목적 숭배에서 이 작품의 모티브를 가져왔다고 밝힌다. 사실 현대사회에서 완벽한 몸매는 마지막 종교나 다름없다. 타인에게 '어떻게 보이느냐' 는 그들의 종교가 추구하는 바이고, 이를 위해 그들은 몸매를 가꾸고 다이어트에 매달린다. 이런 의미에서 보테로(Botero, 세계적인 콜롬비아 출신 조각가)의 인물들을 연상시키는 고래 여인 레베카는 현대사회의 희생물이자, 가치관이 왜곡된 사회를 비판하는 역설적인 메신저로 해석될 수 있다.

한편 이 책을 읽으면서 카슨 매컬러스의 『슬픈 카페의 노래』의 분위기와 기이한 인물들을 떠올린다면 다소 무리

일까. 미스 아밀리아와 메이시와 라이먼의 기이한 외형과 그들 사이에서 벌어지는 기이한 삼각관계 말이다. 특히 자신을 속이고 떠난 라이먼을 기다리는, 안타깝다 못해 처절한 미스 아밀리아의 모습은 우리의 레베카와 베로니카의 애절한 아픔으로 전이된 것 같은 착각에 빠질 것이다.

모니터를 통해 PDF 파일을 읽는 불편을 감수하면서 어떤 때는 레베카의 입장에서, 어떤 때는 베로니카의 입장에서 처음부터 끝까지 이 작품에 눈을 떼지 않은 것은 예리한 메스로 여성(나아가 인간)의 심리를 해부하는 작가의 필력과 간만에 라틴아메리카의 이데올로기나 정체성 같은 무거운 테마에서 벗어난 해방감 덕분이었을 것이다.

『고래여인의 속삭임』이 플라네타 출판사와 '카사 데 아메리카'가 주관한 제1회 '플라네타-카사 데 아메리카 상'(2007년)의 수상작이면서 결선작에 머문 것은 여전히 무거운 라틴아메리카의 현실 때문이었을까.

_정창